谷堆旁边讲故事

梁柱生　著

陕西新华出版

太白文艺出版社·西安

图书在版编目（CIP）数据

谷堆旁边讲故事 / 梁柱生著 . -- 西安 : 太白文艺
出版社 , 2025. 4. -- ISBN 978-7-5513-2992-7

Ⅰ . I247.7

中国国家版本馆 CIP 数据核字第 2025MZ0134 号

谷堆旁边讲故事
GUDUI PANGBIAN JIANG GUSHI

作　　者	梁柱生
责任编辑	张丽敏
封面设计	司　晨
版式设计	司　晨
出版发行	太白文艺出版社
经　　销	新华书店
印　　刷	武汉怡皓佳印务有限公司
开　　本	710mm×1000mm　1/16
字　　数	248 千字
印　　张	15.75
版　　次	2025 年 4 月第 1 版
印　　次	2025 年 4 月第 1 次印刷
书　　号	ISBN 978-7-5513-2992-7
定　　价	78.00 元

联系电话：029-81206800
出版社地址：西安市曲江新区登高路 1388 号（邮编 :710061）
营销中心电话：029-87277748　029-87217872

序

　　我把微信朋友圈当作我的记事本，凡是感觉应该记一笔的，都会拍张照片、配段文字发一下。比如从我的小孙女小毛出生开始，我每天都会给她拍一张自认为好看的照片发在朋友圈，并配上一段"小毛说"的文字。我的微信朋友圈至今已经发了关于小毛的三千多张照片，可以说，我在这里记录了她的成长过程。朋友们都说，他们是在我的微信朋友圈里看着小毛慢慢长大的。当然，我把我做过的自以为值得记一笔的事，也会发在朋友圈晒一晒，比如我组织的活动，我的一些所谓成就，我写的那些上不了台面的文稿，以及帮我的朋友们出版作品时写的序言，等等。

　　有朋友曾提醒我："朋友圈鱼龙混杂，应该少说些话，你看，凡当官者基本不会在朋友圈发声，你这样口无遮拦地每天瞎扯，一是暴露了自己的隐私，二是你的'自我标榜'会让对你心存不满的人对你更不满。所以，发朋友圈是有潜在风险的，还是少发为好。"

　　朋友的善意提醒不是没有道理，但我这人秉性耿直，眼里揉不得沙子，见到不平之事，总要借着"小毛说"来表达一下自己的看法，这很有可能已经刺痛了不少人，让原本对我不满的人更是恨我恨得牙根痒痒。这不是自找麻烦吗？

　　但我就是改不了，始终"我行我素"。因为，我秉承和推崇的是这么一句话"君子坦荡荡，小人长戚戚"，别人的活法让别人去把握，我自顾走自己的路。

　　也许是因为我在朋友圈发了为朋友们写序的文字，被梁柱生兄看到了，我揣摩柱生兄心里所想：这个家伙原来不仅能写故事，还能写序。所以，不久前他发微信给我，说他要出版一本书，希望我能帮他写个序。

我与柱生兄虽没有见过面，但是，我一直感觉与他很熟悉。

在中国故事界，有两个我很敬重的"梁兄"。一位是现任《山海经》杂志艺术总监的梁易。她既是一位故事杂志的资深编辑，也是一位创作故事的高手，是中国人口文化奖仅有的三位故事类获奖作家之一，还曾多次荣获浙江省民间文艺最高奖"映山红奖"。因为《山海经》杂志社的办公地点就在距我居住地只有一小时车程的杭州，所以我俩经常有各种机会相见。她虽然年纪比我小得多，但我敬重她的才华，从二十年前认识她起，就一直尊称她为"梁兄"。

另一位就是梁柱生兄。很遗憾，我至今没与他见过一面，但是，我感觉我与他并不陌生。

其一，早在十多年前，我就从故事杂志和朋友的介绍中知道四川有个作家梁柱生，他创作的故事取材新颖、情节曲折、结构严谨、文笔流畅，他的许多作品都堪称经典，有自己的风格。2016 年，我出任故事传说类杂志《民间文学》的副主编，负责终审工作，那时经常拜读柱生兄的大作。说实话，随着新媒体的崛起、纸媒的衰落，让人怦然心动的优秀故事作品真的不太多，在审读每一期的终审稿时，因为鲜有让我眼睛一亮的作品，我时常都有昏昏欲睡的感觉，但是，每当看到柱生兄的稿件，我都会兴奋起来。在我任副主编至今的八年多时间里，我很少"毙"他的稿件，凭我的记忆，在这些年里，他在《民间文学》上发表的作品，应该不会少于三四十篇吧！在此，我要衷心感谢柱生兄，是你给了我审稿时的精神愉悦，更要感谢你为读者们源源不断地提供着让人过目不忘的优秀作品。

其二，我经常在中国故事节的"中国好故事"入选名单中与他"相见"。中国故事节是中国文联批准的国家级文艺品牌项目。我作为中国民协故事委员会副主任，领导分给我的任务之一就是负责全国故事活动的组织、指导工作。举办中国故事节活动也是我工作的重要内容之一。这些年来，在无数次的中国故事节活动的"中国好故事"入选名单里，柱生兄都是常客。2020 年度"中国好故事"，从全国 20 多万篇应征稿件中经过三轮严格审读，最后遴选出来两篇年度"中国好故事"，柱生兄的大作《宣笔世家》就是其中一篇。对于这一作品的评价，在此我不想多费笔墨，仅将"中国好故事"成果发布典礼上我所撰写的推介词，摘录于此。

> 这是一篇由《民间文学》杂志社推荐的故事，阐述的是传统与现代对撞下的传承。父与子，一个时刻谨守家族产业，一个时刻要"反叛""颠覆"祖业！势同水火的认知，上演了捍卫与"消灭"的父子对决。绝境下的思变抗争，意外使得濒临倒闭的宣笔制作迎来了涅槃新生……作者聚焦传统文化产业的生存窘境，通过父与子的人物设置，演绎了传承与创新的大主题！情感饱满、人物生动、寓意深刻，这就是 2020 年度"中国好故事"——《宣笔世家》！创作者：四川省梁柱生。

其三，我也要感谢新媒体的兴起，让我们两人虽未谋面，但能经常在微信上"相见"。有人说，从朋友圈的内容能看出一个人的秉性，柱生兄发在朋友圈的内容，都是积极向上的。我于是由此推而及之，认为柱生兄肯定不是一个消极、萎靡的厌世者。

正是基于这三点，我才斗胆为柱生兄即将出版的故事集作序。

在我写这篇序之前，我粗粗翻看了柱生兄发给我的文稿，因为好多作品是获奖的或发在《民间文学》杂志上的，所以大部分我都看过。在此，我不想也不敢对他的力作妄加评论。作品在此，读者诸君尽可自行品鉴，但我想说一句：我们常说，人品决定文品，心胸决定格局。正因柱生兄有大情怀、大境界，所以他的作品有高度、有格局，更难能可贵的是，柱生兄在主题和立意上都充满着正能量。这就是我对梁柱生兄作品风格的认识。

时代需要清风正气，时代需要优秀作品来鼓舞人、激励人，时代需要柱生兄这样与时代同频共振的优秀作家。

权作为序。

中国民间文艺家协会故事委员会副主任郁林兴

2024 年 3 月 25 日

序

第一辑

时代故事

值钱的文物

封四是村里的贫困户，光棍，县博物馆对口帮扶他，具体责任人是馆长梁智。梁智在封家里里外外察看时，发现墙角那儿有只肮脏的青釉瓷碗，就习惯性地拿起来看看，接着便用指甲刮掉上面的污垢，仔细端详。

"这碗是干吗用的？"梁智问。封四说："喂狗用的。""狗呢？""嘿嘿，吃掉了。"封四不好意思地说着。同时想，文化人就是怪，还对一只喂狗的碗感兴趣。唉，自己运气孬，让一个清水衙门来帮扶，刚才送的都是啥子嘛，一袋米，一桶油，外加两百块钱，跟打发讨口子似的。哪像村里的潘七，由县财政局帮扶，县财政局财大气粗，一给就是两三万元。潘七拿这钱养了一大群羊。

转完后，梁智说："你屋后有片山林，可以发展芦花鸡养殖……"

"说得轻巧，哪来的本钱嘛！"封四没好气道，好像梁智欠了他钱似的。

"这样吧，你把这只喂狗的碗卖给我，我给你一万元。你就用这钱买鸡苗发展养殖业。"

啥，这只喂狗的碗值一万元？封四瞪大了眼睛。他生怕对方后悔，立马答应："行！可我上哪儿去买这么多鸡苗呀？"言外之意是不想养。

"我帮你联系。"梁智说着掏出手机打电话。一会儿，某农业有限公司送来了四百只价值一万元的芦花鸡苗。

梁智把一摞扎好的现金交给封四，那是一万元。封四从来没拿过这么多钱，手都有些发抖。可钱还没有捂热，他就依依不舍地交给送鸡人。

梁智说："这些小鸡，只要你好好养，五个月后就能长成四五斤重的成年鸡，到时公司负责收购，两百元一只。四百只就是八万元，扣除各种成本，你至少能赚五万元。"

梁智等人走后，封四满耳都是鸡叫声。家里没有喂鸡的饲料，怎么办？封四只好扛上那把锈迹斑斑的铁锹，赶着鸡群，到荒芜多时的坡地上挖蚯蚓喂鸡。

此后，封四天天上坡挖蚯蚓给鸡吃。不知不觉就把自家的坡地翻了一遍。封四趁机点上玉米。玉米越长越高，芦花鸡也越长越大，很快就有两斤多重了。封四嘴馋，想杀鸡吃。

在屋后山林里放羊的潘七见了准备逮鸡的封四，就过来跟他聊天。得知那只喂狗碗被梁智以一万元买走后，潘七跌足道："你亏惨了。我从网上看到，某人到乡下买了一只喂狗用的青釉瓷碗，结果咋样？价值一亿元！"

"一亿元是多少？"封四问。

"就是一万捆一万元哪！你有那只喂狗的碗，就是亿万富翁了，还扶啥子贫！"

封四后悔不迭："可我已经卖掉了……"

"后悔呀！梁智这哪是买，简直是抢，还打着帮扶的幌子！你把他的电话号码给我，我给他打电话，咋能这样欺负乡下人！"

封四去把联系卡拿来，上面有梁智的手机号码。潘七把手机拨通后说："我是封四的朋友，封四那只喂狗的碗不卖了，想要回来。"

"已经成交的买卖，咋能出尔反尔！"梁智不悦道。

"不好意思，那是人家的传家宝，虽说用来喂狗……"

"好吧，他把一万元退给我，我就把碗还给他。"

封四高兴地抢过手机说："梁馆长，一言为定！我这批鸡再过两个月就可以出栏了，等我卖了鸡，就把钱还给你！"

如此一来，封四非但不敢吃鸡，还更加细心地喂养起来。两个月后，芦花鸡出栏了。梁智和农业公司的人一块儿前来收购。封四卖了鸡，得了八万元，拿出其中的一万元交给梁智。梁智把那只喂狗的碗还给他："其实，这只青釉瓷碗是新中国成立初期生产的，文物价值不大。"

"不是说价值一亿元吗？"封四愣住了。

"我也看了报道，那只价值一亿元的青釉瓷碗是明朝宣德年间的，当然值钱了。""这只喂狗的碗，到底值多少钱？""几百块吧。""那你当初为啥子要以一万元买下？"

梁智笑道："那一万元，其实是政府给你的帮扶资金。如果直接给你，你肯定觉得这钱来得太容易，用起来大手大脚。而把它变成你出售文物的所得，性质就不一样了。你把鸡养到两斤多重，嘴馋想吃鸡，但这只喂狗的碗又把你卡住了，我这招一举两得，哈哈！"

原来，梁智在帮扶之初，就从表弟潘七那儿知道封四的致贫原因是懒惰和嘴馋，便出点子让他养殖芦花鸡。而要把四百只小鸡崽养大，人根本就懒不下来。鸡一饿，那叫声铺天盖地，令人坐立不安，只好去给鸡找吃的，平息它们的叫声，渐渐地，再懒的人，也会变得勤快了。至于封四嘴馋的毛病，也被治住了。

说完，梁智把那一万元重新拍到封四手上。

封四听后很感动，帮扶人员真是用心良苦啊！他把六万元拍到收鸡人手里："你到公司再给我拉六万元的鸡苗过来，我养鸡已养出经验了，要扩大养殖规模。虽然脱了贫，但我还要奔小康！"

（《故事会》2020 年冬季增刊，《巴蜀风》2020 年第 3—4 期转载。《金山》2021 年第 12 期转载，2022 年 7 月收入《中国微型小说精选》中英文版，2023 年 2 月入选《中国微型小说读库（第 2 辑）》。

2021 年 10 月获第十九届中国微型小说年度奖（2020）二等奖。获奖词："本篇立意积极向善，浸润浓郁的生活气息，以'值钱'的文物为线索，侧面赞扬了帮扶干部的智慧工作方法，既扶贫又扶智。小说的故事情节一波三折，生动可读，扶贫工作人员的一片苦心跃然纸上。高远的主旨与精妙的构思相得益彰，以微型小说的形式去反映扶贫这类社会问题，要比报道更为引人入胜。"

2023 年 11 月被中国民间文艺家协会评为"第十六届中国民间文艺山花奖·优秀民间文学作品"入围作品。2023 年 12 月获天津市文化和旅游局、天津市东丽区人民政府主办的第三十二届"东丽杯"梁斌小说评选活动小小说类入围作品。）

黄酒情

老冠是村里的上岸渔民，大名梁全能，虽文化程度不高，但心灵手巧，干什么都很出色，故被唤作"全能冠军"，简称"冠军"，上了年纪就被叫作"老冠"。

这从一个侧面反映了老冠能干，以前出海捕鱼，他最行；洗脚上岸后，他酿黄酒，用酒糟来喂枫泾猪，用猪粪给蟠桃、亭林雪瓜、施泉葡萄施肥，用猪蹄制作特色美食丁蹄。他又把临街房子略加装修，开了家"全能餐馆"，以中餐为主，菜品有童子鸡、菜卤蚬、八珍鱼头、马兰干烧肉、红烧豆腐干等，同时也卖阳春面，甚至还售状元糕、栗子糕、海棠糕、萝卜丝饼等。诸位，他一个人开的店就把全区的特产都囊括了！餐馆的下脚料和剩菜剩饭用来喂猪，一点儿也不浪费。店子四壁和餐桌还贴满了他业余创作的塑封好的农民画。这样顾客既品尝了金山特产，又享受了精神食粮。由于餐馆富有特色，生意十分兴隆。

老冠正醉心于这种"零浪费"，非洲猪瘟袭来，他圈里的大小十几头猪一夜之间倒毙了。

防疫人员刚把死猪拉去做无害化处理，儿子梁行便过来向老冠要钱养猪，这简直就是往他伤口上撒盐。老冠强忍怒火道："镇上已劝大家退出散养了。"梁行说："我准备进行规模化养殖。""养殖风险太大。""风险越大，回报率越高。受猪瘟影响，散养将逐渐被淘汰，猪肉行情会越来越好。"

"不行，我不能把钱交给你，让你往水里扔！除了养猪，你干啥我都不反对！"老冠怒道。

梁行似乎就等父亲这句话："这可是你说的！那我酿黄酒，请把启动资金交给我！”

老冠惊讶道："家里不是在酿黄酒吗？"

"我说过多少次，你那小打小闹不适合时代发展。劝你扩大规模，你又不愿意，那我就只好另起炉灶！"

多年来，老冠只酿糯米黄酒一种，而且是用优质"金钗糯"酿的。酿造时间极讲究：大暑药引，秋分制曲，立冬开酿，春分封坛，俗称"冬酿酒"。酿好后，将原浆酒注入陶质酒坛，用荷叶、笋壳各一层封住坛口，再用黄泥巴和谷糠均匀混合后密封。这一套操作完全按照古法进行，密封存放越久越香。老冠没上岸前，主要是老伴酿来供自家喝。梁家最陈的黄酒是梁行出生那年酿的"得子酒"，共六坛，取六六大顺之意，距今已有二十一年，老冠打算在儿子结婚时喝。他四十岁才得子，十分讲究仪式。梁行现在好像在跟卖丁蹄的丁施谈恋爱。

哼，还没成家就想分家！老冠生气道："你想得倒容易！酿多了卖得脱吗？我们家开有餐馆，酿出来的黄酒也才勉强卖完。勿忘了，这儿只是个偏僻渔村！"

"但也是上海最后一个渔村，这'最后'二字，背后就大有商机。你瞧吧，用不了多久，这里就会成为网红打卡地！"

"打啥卡？还红网！哪有渔民撒红网？撒网时红光一闪，早把鱼虾吓跑了！"老冠听不懂儿子的话。他用的是老年机，平时又不上网。

梁行只好解释："我是说，我们村会很快成为旅游景区，来玩的人就多了；人一多，黄酒等特产就会供不应求。"

老冠把头摇得像拨浪鼓："我们这儿会成为旅游景区？勿哄人了！景区得有山水。我们这儿水虽多，但没啥山，连大金山也才百把米高，还没有东方明珠广播电视塔的四分之一高……"

"但这儿有大海，有沙滩，有文化，有特色，有美食！所以我要把各个品种的黄酒开发出来，满足不同消费者的需求！"

"我真不明白，你咋那么喜欢酿黄酒，着魔了吗？"

"总有一天你会明白的！"

吵到最后，老冠只好把开餐馆所得的钱分了一半给儿子，因为梁行一直在店里帮忙。

"你的钱亏完是你的事，我的钱你休想拿走一分！"老冠警告道。梁行笑道："放心，我不是啃老族。不过那六坛得子酒要归我。""那是留给你结婚时喝的。""喝掉太可惜了，我要拍卖，因为我现在很需要钱。"

结果，六坛陈酒拍了一百五十万元，算下来一百四十六元一克！老冠目瞪口呆，难怪这小子一门心思只想酿酒。

当地黄酒以糯米为原料，经曲种二次发酵而成，既吸收了浙江绍兴酒的精华，又保留了江苏甜白酒的工艺。昔日父母酿酒时，梁行虚心学习，如今也成了酿造黄酒的行家里手，对各项工艺流程十分熟悉。

梁行查阅资料发现，黄酒是我国最古老的发酵酒，与葡萄酒、啤酒并称"世界三大酿造酒"。

历史上，北方也曾盛行过黄酒，是用小米酿造的。白酒出现后，黄酒才逐渐式微。梁行购来小米试酿黄酒，味道却跟糯米黄酒不同。该产品投放市场后，自然受到北方消费者的青睐。随着健康理念的普及，烈性白酒的饮用人群在变少，而十五度左右的黄酒营养丰富，有"高级液体蛋糕"之誉，越来越受到人们的喜爱。另外，黄酒还是烹饪的最好调料，有去腥增香之效。

酿酒会产生大量酒糟。为了物尽其用，梁行贷款把智能化的现代养猪场办了起来。当然，酒糟在被拿去喂猪前要经过处理。

没有老冠帮忙，梁行也把酿酒和养猪事业搞得有声有色，因为他请了相关技术人员，酿酒时间也不局限于冬天，而是天天酿，天天有产品。黄酒酿出来后，先贮藏回熟，至少要放上一年才能卖。

第一年酿酒没收入，靠什么运转？就靠养猪。每五个月，就有一批二百二十斤左右的肥猪出栏。

老冠见状，悬了多时的心放了下来。儿子继承了自己不怕吃苦的秉性，智能化养猪完全颠覆了传统方式。当然，智能化养猪老冠不是在现场看到的，为防止非洲猪瘟，非技术人员一律禁止进入养猪场；就是技术人员，也得经过层层消毒才能进去。

老冠与儿子视频看到：猪坐电梯进入猪舍，吃着精心配比的"营养餐"；机器人每隔六小时自动打扫一次卫生；进出口安装了水帘，用于降温、除尘、降噪；不锈钢密闭门不漏一丝贼风，整个猪场看起来安全、高效、可靠。

梁行在那边解释："我用最少的面积养了最多的猪。猪的平均居住面积为一平方米，夏天吹空调，冬天睡地暖，住得十分安逸舒适。猪舍里安装有新风系统，没有一点臭味。"

"猪粪咋办呢？"老冠问。他以前养猪，最头疼的就是清理猪粪。

"猪粪收集起来，经厌氧发酵生产沼气。沼气用来发电，解决猪场员工的生活用电问题。产生沼气后的无用粪渣，通过干湿分离设备制成干粪，作为有机肥撒到咱们家的蟠桃、雪瓜、葡萄地里。"

"难怪今年我没咋经管蟠桃园，蟠桃却结得比往年多！唉，你走后，餐馆只有我和你妈打理，我俩忙得晕头转向。"

"开餐馆太累，你们把餐馆承包给别人，来经营民宿，我想把家里多余的房子改造成民宿。"

"会有人来住吗？"

"现在区里打造了不少田园综合体，充分发挥都市农业的经济、生态、服务功能。咱们这个小渔村，也正变身为滨海一站式休闲综合体。你没听说有的田园综合体在收门票了吗？那是为了限客。"

至此，老冠跟儿子和好了。

果然，民宿改造出来后天天客满。老冠坐地收钱，笑得合不拢嘴。

梁行这边，养猪和酿酒相互促进，越做越大。到后来，他开发出了用糯米、粳米、籼米、黑米、高粱、荞麦、薯干、玉米、粟米、青稞等为原料的一系列黄酒，以满足不同消费者的需求。所有黄酒，他都冠以"老冠牌"。

老冠知道，儿子用他的外号做商标，无非是想叫他入股。不过他也想通了，不但出了资，还把自个儿的黄酒作坊并了过来。

梁行还办了个丁蹄厂，原料就是自家养的枫泾猪的蹄子。他开发出来的真空包装产品，开袋即食，冷食比热食更有味道。就连丁蹄世家出身的丁施，也跷指点赞。

这时，金山打响了"上海湾区"品牌。梁行趁这股东风，进一步扩大黄酒生产规模，运用高科技手段，从传统药酒中分离出优良纯菌种，达到用曲少、出酒率高的效果。同时采用自流供水、蒸汽供热、红外线消毒、流水线作业等科学工艺，大大提高了酒的品质和酿酒效率。蒸饭、拌曲、压榨、过液、煎酒、罐装等全用机械完成，降低了人工劳动强度，提高了产量和效益。

老冠担心地问："你这样无休止地扩大生产，会不会有一天滞销？"

"不会，国内市场饱和，还有国外市场哩，那可是一片空白。"

"外国人会喝黄酒吗？"老冠不太相信。

"随着我国国力的提升，中国产品越来越受到外国人的喜爱，黄酒也不例外，因为其他酒外国都有，唯独黄酒没有，所以中国特有的民族瑰宝——黄酒，还是具有潜力的。民族的，也是世界的！"

在黄酒打进国际市场时，梁行跟丁施走进了婚姻的殿堂。婚礼上，主持人要新郎谈谈恋爱经过，梁行说："我为什么要开发各种黄酒？因为黄酒是我跟丁施的媒人。"

原来，梁行高中毕业回村后，喜欢上了有"村花"之誉的丁施。丁施在他眼里简直就是丁蹄西施的简称。他借故到她的店里买了不少丁蹄，为此没少挨父亲骂，因为自家也在做丁蹄。可丁蹄买得多，梁行却没有勇气向丁施表白。梁行很苦闷，忽然想起"李白斗酒诗百篇"，就给自己灌了几碗黄酒，喝完果然文思如泉涌，洋洋洒洒写了封情书，买丁蹄时塞给了丁施。丁施回复："大好年华，正是创业的时候。目前村里只有糯米黄酒一种，可北方顾客更怀念小米黄酒。等你把各种黄酒开发出来，咱们再谈感情。"

"好，一言为定！"

从此梁行开始了创业行动，养猪不过是为了解决酒糟问题并为酿酒提供资金。

最后，主持人叫老冠也谈谈感受。老冠说："现在老冠牌黄酒打进国际市场了，我也跟着扬名全世界了！"

谁知儿子却说："黄酒上的老冠可不是你！"

"那是……"

"黄酒有三千多年历史，最为古老；黄酒又是酒中的营养冠军，故称'老冠'！"

（2022年9月获上海民间文艺家协会、上海市群众艺术馆、上海市金山区文学艺术界联合会、上海市金山区枫泾镇人民政府主办的"倾听上海"——第三届上海市故事大赛一等奖。载于《上海故事》2023年第4期。）

灯光照亮前程

为丰富村民的文化生活，村里打算把村委会的院子打造成灯光球场。这样大伙吃过晚饭后，就可以过来打打篮球，提高技术。等春节参加乡上一年一度的篮球比赛便可以打个翻身仗，不然老是倒数第一，影响脱贫攻坚的士气。可村集体的钱都投到生产上了，村主任就动员那些先富起来的村民赞助，但那些人说："老泼捐，我们也捐，绝没二话。"

村主任就叫新来的驻村干部小李去跟老泼商量。

小李没见过老泼，但认得老泼那栋碉堡一般矗立在村口的房子，也听说过老泼的很多逸事，知道他是村里有名的"抠门大仙"。

找一个吝啬鬼赞助，不是瞎子点灯——白费蜡吗？小李边走边想。

老泼大名梁慷慨，为人胆小，处世却能物尽其用。他每次回家，都不会空着手，总要拿些柴草什么的，最不济，也要捡几块石头，扔到院角里。因其行为极像俄国作家果戈理笔下那个啥都捡的守财奴泼留希金，村里那个擅长语文的高中生便给他起了个外号叫"泼留希金"，简称"老泼"，但其实他一点也不泼。

大伙发现，老泼从来没有专门打过柴草，平时零星带回来的柴草就够家里烧了，原来他设计了一个省柴灶。细细想来，老泼也是农中毕业的，并不笨。老泼还对牛弹琴似的向村民们讲起火焰分三层，哪层的温度最高，让温度最高的那层接触锅底，就会省柴……

想到这儿，小李笑了。他驻村后，尽量去掉书卷气，用最朴实易懂的语言跟农民们交谈。

没走多久，老泼那栋固若金汤的二层楼房就出现在他眼前。

小李从村主任口中得知，到了改革开放之初，老泼院子里的石头已堆积如山，他便购来钢筋水泥，用石块砌墙建楼。沙子是他们全家到河里去挑的。原来，老泼平时省吃俭用，不到万不得已不花钱。多年积攒，竟也成了万元户，修起了全村第一座楼房，轰动一时。

老泼的楼房是筒子楼，样式在今天已经落伍，村里近年修的小洋楼都带阳台和卫生间，漂亮得跟小别墅似的。小李驻村半个月以来，到老泼家来过两次，老泼均不在家。问其家人，回答说是到地里忙活去了。

小李想：但愿这次老泼在家，不然就完成不了村主任交给自己的任务。小李驻村后，因年龄小，村主任几乎把他当传令兵使。

令小李失望的是，这次老泼也不在，只有泼婶在。泼婶正一推一拉地在院坝里用木耙翻晒玉米酒糟，空气中弥漫着一股醉人的酒香。

那次建房挑沙，泼婶扭伤了脚，当时未注意，老泼也舍不得花钱带她去医院看，这一拖，泼婶就落下了残疾，干不得重活，只好待在家里做家务，负责酿酒之类的活计。

当年分田到户，水田和旱地的比例是1∶5，也就是说，五亩旱地跟一亩水田等值。大家都选水田，唯独老泼贪多，全选了旱地。当时泼婶很不解："全选旱地，没法种水稻，哪来的米下锅？"老泼悄声说："只要有钱，还愁没米下锅？"老泼拿到了全组的旱地后，每天起早贪黑地种玉米。玉米收上来后，他先酿酒出售，再用酒糟喂猪。猪粪产生的沼气供厨房使用，粪渣粪水给玉米苗施肥。更奇的是，老泼还购来机器，把玉米芯和玉米秸秆打碎，压成饼卖给北方的牧区。种养循环，物尽其用。没几年，老泼就发了家，在乡场上先开了百货店，后开了小超市，让儿子经管，自己和老伴仍在村里种庄稼。

"梁大伯在家吗？"小李问泼婶。泼婶说："在石山脚那边薅草哩。我家那么多玉米地，只靠他一人侍弄，忙得脚不沾地，每天一大早就出去了，顺便带一壶稀饭当午餐，天黑后才回来。"

"那我到石山脚去找他。"小李说完，就朝村西那片玉米地走去。村里的大小地名他都知晓。

小李正气喘吁吁地爬山，突然看到一个老乞丐迎面走来。老乞丐头发花白，胡子拉碴，穿着又破又脏的衣裤，蹬着一双烂掉的解放鞋，腰间系一根断牛绳，因为破衣上无纽扣，衣襟敞着；右手拿一个蛇皮袋，袋子搭在肩膀上，左手拿一只斑驳的搪瓷碗和一双同样斑驳的筷子……

乞丐一般在城里，怎么跑到村里来了？小李皱了皱眉。他的工作单位是县民政局救助站。没驻村之前，他经常救助流浪人员。一定是城里加大了管理力度，所以乞丐转移阵地了。

"你从哪儿来？"小李问。老乞丐瞪了他一眼，爱理不理地回答："上头。"

这么理直气壮的乞丐，在小李不长的收容工作中还是首次碰到，但他还是耐心劝导："你手脚齐全，干吗要当乞丐？就是去捡垃圾，也能养活自己，不能当社会寄生虫……"

"俺眼里莫得垃圾！"老乞丐说着，从小李身旁走了过去，留下一股浓重的汗酸味。小李苦笑着摇了摇头。

来到石山脚，玉米苗长势良好。此山半山腰以上都是裸露的岩壁，故叫石山，只在山脚有些石头风化后形成的泥土能种些庄稼。小李向四周看了几圈，都没看到人。他喊了几声"梁大伯"，都没回声；吼了几声"老泼"，也无人应答，只好悻悻地回来了。

迈到大路上，一辆电动三轮车迎面开来，停在他旁边。小李定睛一看，开车的竟是刚才那个老乞丐，只是他换了身干净衣服，并洗了脸。

"俺听老伴说，你找俺？"对方问。

小李这才反应过来："您就是老泼……梁大伯？"

"是俺，梁慷慨。"老泼被叫外号也不恼，可见早已习以为常。

"您刚才为啥穿得那么破烂？我以为您是乞丐……"小李抱歉地说。

"嘿嘿，干活穿那么好干吗？弄脏了也懒得洗嘛。你们工人干活兴穿工作服，俺们农民就不能穿工作服？"

天哪，那拖布一般的衣服竟是他的工作服！小李无言以对，只好问："您现在干吗去？"

老泼回答："刚才儿子打来电话，说超市里的玉米酒快卖完了，叫俺送几桶过去。"

"梁大伯，是这样：为了让大伙儿更好地锻炼身体，我们打算把村委会的院子打造成灯光球场，要买篮球、篮球架、电线、电灯、灯头、灯罩什么的，想叫您带头捐点款……"

"吃饱了撑的，打啥篮球？要锻炼身体，跟俺下地干活儿去！"老泼一口否定了。

"主要是为了练技术，参加乡上一年一度的迎春篮球赛。咱村年年倒数第一，您老脸上也无光吧……"

"建成灯光球场，电费谁出？"老泼突然问。

这个问题小李没想过，一时答不上来。老泼发动车子走了。

小李回去向村主任汇报，村主任没说什么，似乎早料到是这个结果。

不久，小李接到县委组织部通知，要求全县驻村工作队员到县委党校培训半个月。

培训完毕后，小李驱车回到所驻的村里，天色已晚。令他惊讶的是，就在这半个月内，村里不但把村委会院坝打造成了灯光球场，还在村道边安上了路灯。灯光下，村民们正悠闲地散步聊天，影子时长时短；村委会那边，时不时传来篮球比赛的喝彩声。

小李是篮球运动爱好者，就先到村委会去看。他发现村委会的灯光球场跟他在学校时的灯光球场不同：这儿的灯和路灯一样，都是太阳能灯，而不是常规电灯，但照得院坝亮如白昼。

小李见村主任在一旁观战，就上前问："这些灯是谁捐的？"

村主任这才发现小李回来了，笑道："这个你应该想得出来：有钱买灯却没钱买灯柱，还能是谁？"

小李这才注意到，沿途的太阳能路灯都是绑在道旁水泥电线杆上的，而灯光球场这两盏太阳能灯则钉在村委会的外墙上。

"老泼捐的？"小李半信半疑地猜测着。

"对。"

"可我上次劝他捐款，他拒绝了。"小李不解地说。

村主任笑道："这个，老泼也跟我讲了，他说要建灯光球场不能装传统的灯，又费电线又耗电，要装就装太阳能灯，一劳永逸。如果装太阳能灯，他独家赞助。我想只要能整亮，装吧，哪想到他只买灯不买灯杆！"

老泼其实也在现场，他用电三轮运了几箱矿泉水卖给打球打渴了的村民，再回收瓶子。听了村主任的话，他挤过来说："那些铁灯杆比灯还贵，搬运困难，买它干啥？买了灯杆，埋设时要弄水泥基座，生了锈还要涂油漆。这些后续费用，谁出？不如把灯直接绑在路边的电线杆上，一样能照明。"

小李见老泼那辆电三轮的驾驶舱顶上亮闪闪的，走近一看，原来是块光伏发电板。"哟，您的电三轮也改用太阳能啦！"

老泼说："是呀，儿子给装的。太阳能好，环保、低碳、无污染……"

旁边一个村民不服气了："这么说，我骑电动车就是'高碳'了？"

"那当然。电动车充的电从哪儿来，还不是烧煤炭变的？所以是'高碳'。我这太阳能车就不用烧煤炭，所以是'低碳'！"老泼侃侃而谈。

小李听后深受启发。不久，村里大力发展光伏发电，村民的屋顶全部安上了光伏发电板，既保护了屋顶，所发之电又能供居家使用。那片光秃秃的石山亦全部铺上了光伏发电板，村里变废为宝，把发出来的电并入电网，卖给国家。仅卖电一项，村集体经济收入就大幅增长。

一年后，村子成功脱贫了。

老泼来到小李宿舍，送给他一个自家种的沙田柚，赞叹说："还是你们这些从上头来的年轻人脑筋灵光，一点就通！"

原来，老泼的儿子长年在外进货，见多识广，觉得村里发展光伏发电大有作为，就向村主任献策。村主任年过半百，思想守旧，摇头否定："那是高科技，咱农民弄不来。"小李动员老泼捐款打造传统灯光球场，老泼拒绝后，把此事告诉了儿子。儿子说："可以安太阳能灯，以此为契机，让村民们认识太阳能的好处，推动村里发展光伏发电。"

小李早就知道老泼的儿子是村里的一大能人，便说道："年底换届选举，您可以把您儿子叫回来竞选村主任。乡村振兴，我们很需要有知识、有思想、有远见、有魄力的人担任村干部。"

"好的！"老泼高兴道，"你快吃柚子吧，这是俺种的，可甜了。这是我的一点小心意。"

　　"谢谢您，我留着慢慢品尝。"

　　"你快吃，俺还要把柚子皮拿回去当菜吃哩！"

　　（原载《上海故事》2023 年第 4 期。2023 年 7 月获第五届"讲好节能故事"征文活动二等奖。）

高高的秦岭

为做好第七次全国人口普查工作，驻村第一书记梁银挨家挨户上门登记。到了程老头家，却是铁将军把门。一问邻居，原来程老头又进秦岭了。"他呀，舍不得深山老林里的那个狗窝，隔三差五就会进山。"邻居说。

程老头是个光棍，年逾六旬，在脱贫攻坚中，村里本来劝他去乡敬老院的，可他不愿意。村里只好花大力气，搞易地搬迁，将他及几户散居在秦岭腹地的人家搬到山脚。可程老头住了新居后，又怀念旧房子，经常进秦岭，一去就是大半年，新房子倒成了摆设。

梁银给程老头打电话，没打通。人口普查要登记身份证信息等，还要本人签字。梁银叹了口气，只好决定第二天一大早，带上干粮，进山一趟。

晨曦初露，薄雾迷蒙，鸟语花香，满眼葱茏，山里的空气异常清新。梁银十分喜欢秦岭这条长江与黄河的分水岭，每次进山，都仿佛进了天然氧吧。

水声淙淙，林涛阵阵，峰回路转，美不胜收。走到中午，梁银坐在路旁的大石上吃干粮，之后到溪边喝水，这可是真正的矿泉水。

梁银站起来时，看到几个进山采药的村民正挑着一捆捆药材满载而归，一路有说有笑。梁银问程大爷在不在山里，回答在。"他也在采药吗？"梁银问。一个采药人说："他采药？药采他还差不多！"几个人笑了起来。

走在前面的那个人说："程老头如果不是因为懒，也不会一辈子打光棍。他游山玩水、横草不拈竖草不拿的，懒散日子过惯了，就是踩到脚下的药，也不会挖一下，不然怎么会成为五保户、贫困户呢？"

另一人接茬："这个贫困户也怪，政府免费给他修了新居，他竟不住，还是喜欢住深山里的破房子，且一住就是大半年，我看八成是被山鬼给迷住啦……"同伴反驳："世上哪有鬼？""这你就不懂了，在传说中，山鬼可是个大美女！""哈哈哈……"

梁银目送采药人过去后，继续上路，又走了半天，终于走到程老头那个位于密林深处的老窝。老窝是用山石砌成的，上覆片状页岩，像个地堡。梁银这是第七次到这儿来了，前六次都是访贫问苦，劝对方搬迁。

程老头没在家。梁银推开那扇简易的门，里面一切照旧，有的东西甚至连位置也没有挪一下。透过小窗，小李看到太阳已经落山，暮霭沉沉，蓝色的山峦层层叠叠，愈往天边去，色愈淡，仿佛凝固的大海。

梁银见时候不早了，就淘米煮饭。这里用水很方便，程老头用竹笕把山泉引到了屋前。

梁银出身农村，用柴草煮饭也很在行。他把锅里的水和米煮沸后不久，就滗掉米汤，重新把锅坐到灶上，不再往灶膛里添枯枝，而是利用那些火红的柴炭把饭焖熟。如果此时加柴，极容易把饭煮煳。

梁银才忙完，门吱呀一声开了，进来一个扛着编织袋，拿着铁笘和长柄弯刀的模糊黑影，不用说，是程老头。"我说咋这么香，原来是梁书记给我煮饭来了！"程老头认出梁银后，高兴地说，同时把身上的东西放到地上。

梁银问："您到哪儿去了？怎么天黑才回来，电话也打不通。"程老头笑道："还不是游山玩水去了。有的山坳太深，大山阻隔，手机没有信号很正常。你找我有啥事吗？"程老头边说，边熟练地摸出一个桐油灯点上，昏黄的灯光溢满小屋。

梁银拿出登记册："人口普查需要您的身份证号码，还要您本人签字。"程老头瞪大昏花老眼，在摇曳的灯光中歪歪斜斜地签了自己的名字——程宗阳。之后，他从编织袋里掏出一把野葱，洗干净当佐料，把泡好的香菇、木耳、黄花菜炒出来，招待梁银。

"这些全是野生的，正儿八经的山珍。"在桐油灯下吃饭时，程老头说。他劝梁银多吃点儿，因为这些在山下是不容易吃到的。梁银边吃边问："您就为了吃到山珍，不愿意住山下的新房子？"程老头笑而不语。

梁银继续说："不错，住在山里，随时可以吃到山珍。可您住的地方像什么？像原始人的洞穴。您还点桐油灯，这不是给我们脱贫攻坚工作抹黑吗？如果有摄影爱好者或喜欢户外运动的人到这儿来，还以为我们把您给忘了，以为咱们村还没有脱贫，也可能彻底否定我们的易地搬迁工作的效果。程大爷，今年全国要全面建成小康社会，可您看看您住的地方，像奔了小康吗？如果被老外看到，还以为我们撒谎。这不是您个人的喜好问题，而是国家的形象问题。脱贫奔康，全国一个民族、一个家庭、一个人都不能少，您也不例外。"

程老头听后，才知道问题的严重性，急忙说："梁书记放心，再过一个月，等秦岭下雪了，我就下山……"

梁银不解："为什么要等到下雪？是因为下雪后山里比外头冷吗？"

"冷，我倒不怕……下雪后，森林火灾隐患就基本消除了，我也就不用顾虑啥子了。现在不一样，气候干燥，风又大，我担心山火呀。如果烧起来，那可不得了，所有的动植物都要遭殃。所以我碰到每一个进山的人，都叮嘱他们不要抽烟，不要在野外生火。看到落叶多的地方，我就用铁耙扒出一条防火通道，以防万一。"

梁银听后有些意外。"这些是林业站的事，您管它干吗？"他故意问道。

"'森林防火，人人有责'，这'人人'当然也包括我。更何况我年轻时被乡林业站聘为护林员，早把这项工作干惯了。后来林业站因为经费问题，不再聘用我，可我已把它视为自己的本职工作，一天不巡山，我就浑身不舒服。"

"没有报酬的工作，您为什么还这样热心？"

程老头嘿嘿一笑："我是自己给自己发工资。我在巡山时，顺便摘些可入药的野果增加收入。我规定自己只采野果，不挖药材。因为挖药材是在破坏生态，虽然破坏很小，但也是破坏。我作为护林员，绝对不能干这事。至于其他采药人干这事，那是他们的事。"程老头说着，打开编织袋，抓出一把橙红色的野果，说："这是我今天采到的野栀子。"他又指指墙上挂着的一个个编织袋说："那些是牛蒡子、补骨脂、金樱子，都已经烘干了，等我背下山去卖给中药铺，就能换来钞票。"

梁银提醒说："您现在六十二岁了，悠着点儿吧？"

"我是六十二岁的年纪，二十六岁的体魄，我长年巡山，身体很好，几乎没生过什么病，连感冒都很少。林业站虽然没给我开工资，可却把健康送给了我。有了健康，啥事办不成？"

梁银点点头，这倒也是。

"另外，政府这样关心我，帮我修了新房子，我每月又有低保、医保、劳保。啥事不干，一个月都领几百元，我心里有愧呀。我就想，总得给社会干点儿事情吧。我没啥专长，但我会巡山防火。遇到小的山火，我自己扑灭；遇到大的山火，我马上给林业部门打电话，叫他们组织人员来救火。如果山里没人，等从山外看到火灾，那时火势已经很猛烈了，要扑灭就很困难了。"

原来是这样！梁银动情地握住程老头的手，说："程大爷，我们都错怪您了。"

程老头说："梁书记，我作为土生土长的秦岭人，每年森林防火期间，我还是要住到山里来观测火情，为森林防火做点儿贡献。至于你说的那个问题，我知道该怎么解决。"

梁银很感动，他加了程老头的微信，跟他说："您一个人住在山里，一定要注意安全。有什么事情，随时给我打电话。"

几天后，梁银看到程老头在微信上发来了几张照片。他在石屋前钉了两块用白漆写了字的木牌。一块上面写着"森林防火观测点"，并附上了程老头本人的电话号码；另一块木牌上写着"脱贫攻坚实景博物馆之贫困户程宗阳脱贫前的住处"，下方贴着一张过了塑的彩色照片，照片里有一栋新房子，照片上也有一行字"程宗阳脱贫后的新居"。

梁银笑笑，仰望高高的秦岭，它犹如一条绿色的巨龙，莽莽苍苍，正在腾飞……

（原载《上海故事》2021年第7期，《秦岭文化》2022年第2期转载。2022年7月获四川省林业和草原局、四川省文学艺术界联合会主办的四川省"森林草原防火"主题征文活动二等奖。）

蛴蟆节

梁兴大学毕业后，考了大学生村官，被分配到老家嘉陵村工作。回到家时，梁兴发现村民正把他父亲、村党支部书记梁志坚堵在家里。一问，原来是柑橘滞销，村民们找他爸想办法："你是书记，见多识广，认识的人多……"

"可我认识的商贩都是附近的，他们不要，我有啥办法？"梁志坚在屋里无奈地说。

"能不能到报社、电视台去打一下广告，我们种的都是'有鸡'水果，从不打药，虫子都让鸡吃了。"

"广告费谁出？村两委没钱。如果让你们分摊，你们干不干？"

"我们当然不干，柑橘一个都没卖出去，倒要倒贴广告费！"

"那你们上门来闹啥？"梁志坚生气道。村民们振振有词："当初可是你叫我们发展水果种植的！柑橘种出来，卖不掉，不找你找谁？""市场瞬息万变，我们哪想到后来种柑橘的人一下子增多了，导致柑橘滞销……"

梁兴已听出了来龙去脉，就对村民们说："我刚才从飞凤山经过，发现咱们村种的都是晚熟柑橘，放到春节采摘都没有问题。大家回去吧，我向你们保证：春节期间，我把村里的柑橘全部卖完！"

村民们怀疑道："你一个大学生，说啥大话？"梁兴出示所携文件后，解释说："我现在是咱们村的村干部。我爸叫大家发展晚熟柑橘是对的，这样可以错开采摘销售旺季。我刚才摘了一个尝了尝，口感很好。"

"口感再好又有啥用，卖不掉，只能沤粪。"村民们唉声叹气。梁兴说："我在手机上查了一下，本地柑橘市场虽然饱和了，但柑橘在外地仍很有市场，尤其是不产柑橘的北方。咱们村的柑橘耐冷经放，品质好，就该瞄准外地市场。""你负责运输？""不，让外地客商自己来。""说了半天，还是要打广告。费用你出？"梁兴笑笑说："好吧，我出。"

村民们吃了定心丸，走了。

梁志坚开门出来质问儿子："才上班就这样大包大揽，有你这样当村干部的吗？"梁兴不悦道："他们把你堵在屋里，你好受吗？我替你解了围，你不但不谢我，还指责我，早知道这样，我就懒得帮你了。"梁志坚说："解围也不能空许诺！打广告，你哪来的钱？我是没钱给你的。再过几天，我就要退居二线了。"

转眼到了春节前夕，人们纷纷购买年货，按说此时是推销柑橘的最佳时候，可没有一个外地客商到村里来；到了春节，放假七天，还是连个果贩的影子也没有看到。春节收假后，梁志坚坐不住了，对儿子说："你打的广告，怎么一点儿效果都没有？"梁兴说："我压根儿就没打过。"梁志坚一愣："你这不是欺骗村民吗？"梁兴嘟囔道："谁叫你不给钱？""这……你自个儿夸下的海口，倒成了我的事儿了！"

也有村民过来打听消息。梁兴不耐烦道："春节还没结束，急什么？等过了元宵节再来问。"

很快到了正月十四，偌大的果林还是静悄悄的。梁志坚起来倒开水吃感冒药，看了眼对面山上密密麻麻的柑橘，忧心忡忡：明天就是元宵节了，儿子该如何向村民们交代？看看梁兴，仍跟往常一样，该干啥干啥。

吃了早饭后，梁兴拿上篾刀，到屋后砍来几根酒盅粗细的竹子，锯成一米多长的一节节，各留顶端竹节。之后把顶部那节竹筒砸破，划成七八根竹条，一压竹节，那些竹条就弯曲起来，再把一个小篾圈横着放进去固定好，这竹头就拱成了梭子状，跟竹竿一起，仿佛一个火箭筒。他还在竹头基部塞进一团稀泥，插上蜡烛，再在外面糊上红纸，留下点火口……

梁志坚服了药，继续躺在床上休息。听到儿子在院子里忙碌，就起来看他干啥，看到后不由得生气道："不去想方设法推销柑橘，倒搞起迷信来了！"他看到儿子正在制作蚧蟆灯。

梁兴嘿嘿一笑："柑橘滞销是因为蚧蟆瘟作怪，我做些蚧蟆灯送瘟神，好让柑橘畅销起来。你看我做得像不像？"

"像个屁！啥子不好的事都赖蛴蟆，蛴蟆可是益虫！"

蛴蟆是当地人对青蛙、蟾蜍的统称。梁兴反问："蛴蟆是虫吗？"梁志坚一愣："蛴蟆吃害虫，对庄稼有好处，咋就成了瘟神？""民间传说嘛，何必较真！""那是封建迷信，亏你还上过大学，我看你的书白念了！"

明末清初，在川北嘉陵江一带，传说大西王张献忠率兵在这里跟清军激战，双方死伤无数，导致瘟疫流行，百姓苦不堪言。恰逢开春，冬眠后的蛴蟆纷纷出洞交配繁殖。人们就以为瘟疫是蛴蟆带来的，便称其为蛴蟆瘟。一位道人云游至此，故作高深道："连年战乱，秽气浊血触怒河神，故降蛴蟆瘟祸害人间。唯有把蛴蟆送走，方可保平安无事。"于是，正月十四这天，人们纷纷砍竹子做蛴蟆灯送瘟神。小孩则摇嫩竹，唱童谣："十四夜，摇嫩竹，嫩竹高，我也高，我和嫩竹一样高。十四夜，摇嫩竹，嫩竹长，我也长，我和嫩竹一起长。十四夜，送蛴蟆，蛴蟆公，蛴蟆婆，把你蛴蟆送下河……"

梁志坚主政嘉陵村后，认为这是封建迷信，便加以禁止：一是砍竹子破坏生态；二是在野外点蛴蟆灯，容易引起山火；三是把蛴蟆说成瘟神，不利于人们爱护蛴蟆，而蛴蟆可是庄稼的朋友。就连小孩摇嫩竹也不被允许了，怕把嫩竹摇断或把竹根摇松，嫩竹就长不高了。

可儿子一回来当村干部，就把这一迷信活动挖了出来，还把柑橘滞销说成是蛴蟆瘟作怪，真是岂有此理！

"你患重感冒也是因为蛴蟆瘟作祟，傍晚去放放蛴蟆灯自然就好了。我给你做了一个。"儿子笑嘻嘻地说。

梁志坚这才看到院墙边立着几个做好的蛴蟆灯，怒道："我不去！我病一好，就到镇上告你，说你身为党员干部带头搞迷信！"

梁兴火了："你凭啥说放蛴蟆灯是搞迷信？"

"难道还是搞科学？"梁志坚反唇相讥。

"在科学与迷信之间，难道就不能有传说？像七夕鹊桥相会，牛郎星、织女星相隔 16.4 光年，牛郎织女就算活一百岁，两人乘坐最先进的火箭，也永远不可能相会。但这并不影响这个美丽的传说，人们相信他们每年都在七夕这天晚上相会。现在七夕还发展成了中国的情人节。我们为什么不能把正月十四放蚝蟆灯也发展成一个招商的节日？"

"哼，还节日，招神的节日！"

"请你把字咬准一点，是招商的节日！"

梁志坚转回卧室，往床上一躺，决定等感冒一好，就给区科协打电话，叫他们把科技大篷车开到村里来，宣传科学，破除迷信。他虽然不当村支书了，可不能放任迷信泛滥。

傍晚，村里响起了热闹的锣鼓声。梁志坚一愣：明天才是正月十五，怎么今晚就开始闹元宵了？推窗一看，只见村民们排成长长的队列，举着点燃了的蚝蟆灯，兴高采烈地在村道上游行。薄暮中，举着蚝蟆灯的队伍犹如一条缓缓流动的灯河，一眼望不到头，十分壮观。队伍前边，两人抬着一只篾扎纸糊的蚝蟆灯。敲锣打鼓的、扭秧歌的、踩高跷的、划龙船的，应有尽有，热闹非凡。村道两旁的路灯下，摆起了很多小吃摊，锅盔、蒸饺、热凉粉等当地名小吃的叫卖声不绝于耳。

渐渐地，灯河由村道流向田野，流进果林，再流到江边，人们把蚝蟆灯插在那儿，完成了送蚝蟆瘟的仪式，就说说笑笑地回来参加游园活动。

第二天，村里开来了许多汽车，梁兴叫人们采摘柑橘卖给商家。原来，他把昨天的蚝蟆节和柑橘等元素拍成视频，上传到了网上，并说活动连续举办三天，欢迎大家前来观赏川北这一独特的民俗，品尝绿色、有机、生态的晚熟柑橘。

三天下来，村里的柑橘销售一空。人们吃腻了去年秋冬贮藏的柑橘，极爱这新采摘的晚熟柑橘。村民们尝到了甜头，按照村两委的规划，积极发展果业，增种了葡萄、枇杷、水蜜桃、黄花梨等果树。几年下来，飞凤山就成了名副其实的花果山，村里开辟成了农业观光旅游景区，带动了一大批民宿餐饮业的发展，村民们纷纷开起了农家乐增收。而蚝蟆节也发展成了盛大的狂欢节，申报成了市级非物质文化遗产，与春节、元宵节的庆祝活动一起，届时商品展销、文艺演出、乡友恳谈等活动纷纷举行，热闹且极具地方特色，吸引了不少外地游客尤其是摄影爱好者前来。

梁志坚也转变了观念，不再排斥蚝蟆节，因为每年蚝蟆节，篾匠出身的他都靠制作蛴蟆灯赚一大笔钱。有村民打趣道："老梁，你咋也搞起迷信来了？"

梁志坚笑道："我呀，是迷上了民俗文化，信奉民俗文化能助力乡村振兴，简称'迷信'，哈哈哈！"

（原载《传奇·传记文学选刊》2022 年第 7 期。2022 年 8 月获中共四川省南充市嘉陵区委宣传部、南充市嘉陵区文广旅局、四川省小小说学会主办的首届"嘉陵江杯"全国有奖征文活动优秀奖。2022 年 11 月获四川省营山县文学艺术界联合会、营山县融媒体中心、营山县文化旅游发展有限公司主办的"喜迎二十大，共筑乡村振兴梦"主题征文活动一等奖。作品被收入《光辉历程——喜迎二十大，共筑乡村振兴梦》一书。）

老九的韭

在川西龙王镇，流行着两句惯用语："规矩的规，老九的韭。"前者意思是"没问题"，后者意思是"顶呱呱"。

老九姓梁，是龙王镇的韭黄种植大户，也是该镇韭黄种得最好的人。菜贩子们经常到他的地头转悠，为的就是收购他种出来的优质韭黄。别人种韭黄，一年也就收四五茬，老九却能收六七茬，亩产达一吨。更奇的是，他种的极品韭黄——四色韭，虽然一年只收一茬，但价格是猪肉的九倍，某贩子更是预订到了三年之后。

龙王镇历来有种植韭黄的传统。到了清初，该镇的韭黄更是因其色润干爽、质嫩细滑、味香浓郁等独特品质受到人们的喜爱。咸丰皇帝偶然吃到后，赞不绝口，遂指定龙王韭黄为宫廷贡菜。自此，龙王韭黄享有"贡韭"之美誉，种植规模也更大了。

梁家经过摸索，培育出了罕见的四色韭黄。这也有个故事，传说咸丰皇帝大啖龙王韭黄时，偶尔吃到几根有四种颜色的奇香无比的韭黄，遂慨叹："香哉四色韭！此馥只应天上有，人间哪得几回尝？惜乎太少！"梁家祖先就发誓要培育出四色韭。经过几代人的努力，终于培育成功。梁老九更是青出于蓝而胜于蓝，第一年的四色韭才割完，贩子们就争先给他交第二、第三年的四色韭定金了。

什么是韭黄？就是在韭菜的生长过程中，盖上草帘子遮光，让它在黑暗中生长。因为没有光合作用，无法合成叶绿素，长出来的叶片便是金黄色的，这就是韭黄。可梁老九种出的极品韭黄，却有四种颜色，从根部至叶梢依次为白、黄、绿、紫，这在清一色的金黄色的韭黄中十分醒目，物以稀为贵，所以四色韭格外好卖，供不应求。"老九的韭"也就成了"顶呱呱"的代名词。

有人想拜老九为师学种四色韭，那是异想天开；有人溜进梁家想偷什么四色韭种植秘籍，无果，因为种植技术都是口口相传的，没有文字记载，一些经验只能意会不能言传。村上想叫老九公开四色韭的种植技术，并在全村推广种植，老九以"商业秘密，恕不外传"为由予以拒绝。

老九这么多年一直独领风骚，过得风生水起，按说应该心情愉快，但他也遇到了烦心事，那就是梁家这门四色韭种植技术后继无人。

老九儿女双全，可四色韭种植技术，梁家从来是传儿不传女，传媳不传婿。偏偏儿子梁城对这门技术不感兴趣，还讥之为"雕虫小技"！

当年，梁城报考农业大学时，老九竭力反对，说上大学是为了跳出农门，当初给你取名梁城，就是希望你以后成为城里人，考农大，一辈子还得跟农民和土地打交道，还不如直接跟我学种韭黄，免得花那冤枉钱。但梁城倔强，还是报了农大。老九便退一步，叫他读农大蔬菜学专业的韭黄方向。可儿子偏偏跟他作对，报了果树栽培专业。

"果树栽培？种果树谁不会呀？就挖坑、放苗、回土、浇水，还要去大学里学四年！学会了，我们这平原地带也没法种果树。就是种了果树，水果销路也没蔬菜好；水果可吃可不吃，蔬菜就不同了，一日三餐，人们必吃，而且……"

梁城冷冷地打断他："那只是你的想法，并不代表我的想法。"

大学毕业，老九又叫儿子回来种韭黄。梁城说："韭黄是果树吗？专业不对口嘛。"他跑到邻镇，准备承包百亩荒山种植洪福杏。

"承包荒山，还一百亩，说得轻巧，你哪来的钱？"老九惊讶道。

"放心，国家对大学毕业生创业有各种优惠政策。"

"原来你是要贷款！别忘了，贷款是要还的！如果种杏失败了，你上哪儿弄钱还贷款？就算种植成功，你一种就是一百亩，杏子同时成熟，又不耐贮存，你销得完？韭黄就不同了，可以分茬收割……"

"三句不离本行啊，我看你所视皆韭黄也！照你这么说，只有全国人民都种韭黄你才高兴？那为什么村上叫你公开四色韭种植技术，你又不愿意？"儿子反唇相讥。

老九被噎了一下，继而怒道："不听老人言，吃亏在眼前，到时你的烂杏给我沤粪我都不要！我供你读完大学，义务已尽到了，你甭想再从我这儿拿到一分钱！我这点儿老本，可是靠一根根韭黄挣出来的！"

"老爸请放心，我不是啃老族！"

父子俩不欢而散，各忙各的，平时也不给对方打电话。

老九知道，果树栽培前期投入大，前三年基本没有收益，因为果树都要生长三年后才能初挂果。这三年我不给你一分钱，你那百亩杏园玩得转吗？到时只好乖乖回来给我种韭黄，我趁机扩大四色韭的种植规模。山地韭黄跟平原韭黄的风味又不一样。

想到这儿，老九就带上妻女到刚割过韭黄的地里，去给韭黄的根部培土，施上农家肥，浇足水，之后把倒"V"形的草帘子扣到韭黄地上。至于那块四色韭，他要趁女儿不在旁边时，一个人去侍弄。四色韭虽然产量低，亩产一百斤左右，可这东西价钱高呀！

转眼到了秋天，梁城不但没向父亲要一分钱，而且所承包的百亩山地还有了收入。当然，收获的不是杏子，而是韭菜。

原来，梁城承包的百亩山地是梯田，并没花一分钱，而是采用让农民以土地入股的方式，与农民共同分红。春天把优质洪福杏苗栽下后，因植株宽达五米，梁城便和女朋友一起，叫人把梯田开成一行行的，之后在田里撒上韭菜籽，以充分利用土地。经过一个夏天的生长，到了秋天，这些韭菜就可以收割上市了。到了冬天，梁城给韭菜盖上地膜增温，韭菜继续生长，他继续挣钱。

赚到钱后，梁城就给所承包的梯田全部盖上钢架大棚，把所种的洪福杏全部囊括在大棚内。考虑到日后果树的生长需要，这些大棚都比蔬菜大棚高。有了大棚调节温度，里面的果树和韭菜生长得更快了。其中的一半韭菜用于捂韭黄。捂韭黄也不用传统的草帘，而是用遮光性更强的黑色塑料薄膜，这样捂出的韭黄品质更好。

后来女朋友灵机一动，在剩余的一半韭菜中，又拿出一半来培育韭青。韭青的假茎很长，颜色洁白，质地柔嫩细腻，叶片呈青绿色，比普通韭菜更宽更厚，纤维含量少，口感和韭黄一样鲜嫩。因为是新事物，所以受到消费者的喜爱。

因有大棚控制温度，梁城的韭菜、韭青、韭黄都在第二年春天率先上市，这让种了一辈子韭黄的老九惊讶不已。更让老九震惊的是，后来梁城还培育出了五色韭，比他秘而不宣的四色韭更胜一筹，而且一年能收三茬！五色韭从根部至叶梢依次为白、黄、绿、红、紫。五色韭比四色韭更好卖。

老九本能地产生了一种失落感，他忍不住放下架子给儿子打电话："你不是不种韭黄了吗，咋个现在也挣韭黄的钱了？"

儿子如实相告："并不是我种的，是我女朋友阿玖要种。再说了，种韭黄也是为了充分利用土地嘛。"

这小子种地还谈了个女朋友！老九心中一喜。"你的五色韭是咋侍弄的？"他问。

可儿子却说："商业秘密，恕不外传。"老九一愣。梁城又说："除了五色韭，我们还开发了新品种——蒜黄，种在室内，一年可收二十茬，十分好卖，你不想过来看看？"

蒜黄？名字都没听说过。老九从来只知道韭黄。现在的人哪，真敢创新，口味也越来越刁！强烈的好奇心驱使老九马上骑上运货三轮车前去观看。

百亩杏园旁边是原来的村小学，村小撤销后，教室空了下来，梁城就把村小租下，用黑布把窗户蒙上，在室内搭上架子培育蒜黄。

老九参观完蒜黄基地和杏韭大棚后，慨叹说："年轻人的思路就是活跃，立体种植、大棚、滴灌、五色韭、韭青、蒜黄……看来我真的老了，跟不上儿子了。"

梁城说："你别乱表扬，蔬菜方面可是阿玖在负责。"

旁边那个漂亮的姑娘笑吟吟地叫了声："伯父好！"

"哈哈，你叫阿玖，我叫老九，咱们有缘分哪！"老九笑道，"阿玖，你的五色韭是咋弄出来的？"

"还不是在您四色韭的基础上培育出来的？你培育四色韭的绝技，让我们少走了很多弯路。"阿玖由衷地说道。

老九一脸茫然："可我并没有把绝技传给你们呀，这地方我也是第一次来。"

"可你把绝技录成视频发给我们了呀。"阿玖说着打开手机，放了一段视频。老九一看，视频里，自己正在鬼鬼祟祟地侍弄着四色韭，时刻提防有人前来偷窥。

见父亲不解，梁城打开天窗说亮话："实话跟你说了吧，妹妹见你不把四色韭种植技术传给她，就在四色韭地边安了个摄像头，你种植四色韭的一举一动都被摄像头录了下来，再传给我们。阿玖在此基础上培育出了更加优良的五色韭。"

阿玖说："伯父，一枝花开不是春，万紫千红春满园。互联网时代，小农经济不再适应社会发展啦。县科协和电视台明天就要到我们园区来拍摄蒜黄、韭青、五色韭的种植科教片，之后在全县推广这些种植技术，助农增收。同时成立合作社和县蒜韭协会，把蒜黄、韭青、五色韭做大做强，推向全国，像地标产品龙王贡韭、洪福杏一样，全国有名！"

"好！"老九赞成，但他心中还有疑问，"那你是咋在四色韭的基础上培育出五色韭的？"

阿玖笑笑："我跟梁城是大学同学，我学的是蔬菜学专业，专门研究蔬菜种植和新品种培育开发。"

"难怪这么能干！"老九啧啧称赞，之后慷慨道，"你们发展中要是需要资金，就跟我说一声，我种了一辈子韭黄，还是略有积蓄的。"

"得了吧，他们在创业之初，都不要我一分钱，更何况现在？"一个留着板寸头的中年人从大棚拐角处走过来说。

"你是……"老九不解地问。

"我是搞房地产的。"那人说。

阿玖像小鸟一样跑过去："爸，你怎么来啦？"

阿玖的父亲慨叹道："看到你们创业成功，我也想转行搞农业开发了！"

（2020年7月获中共四川省成都市青白江区委宣传部主办的庆祝成都市青白江区建区60周年文学作品征集三等奖。载《上海故事》2021年第1期。）

滴水涌报

　　黎明大学毕业后，志愿到本县最偏远的铜鼓堡山区支教。他在山里钻了半天，才看到几排石头房子围着一个小院，中间飘着一面国旗，那就是他支教的教学点了。他加快脚步爬上去，因为他已渴得喉咙冒烟，出发时带的几瓶水早就喝完了，一路上经过的山间小溪全部干涸了。

　　走进教学点。一位自称负责人的徐老师迎上来，连说辛苦了，递给他一瓶矿泉水。黎明接过，拧开盖子就喝，一口气就喝完了，徐老师脸上露出惊讶的神色。黎明舔舔嘴唇问："还有没有？再来一瓶，我太渴了。"徐老师抱歉地说："没有了。"这时一个女生走过来说："老师，我这儿还有半瓶。"黎明本想推辞，可实在太渴，就接过来喝了。徐老师说："如果还渴，你房间里有半瓶开水，用山泉烧的，一点儿不比矿泉水差。"

　　黎明走进宿舍，倒了一杯开水，之后把保温瓶里剩余的水全部倒到脸盆里洗把脸。洗完脸刚要倒水，几个打篮球的男生满头大汗地跑进来说："老师别倒！"说着用口盅各舀了一盅洗脸水喝，惊得黎明目瞪口呆。

　　他去跟徐老师说这事，徐老师叹了口气说："我们这儿缺水。"黎明说："这么缺水，你们祖祖辈辈还待在这儿？"徐老师说："以前这儿并不缺水，小溪里不但有水，还十分甘甜。几年前，这儿发生了一次地震，震后小溪就没有水了。经地质专家勘察，这儿是漏斗地貌，底下可能有暗河，地震把地表震松，水就渗到暗河里去了，所以溪渠塘堰都存不住水。为了灌溉，村民只好修了许多水泥池储存雨水，但时间一久，那些池水变绿就没法喝了，我们喝水都到二十里外的长冲去挑，那儿有眼泉水。因为缺水，农作物歉收，村子越来越穷，壮劳力都到外面打工去了，只有老人和孩子留守在山里。"

没想到这儿的条件竟这么艰苦，难怪很多人都不愿意到这儿来教书。看着孩子们一张张可爱的笑脸，黎明决心把各项工作干好，为学生夯实文化基础，让他们长大后走出大山。黎明是个多面手，除教文化课外，还教音乐、美术、体育，课余还耍些小魔术，深受学生喜爱。

　　那个给黎明矿泉水喝的女生叫紫荆，念五年级，父母长期在外打工。矿泉水是过年时父母带回来的，她一瓶要喝十天，实在太渴了，才喝一小口润润嗓子。黎明想到那天一口气把她的半瓶水喝完了，心里十分愧疚。那天放学后，他就跟着紫荆到长冲去挑水。他先给紫荆家挑了两担，再给自己挑了一担，回来时天就黑了。认得路后，他就独自去挑水，每次给紫荆家挑水，紫荆的爷爷奶奶都要客气地留他吃饭，但他都婉言谢绝了。

　　这天，黎明正给五年级上课，突然右胁一阵绞痛，他瞥了一眼腕上的表，看时间快下课了，就强忍着疼痛继续讲。不一会儿，他脸色蜡黄，豆大的虚汗流了下来，眼前一黑，倒在了讲台上。学生们一声惊呼，紫荆跑去报告徐老师。徐老师过来扶起黎明问他怎么了，黎明虚弱地说："没事，胆结石……麻烦你到我宿舍把利胆片拿来，在抽屉里……"

　　徐老师去拿药时，看到旁边放着一张处方，上面写着医嘱："按时服药，平时多喝水。"徐老师一下子明白了，黎明一定是喝水太少，导致胆结石发作。他眼眶一红……

　　第二天，黎明起来晨跑，看到宿舍门口放着一口大缸，就问徐老师："这是干吗的？"徐老师说："这是口宝缸，女娲补天时用的，会自动生水，以后你就不用自己挑水了。"黎明知道徐老师爱开玩笑，就没多加理会，仍跟往常一样跑到林子里锻炼。半个钟头后回来，黎明吃惊地发现，大缸里装满了清澈的泉水。

　　这是怎么回事？从这儿到长冲来回要走一个多小时，任何人都不可能在这么短的时间内把大缸挑满。到了办公室后，他把心中的疑惑说了出来。徐老师说："不是告诉你了吗？那是口宝缸，会自动生水，一天一缸。以后呀，你就别节约用水了，每天把缸里的水用完，不然放久了会长子了，山里蚊子多，它们千方百计找有水的地方产卵。"

　　徐老师不说，黎明就决定自己去解开这个谜。既然水不能久放，他就跟在城里一样痛痛快快地喝水、用水，晚上见还剩下半缸，就烧热了洗澡，好舒服哇。

第二天晨练回来，那口空缸又装满了新鲜的泉水！一连几天都是这样。难不成徐老师趁自己出去跑步时把自家的水倒到了缸里？可他家哪有这么大的缸？

星期五一大早，黎明又起来锻炼，这次他没有到林子里去，而是来到学校后面那块大石上，紧紧盯着宿舍门前那口大缸。不一会儿，学生们陆陆续续从四面八方的山林里钻出，朝教学点走去。每个学生进教室前，都要到那口大缸前站一会儿。黎明一下子明白了，他跑进学校，冲到大缸前，看见紫荆等几个学生正用矿泉水瓶往大缸里倒泉水。

黎明忙阻拦道："你们把水倒完了，喝什么？"紫荆说："我们还有一瓶。"黎明不信，学生们就从书包里拿出另一瓶水。

黎明无言，一阵感动涌上心头：多懂事的孩子呀！

很快，一个念头在他的脑海里冒了出来。

第二天，黎明到镇上买了个立式开水机，放在水缸旁，装上水，插上电。从此，学生们告别了喝生水的历史，更加喜欢城里来的黎老师。

很快到了国庆节，黎明回了一趟城，拿来一些天冷时穿的衣物。跟他一块儿来的，还有一个建筑队，每个人的背篓里都背着一袋水泥。徐老师问："这是要干吗？"黎明说："修水池呀！"徐老师说："没用，池里储的水没法喝，只能用来灌溉，水池村里多的是。"黎明笑着说："我会变魔术，能把池水变得跟泉水一样甘甜。"

村民们听说教学点要修水池，都过来帮忙。山上有的是砂石，所以修建进度很快，水泥用完了村民们就到村街的铺子里去背，黎明负责给钱。半个月后，水池就建好了。新水池跟村里的不同：很大，长方形，上盖水泥板，四周安有塑料管，管上安有开关，水池正面还安了几个水龙头。黎明对徐老师说："明天早上你把水龙头打开，泉水就会哗哗地流出来。"

徐老师不置可否地笑笑，心想：上次我忽悠他，他现在也来忽悠我。不过，第二天一早，徐老师还是假装晨跑，来到水池前，拧开水龙头，"哗哗哗……"强劲的水流喷了出来，溅湿了他的运动鞋。徐老师连忙把水龙头关上，转到池子后面，发现两根长长的塑料管朝长冲方向延伸，消失在浓雾里。

原来，黎明双管齐下：在修水池的同时，派人到长冲出水口那儿建坝子，之后再安装塑料水管。在水池修好时，水管也快接到教学点了。天擦黑后，工人们再加一会儿班，就把牵来的管子跟池子上的管子对接上了，之后放水一试。长冲的海拔比教学点高出一百多米，虽说其间有不少起伏的山头，可水流还是顺着管子朝教学点流去。两根管子流了一夜，就把水池灌满了。

教学点引来泉水的消息很快传遍全村，村民们纷纷挑着水桶来接水，这比到长冲去挑省力多了。黎明说："挑水太麻烦，我这儿还有一堆管子，大伙儿牵到各家各户去。水池是全村的制高点，完全可以让家家户户都用上自来水。至于水池的容积，我是计算过的，够咱们全村人用的了。"

一番忙碌后，全村都用上了自来水，村民们高兴得仿佛过年一样。从此，村里的生活方便多了，家家户户的日子过得也滋润多了，村主任代表大伙儿前来对黎明表示感谢。黎明说："别谢我，要谢就谢金炎实业有限公司，所有费用都是公司出的，我只不过游说了一下而已。"

村主任一愣，马上召开村民会议。村民们知道前因后果后，感动地说，既然金炎公司不计前嫌，解决了咱们的吃水问题，咱们也知恩图报，不再相信迷信那一套。

第二天，村主任就下山来到水泥厂，签订了开发鸡笼山的合同。

原来，金炎公司的老总到铜鼓堡考察时，看中了鸡笼山的优质石灰石，就在村里建了一家水泥厂。可厂子建起来后，铜鼓堡的村民忽然变卦了，说鸡笼山是铜鼓堡的"龙脉"，开挖后对全村不利，会使村里更加缺水。水泥厂没办法，只好到别处购买石灰石，这就增加了成本。厂方多次派人到村里去劝说，可村民们就是不听。

现在好了，村民们主动派代表前来签订开发合同。合同一签，水泥厂马上用自己生产的水泥铺设了一条进山公路。从此，村里除卖石灰石外，在外打工的村民也大都回来了，男的当矿工，在家门口挣钱，女的做好各种后勤工作，之前的留守儿童现在跟父母生活在一起，有了至亲的陪伴，学习有了很大的进步，紫荆也考上了一所重点初中。

更令人意想不到的是，公路修通后，驾车到铜鼓堡来游玩的人一下子增多了，这里的喀斯特地貌让他们惊叹不已，他们把所拍的照片和旅游感受在网上和报刊上发布后，前来游玩的人越来越多。后来，县里干脆把铜鼓堡打造成一个旅游景区，村民们见状，纷纷开农家乐接待游客挣钱，日子越过越红火，昔日的穷山沟一下子跃居全县最富村，不少教师争相到这风景如画的教学点任教！

"真没想到啊！"从铜鼓堡游玩回来，金炎公司老总边开车边慨叹，"一个天大的难题竟被你一个小小的报恩之举解决了！"

"与人方便，自己方便。"坐在副驾驶座上的黎明笑了笑，"其实，在报恩的同时，又何尝不是为自己和他人铺平道路！"

老总赞许地点点头："所以，今年我再拿出五十万元回报社会。儿子，帮我把全县的贫困学生名单统计出来，下个月送到我办公室。"

（原载《传奇·传记文学选刊》2020 年第 10 期，《民间故事选刊》2021 年第 1 期上半月刊转载。）

第一辑　时代故事

山药的秘密

文地大学毕业考上了大学生村官，被分配到红石村当副主任，便骑上摩托车前往。红石村是文地的老家，不过他从小在县城长大，从未去过村里。

几经问路，文地终于来到村口。村道很窄，前面有一辆板车，上面堆满山药，两根绳子从前至后把山药固定在板车上，板车速度很慢，看样子很沉。那些山药都像胳膊一般粗，笔直，有扁担那么长。

文地从未见过这么好的山药，暗暗称奇。跟了一会儿，他看到前边的路较为宽敞，就加大油门从旁边开过，不想却把一根山药碰断了。拉车的老汉一把抓住他，要他赔钱。文地问要赔多少，老汉说："八万！"

"八万！你这不是讹人吗？"文地生气道。老汉更生气："哪个讹你？我这山药是要拿去参赛的！去年我的一根山药，在山药节上拍了八万块！"

文地听后张口结舌，正不知如何是好，迎面开来一辆满是泥浆的电瓶车，停在板车的跟前。骑车的是个中年人，问文地是不是上面派来当村干部的。见文地点头，那人又说："我叫梁龙，是红石村的村支书。"

梁龙很快知道是怎么回事了，就对老汉说："牛大爷，山药节下个月才举办，你又没把山药挖完，以你高超的种植技术，肯定还有比这更长的，那才是真正的山药王。这样吧，我们先把这根断山药拿回村委会，如果你挖不出更长的山药，村委会就赔你八万元。"

回到村部，梁龙对文地说："饿了吧，我给你弄吃的。"说着就拿上那根断了的山药到水龙头那儿刮洗。

文地大惊："我们把这根山药吃了，牛老汉以后挖出来的山药，怎么知道是比它长还是比它短？"梁龙笑道："那不更好吗？那样，他挖出来的最长的山药就是山药王，咱们就用不着赔他钱了。"

文地不安地说："要是他拿不到冠军咋办？"梁龙说："不会，在去年的山药节上，牛金老汉第五长的山药都比别人最长的山药长。如果不是规定一名参赛者只准拿一根山药参赛的话，他可以拿下前五名！牛金种山药有绝技，但他一直秘而不宣，连种山药的地都用土砖围起来，外人根本没法进去偷看。"

没过多久，文地就把村里的情况摸熟了。这儿每年种两季水稻，但村民的收入普遍不高，村里最富的就是牛家。这给文地以莫大的启发，要想让村民奔小康，必须调整农业产业结构，广种山药。

山药既可食用，又可入药，有益健脾胃、滋肺补肾的功效，深受消费者欢迎。"那为啥不发动村民大量种植山药？"文地不解地问。

梁龙说，前两年他三番五次请牛金给大伙儿传授山药种植技术，可牛金死活不肯，究其原因，一是牛金以前被村干部得罪过，二是怕大伙儿都种了山药后，影响他家山药的销路。劝到后来，牛金烦了，说："要我传授山药种植技术也行，除非……"但他提的那条件太苛刻，根本无法实现。

梁龙不信邪，派人到山药产地学习种植技术，顺便购回一批优质种子，之后搞试点种植，如果种出来的山药达到牛金的水平，就可以在全村推广。为了万无一失，梁龙还派人悄悄翻进牛金的山药园，察看他是怎样种植山药的。那人出来时，顺手拿了一包牛金挂在墙上的山药种子。

结果，他们种出来的山药奇形怪状，坑坑洼洼，根须很多，刮洗困难，拿到市场上无人问津，只好留着自己吃。

"是不是品种不行？"文地问。

"可我们用从牛金那儿偷来的山药种子种出来的也是那种样子。我估摸，肯定少了一道重要的工序，这道工序牛金一般都在夜里进行。"

"你刚才说牛老汉曾答应公开种植绝技，除非什么？说说看。"

梁龙犹豫了一会儿才说："除非你爹前来向他道歉。你爹那时是村支书兼村主任，得罪过他。可我上哪儿去找你爹呀！"

这天，文地到各组检查冬种工作，顺便到牛金的山药园看看。敲了半天门，牛金才开。

两人来到那畦正在开挖的山药地，牛金掏出一把卷尺，嗖地拉开，在那根靠在墙边的山药上量了一下："一百四十厘米，比那天的那根还长两厘米！"

"牛伯伯，你种山药种得这么好，要是你把种植技术公开，让大伙儿都来种，把咱们村建成山药种植基地，形成特色产业，那该多好呀！"

牛金头也不抬，专心致志挖山药："凭啥？在我挨整那阵儿，谁可怜过我？"

原来，二十多年前，牛金在山上开了一块薄地种山药，很快就被人告发，说他私自开荒，挖集体墙脚。当时村里的一把手文新就罚牛金到偏远的林场干活。牛金在那儿一待就是五年。五年后，他下山去找文新算账时，文新已辞职回了县城。

"文主任，我跟你爹的事一天不了结，我一天不公开山药种植技术！"

"好，我一定说服我爹到村里来。"

周末，文地回到县城，把牛金的话跟爹说了。他爹还记得对方："我当时的确不该把他弄到林场去，他在村里找对象本来就困难，到人烟稀少的林场就只能打一辈子光棍……这么多年我一直没有回村，就是愧对牛金，愧对父老乡亲……"

"你跟牛伯伯都是快七十岁的人了，二十多年前的疙瘩你就去解了吧，也算是对我工作的支持。"

星期天下午，文地用摩托车拉上父亲，直接驶到牛金的山药园。文地一进园就大喊："牛伯伯，你看谁来了？"牛金一看："文新，隔了二十多年，你到底还是来了！"

文新愧疚道："牛金，当年是我不好，是我对不起你……"

牛金冷哼一声："啥呀，我还要感谢你呢！"文新见对方说反话，不由得脸一红。牛金刺耳的话还在后头："你当年要是不把我弄到林场去，我哪会有今天的好日子？我感谢你还来不及呢！"

"牛伯伯，过去的事情就让它过去吧。你跟我爹二十多年没见面了，好好叙叙旧，不要说气话说反话。"

"我说的都是真心话。"牛金说。他去林场前，带了一些山药种子，偏远林场粮食供应不足，不种点儿东西咋行？可种东西又不能开垦，咋办？他想了几天，终于想出一个好办法……

牛金说着，拿过一根半人多高的握得锃亮的钢钎，钢钎的一头已被打扁，而且弯成了弧状，像一把巨大的圆凿。这工具叫竖锹，牛金只用了几下，就在地里挖了一个笔直的圆形竖洞。

牛金说，在林场，他专在比较偏僻的小灌木旁挖竖洞，之后放进肥土，点上山药种子。山药的藤蔓长出来后，就攀到小灌木上。他靠种这些山药，度过了艰难的几年，还娶了老婆。

那天，他巡山时听到一个小女孩在哭，上前一看，山道上躺着一个女人。他连忙把女人扶回小木屋，又端山药给母女俩吃。两人吃饱了就不想走了。

"要养家糊口，靠啥？就靠种山药。这二十多年，我靠种山药过上了好日子。就凭这，文新，我能不感谢你吗？"

"哪里，那是因为你有种植技术，关我什么事？"

"可这技术是你给我的呀！我在林场种山药时发现，在竖洞的肥土里种山药，山药会长得又粗又直又长！所以回村后，我每次点山药种子时都要先用竖锹在土里扎一个圆洞。文新，当初你如果不把我弄到林场去，我到死也不会发现种植山药的这个秘密！"

原来是这样！

牛金又说："其实，我早想告诉大伙儿这个关键环节，让大伙儿都来种山药挣钱。我跟梁龙说，只要把文新喊回来跟咱叙叙旧，我就马上公开这个诀窍，可梁龙那小子懒，一拖再拖……"

"并不是我拖，"梁龙笑着走了进来，"那天我本想进城去找文叔的，忽然接到县委组织部打来的电话，说要给咱们村派一名大学生村官，还把相关材料传真了过来。我一看，嘿，巧得很，正是文叔的儿子！你说，我还用得着亲自去找文叔吗？"

（原载《民间文学》2021年第7期。）

承包盐碱滩

　　红石村有千余亩含盐量在百分之一以上的重盐碱地，寸草不生。当年分田到户，这片盐碱滩自然就没分，仍为集体财产。为利用这块秃地，村里种过树，没种活；建过房子搞养殖，可墙脚很快被盐碱腐蚀，成为危房；搞过光伏发电，结果那些"高科技板"被台风吹得稀里哗啦，血本无归。村民们咒骂老天不公，把这么块孬地安到村里，面积还不小。然而，大学毕业回村的柳柽（chēng）却认为这是块风水宝地，要承包下来创业。

　　村主任老梁大喜，不收他任何费用，随便他怎么弄。柳柽却煞有介事地要求签订合同。村主任虽觉得这纯粹是浪费纸张，但还是跟他签了，承包费零元，承包期本想写"无限"。但柳柽说，根据相关法规，土地承包的最长期限为七十年。老梁只好照写，心里却颇感遗憾。

　　签完合同，老梁问："'柳怪'，你打算在盐碱滩发展啥子？"

　　柳柽原名柳撑，他爹是撑船的，兼作师公（神汉）。有一次，他爹去给他算命，算命先生说他五行缺木，就把他名字改成了柳柽。柽字很多人不认得，常常念成"怪"。加上柳柽为人有些怪，"柳怪"就成了他的绰号。他读了四年大学，怪脾气一点未改，还承包毫无用处的盐碱滩，这不是吃饱了撑的吗？难怪原名叫"柳撑"哩！

　　柳柽见村主任叫他外号，也不在意。他把合同收好，说："盐碱滩光秃秃的，像块癞疮疤，严重影响村容村貌，所以我想把它绿化起来。"

　　老梁夸张地伸出大拇指："有志气！等你把盐碱滩绿化了，我要向镇上为你申报'焦裕禄式的好干部'称号！"

　　"那倒不必，我又不是干部。不过，咱们村盐碱滩的含盐量倒是比当年兰考的高。"

"那你打算种啥子呢？也像焦裕禄一样种泡桐树吗？"

"不，我姓柳，就种柳树，无心插柳柳成荫嘛！我有意插柳，那更能成荫！"柳桠颇为书呆子气地回答。

老梁听后，在心里冷笑，当年他们连泡桐树都种过，均告失败。但他不说，有意让对方碰壁，因为他依稀听说柳桠在跟他的宝贝女儿梁婀谈恋爱。柳桠要把盐碱滩绿化，就跟在珠穆朗玛峰上栽树差不多，那是不可能的事！等他碰得灰头土脸了，梁婀自然就看不上他了。

柳桠承包盐碱滩的消息像飓风一样传遍了全村，大伙儿都在等着看他的笑话。柳桠还没回到家，他爹就在半路上堵住他："盐碱滩……"

"我承包下来啦，一千多亩哩，而且不花一分钱！"柳桠表功似的扬了扬手里的合同。谁知他爹却扑过来抢。柳桠大惊，连忙躲避："你这是干啥？"

"干啥，你承包啥不好，承包盐碱滩，你能种啥？"他爹恼怒道。

"种柳树哇，不然你祈雨哪来的柳枝？"柳桠反击道。他一向反对爹搞迷信活动。

师公被噎了一下。随着新农村的建设，科技越来越普及，别说祈雨，就是跳神也没人请他了，大家有病都到医院去看。师公早已"失业"，只是人们习惯了，仍叫他师公。

师公哼哼："你小子中了老梁的道儿——柳树当年种过，压根儿就种不活，盐分太高了！"

柳桠一愣，随即把脖子一梗："你们种不活，是因为不讲科学，我可是林业大学毕业的！"

"不听老人言，吃亏在眼前！我可没有一分钱给你往盐碱滩上扔！"

师公以为从经济上卡住儿子，儿子就会知难而退，谁知柳桠联系来的苗木却是免费的。栽种要请村民，劳务费总要支付吧，柳桠只好去贷款。奇怪的是，这小子无须担保人也能贷到款。

苗木运来时，师公去看了看，发现那些成捆的苗木全都没根，而是尺把长的光秃秃的木棒，难怪不要钱。

"当年种的柳树苗还是带根的，都没种活；你拉来这些'哭丧棒'能种活？"师公嘲讽道。柳桎反唇相讥："没种活？那坟园里那些柳树是从哪儿来的？""关键是坟园没有盐碱，你这儿是盐碱滩！""现在还没插，你就断言种不活，是不是为时过早？"

盐碱滩湿润，木棒很容易插进去，所以村里的留守妇女、老人、儿童都来挣这个钱。这恐怕也是史上最轻松的植树活动。

一个月后，千余亩盐碱滩全部等距离插上了木棒，蔚为壮观！

村民们时不时到盐碱滩看看，只要木棒变干了，就可以光明正大地拔回家当柴烧，长短也正合适。可令他们失望的是，所有木棒不但没变干，还全部冒了芽，不久便长出嫩枝，枝条一个劲儿地往上长，生长极为迅速。细看叶子，像垂柳，又不太像。

"这到底是啥子柳哟？"师公不解地问，摘片叶子挼来闻，也闻不出味道——他感冒鼻塞了。

儿子说："你以前祈了那么多雨，之所以不灵，是因为你用的是垂柳，而这才是真正的祈雨之柳，古称雨师或雨丝；观音菩萨洒水用的柳枝，就是这种柳，故又唤作观音柳；树皮红色，又名红柳。它原产我国，是木中之圣，所以学名叫柽柳，也就是把我的名字反过来读。现在你们明白了吧，我种柽柳是有原因的！"

众人听后，都增长了知识。"这个柽柳，能长多高？""三到六米。""不少柽柳长得歪歪扭扭的，只能当柴烧……""错了，越歪歪扭扭越值钱！""这从何说起？"师公不解地问，并咳了几声。

"你感冒了吧？"柳桎折了几枝嫩柳交给父亲，"拿回去熬水喝，包好！"师公惊讶道："柽柳还能治病？""以嫩枝入药，味辛甘，性平，归肺胃心经，有疏风解表、发汗透疹之功效。明年即可大量采摘卖给药材收购站。"

当爹的点点头，原来儿子是看中了柽柳的药用价值。

柳老头煎服柽柳嫩枝后，感冒霍然而愈。种柽柳既绿化美化了环境，又能带来经济收入，柳老头改变了对儿子的看法。

昔日盐碱滩长起千亩柽柳林后，犹如一道绿色屏障，在抵挡海风方面发挥了巨大作用，村里的农作物相比以前增产了。另外，到村里来玩的人越来越多，一些有条件的村民开起了农家乐。

到了第三年，游客一下子暴增，因为这里成了网红打卡地——柽柳林一年开三次花，花穗长三四寸，水红色，宛若蓼花，极具观赏性，且花期特别长。蜜源丰富，养蜂业也随之扩大了。梁婀这位养蜂合作社社长忙得不亦乐乎。人气旺，财气就旺，连柳老头也重新撑起船来，带游客在河上游览乡村风光。

柽柳极耐修剪，修剪下来的嫩枝营养丰富，可喂牲口，村里的畜牧业扩大了。枝条柔软能编筐编簍，柽柳筐成了村里的工艺品，大小都有，游客们往往要买几个回去装东西或做摆设。

村民们得到了好处，不再叫柳柽的外号，而是亲切地叫他"阿柽"。阿柽把赚来的钱，大多用在村里的公益事业上，作为免费承包盐碱滩的补偿。大伙觉得他有知识、有见识、有胆识，在换届选举时，选他为村委会主任。

在就职演说时，阿柽讲，当年他爹找算命先生给他算命，算命先生说他缺木，把他名字改为柳柽，他很反感，认为这是封建迷信。可他后来一查字典，发现柽字只有一个意思，那就是柽柳。柽柳根系发达，生命力旺盛，发芽力强，耐旱、耐涝、耐高温、耐严寒、耐盐碱、耐贫瘠、耐风沙、耐修剪，浑身是宝，树龄可达百年。他这才认可了这个名字，并发誓要像柽柳一样顽强拼搏，回报社会。所以高中毕业后，他报考了林业大学。在大学里，通过进一步研究，他发现柽柳能从盐碱土中吸收过多的盐碱成分，而这些盐碱成分并不会在其体内积聚，所以它在盐碱地也能繁茂生长。当然，他承包盐碱滩主要是为了爱——梁婀从农校毕业后，回村带领乡亲们大力发展中蜂养殖。因技术过硬，村里的养蜂数量很快饱和，必须开辟出新的蜜源。梁婀十分支持柳柽绿化盐碱滩，他当年请村民插柽柳棒的劳务费就是她给的，并不是贷款……

"嘿嘿，我种柽柳，也是爱屋及乌……"末了，柳柽总结道。因为激动，用词不当。有年轻人不干了："什么，我们成了乌鸦？你必须马上请我们喝喜酒，不然我们可不依！"

"行，行，近期就请，嘿嘿！"柳柽征求前村主任意见，"伯父，您看……”

老梁故作不悦道："还叫伯父，应该叫爸！我崇尚雷厉风行。这样吧，你俩明天领证，后天办酒席！我退居二线了，也想早点儿抱外孙！"村民们欢呼起来。

通过盐碱滩和村里的一系列变化，老梁重新认识了柳桊，觉得他是个人才，便放心地将女儿交给了他。可婚后没多久，柳桊就翻脸了，叫来挖掘机把不少桊柳挖掉了。这不是破坏蜜源，拆女儿的台吗？

老梁赶到现场，挖上来的桊柳已去掉枝条。树坑填平了，重新插上桊柳棒。柳桊解释说："明年它又会发芽的，这叫轮伐。我留下来的桊柳开的花，足够村里的蜜蜂采蜜。"老梁还是不解："长得好好的，为啥要挖掉？""我挖掉的，都是长得歪歪扭扭的。""你不是说，越歪歪扭扭越值钱吗？"

"对呀，正因为值钱才挖！"柳桊说着，带岳父来到一个地方，工人们正忙着把修整过的桊柳根放到矩形或椭圆形的深紫砂盆里。原来他们正在制作盆景！

旁边摆着一些制作好的桊柳盆景，姿态优雅，枝叶繁茂，翠色如柏，枝细而柔，下垂潇洒，微风吹拂，婆娑起舞，婀娜多姿，十分惹人喜爱。

柳桊侃侃而谈，这些盆景都由两三年的桊柳制成，直干型、曲干型、斜干型、峭壁型都有，不仅可以单独种植，还可以做成双干型、多干型、丛林型等各种风格，畅销全国各地。

老梁正在慨叹女婿脑瓜灵活，这时女儿梁婀兴冲冲地跑了进来："告诉你们一个好消息，咱们村的桊柳蜜被评为'中国地理标志产品'了！"

（原载《传奇·传记文学选刊》2023 年第 6 期。）

榨不尽的留余

南宋时，福建霞浦出了位参知政事（副宰相）王伯大，此人为官三十四年，迁官三十多次，曾两次被罢官，三次被降职，一生清廉，两袖清风。晚年归故里，筑留耕堂而居，号留耕道人，书《留余铭》于壁。时人纷纷抄阅传诵，影响深远。

历史的车轮滚滚向前，到了当下。村里的王老七，文化程度虽然不高，却把王伯大认作自己的祖先，将其留余思想奉为圭臬，做什么事情都留有余地：为人犹犹豫豫，做事磨磨蹭蹭，说话吞吞吐吐，甚至每顿饭菜都故意不吃完，留下一些到下一顿再吃。儿子王余对此很不高兴，觉得餐餐都吃残羹剩菜，再好吃的菜肴被剩菜一搅和，也变得索然无味了。

王余大学毕业后到重庆打工。几年后回来，他首先在家里推行"光盘行动"，要求每顿饭菜都吃完，不留余，因为剩下的饭菜会滋生各种细菌，吃了对身体不好。

母亲第一个响应："难怪我经常拉肚子，原来是剩饭剩菜吃的，特别是热天，剩饭剩菜往往会变馊！可死老头子一直都说我肠胃不好！"

王老七嚷道："年年有余不是中国人的期盼吗？顿顿有剩余有啥不好，非得吃了上顿没下顿才合你们的意？"

老伴撇撇嘴："全民奔小康，谁家还会吃了上顿没下顿？"

"我！"王余笑道，"我经常吃了午饭后，晚餐就不吃了——我不吃晚饭是为了减肥。"

母亲说："我的体重也超标了。为了减肥，为了响应'光盘行动'，从现在起，我每餐都少做些，只吃七八分饱，电视上说这样最有利于健康。"

"妈妈这种做法才是对王伯大的《留余铭》的真正应用：别把胃吃得太

胀，给健康留一些空间！"

王老七也觉得新鲜饭菜比剩饭剩菜好吃，也就不再吭声。

母亲把碗筷收拾到厨房后，王余拿抹布将饭桌擦干净，之后坐下来对父亲郑重其事地说："我要把村里的撂荒田地利用起来，种上榨菜。"

此时是秋收后不久。当地种两季水稻。晚稻一割完，田地就撂荒，直到第二年春耕才插上秧苗。

"你哪儿来的资金？"王老七惊讶道。

"我不是打了几年工吗？我没寄钱回家，你就以为我是月光族哇？错了，在存钱方面，我可是王伯大的忠实信徒。""存了多少？"王老七小声问。"二十五万。"

"你也老大不小了，这钱用来成家吧，我们都等着抱孙子呢，对吧？"王老七问从厨房里走出来听他们谈话的老伴儿。

"钱没赚到，何以家为？这事我定下来了，只是告知你们一声。"王余淡然地说。

"不行！"王老七断然道，"田地撂荒过冬是自古留下来的习惯，你说是留余思想可以，说是为了土地休养生息也行。土地像人一样，也需要休息！"

"土地不是血肉之躯，怎么会像人一样？你难道不觉得土地撂荒四五个月可惜吗？"儿子反问道。

"田地种了两季水稻，也该歇歇了，你不能这样不停地榨取！"王老七生气道。

王余也火了："我就是要榨取，充分利用土地种榨菜，把土地的最大利润榨出来！"

母亲见状，连忙息事宁人："你们爷儿俩真是冤家对头，几年不见，一见面就吵，不能好好说话吗？"

王余平复了一下情绪说："榨菜喜欢冷天，从种到收刚好四个月，不会影响春耕生产。这样轮作，对水稻也有好处。"

"你打算投多少？"母亲关切地问。

"二十五万全投。如果有你们的赞助，更好！"

王老七吼道："我们的血汗钱你休想要，我们要用来养老！二十五万我也劝你别全投，万一亏了呢？古人说得好：'财不可露尽，钱不可用光……'"

"我已经全投进去购买优质榨菜苗了。"

"天哪！你才回来，还没问村民们愿不愿意种，就开始投资。有你这么莽撞的吗？你！你再性急也不能这样啊！你亏定了！"王老七气得发抖。

王余正要反驳，手机响了。他接听之后对父母说："二十五万元的榨菜苗已经运来了。育苗公司的效率真高，给他们点赞。"说完匆匆出去了。

王老七气鼓鼓地坐了一会儿，也跟着出去，他要看儿子的热闹。

可奇怪的是，王余既没大声喊也没打电话，村民们却纷纷挑着空泥箕从家里出来，围在村口那几辆大卡车旁。几人上车斗卸货。菜秧都装在长方形的塑料筐里，一筐放五层，绿油油的，十分喜人。王余负责分发，田地多的人家就领得多一些。

只一会儿，菜秧就分完了，可见大家种榨菜的积极性很高。

王老七问一个挑着满满两泥箕菜秧的村民："你们种这玩意儿不怕亏本吗？"

那人边走边说："怕啥，菜秧不用自己掏钱，种出的榨菜有人负责收购，田间管理有人指导，大冷天的也没虫害，无须打药。其实，这东西贱得很，田地都不用翻耕，直接栽上去就能长得很好。活儿又轻松，男女老少都可以干。把冬闲的土地利用起来，多赚几万块钱不好吗？"

"这些，你们是咋个晓得的？"王老七很惊讶对方竟比自己懂得还多。

"王余在群里说的呀。你没进群，当然不知道了。你那破老年机也早该换了。"那人说着把菜秧挑到满是稻茬儿的地里去栽了。

哼，老年人不用老年机用啥机？手机就一个通话和看时间的功能，其他都是瞎扯淡！甭高兴得太早，出水才瞧两脚泥！榨菜要是那么好种，重庆那边的农民岂不富得流油了？

村民们把菜秧种上后，果然长势良好。王老七时不时在秋风中到田埂上散步，发现所种的根本不是榨菜，而是芥菜，只是跟本地芥菜略有不同。

经他一说，村民们也发现是芥菜。王老七对儿子说："不听老人言，吃亏在眼前。二十五万要打水漂了，几年工白打了。"

王余犟道："芥菜就芥菜，大家把它种好就是了，到时一样负责收购。"

后来大伙儿发现，这种芥菜的茎越来越大，到第二年春天收获时，形成了一个个大菜头，最重的达三斤半。这时王余才揭秘：这是他从重庆引过来的优质茎用芥菜——草腰子，菜头就像一个个大腰子，质地嫩脆，是制作榨菜的上乘原料。

王余将收上来的菜头全部运往海霞榨菜厂。

他从卡车驾驶室跳下来时，销售部跑出一个姑娘，她是厂长的女儿梁霞。梁霞高兴地对王余说："用你研究出来的配方腌制的上一批榨菜，深受消费者青睐，都说咱们海霞牌榨菜好吃，特别下饭。"

王余悄声道："再下饭也没有你下饭，你可是秀色可餐……"

"讨厌！"一阵娇嗔加上粉拳直播在王余的胸膛上。他们是一对恋人。自打王余从重庆回来，他与梁霞两地的绵绵思念马上变成了火一般的热恋。

王余欣慰道："十年工夫没白费！我大学四年学食品专业，毕业后到重庆那几家知名榨菜厂打工学艺，终于研制出了自己满意的产品，值得！"

梁厂长走过来看了看王余拉来的菜头，表扬道："这些原料不错！从源头上抓起，现在厂里的产品已经打开了销路。有你做技术把关，我们可以扩大生产规模，动员更多的农民利用冬闲田地种植榨菜，实现双赢。"

"伯父放心，经过宣传，现在全镇的村民都表示，秋收后要种榨菜创收，为乡村振兴出力。"

梁厂长点点头："王余，有了你的加盟，我有信心把厂子做大做强！可是你为什么要这样全力帮助我们？"

"你问她。"王余一指梁霞。梁霞说："我没做过啥呀？"

王余回忆说，十几年前，他跟梁霞同在镇上的中学读高中。那所中学，要求学生种菜，一天上七节课，第七节往往是劳动课。劳动课的内容就是种菜。如果不种菜，学生就没有菜吃了。那时梁霞走读，不存在这个问题。但寄宿生就不一样了。因为功课紧，王余和同学们没时间种菜或菜种得少跟不上趟儿，班上没有蔬菜交食堂，食堂就在每人饭盒的饭面上放一小撮盐巴供学生下饭。梁霞知道此事后，就把自家厂里的榨菜拿来给王余下饭。

"我没送啊，那是给你的酬劳，因为你经常辅导我功课。只是我笨，没考上大学。"梁霞插嘴说。

王余仍沉浸在往事之中："我那是第一次吃榨菜，真香！高考前夕，我买了一小袋重庆那边的榨菜对比一下，发现你们的榨菜没有人家的香，所以填报志愿时，我专门选了食品加工方面的专业，在大学里更是对榨菜做了很深很细的研究。毕业后，我又到那些知名榨菜厂去实践学习，提高认识。"

梁厂长点点头："我们这边，原先并没有榨菜。五十年代，有不少重庆人驻扎在我县的部队里，他们喜欢吃榨菜，就引过来种植腌制，榨菜这才在霞浦扎下了根。后来军队加强管理，非军事项目削减。为了让驻军能吃到榨菜，我就开了这个厂子。"

"难怪伯父每年都被评为拥军模范。"王余赞叹道。

"这跟解放军的救命之恩相比，算不了什么。"见两个年轻人不解，梁厂长说，"我小时候特别调皮，台风天也敢出来玩耍，结果被大风掀到了海里。是抢险的解放军费了九牛二虎之力才把我救上来。那时我已经窒息假死，军医马上给我做人工呼吸……"

王余听得倒吸一口冷气。

"所以，厂里每出一款新产品，我都要先给军营送去，同时也是为了征求官兵们的试吃意见。"

"这么说来，我们的产品还要在口感上提升改进！"

经过王余的刻苦攻关，榨菜的口感又上了一个台阶。他研发的榨菜在全国十大榨菜评比中荣获冠军，被消费者誉为"最好吃的榨菜"。

可外地消费者却在网上留言说，很难买到海霞牌榨菜。这是肯定的，因为该榨菜除了在本地售卖外，很少销往外省。记者问王余这是为什么。王余说："这是先贤王伯大对我们的教导，势不可使尽，福不可享尽，我们要留一些市场给其他榨菜厂。十大榨菜，各有特色，只有大家共同发展了，我国的 GDP 才能快速提高。"

"我看到贵厂在不断扩大生产规模，请问那么多榨菜都销往哪儿呢？"

"国外，那儿的榨菜市场是空白的。世界三大著名腌菜：中国榨菜、法国酸黄瓜、德国甜酸甘蓝。我们的榨菜要独占鳌头！"

记者这才看到王余办公室的墙壁上挂着王伯大的《留余铭》。

留有余，不尽之巧以还造化；

留有余，不尽之禄以还朝廷；

留有余，不尽之财以还百姓；

留有余，不尽之福以还子孙。

（原载《乡土·野马渡》2023 年第 8 期。）

铁头功

铁五的铁头功十分了得。

这天下午，铁五去参加一场祝寿演出，当然是有偿的，地点在一个庭院里。那院子呈长方形，正面是一栋七层的欧式别墅，其他三面是两人多高的围墙。舞台搭在别墅前边。寿星的儿子是房地产开发商，有的是钱，因为出手大方，演员们都格外卖力，从早演到晚。

前来贺寿的宾客很多。舞台节目也不错，除了歌舞曲艺，还有变脸吐火等绝技展示，有人甚至说比春晚还好看。尤其是到了中午，筵席在院内摆开，宾客们边吃边看演出，甭提有多惬意，饭后也不愿离去，继续看表演。节目预告说铁五即将给大家带来拿手好戏铁头功，所以大家都翘首以待。

铁五自幼拜高人学习铁头功，在当地很有名。铁头功是硬气功的一种，通过对头部的气功导练和耐击打训练，使脑袋能经受住较大的冲力，练习者可以用头部的顶力去打击敌人。和平年代，无仗可打，就用来表演。一些武打电影请他去担任一些配角，比一般的群众演员能多露几次脸。电视台也经常采访他，让他现场献艺，称他为"铁头功王"。

说话间，铁五在人们的期待中登场。他环视一下院内密密麻麻的宾客，很有成就感。像以往一样，他光头赤膊，腰扎红布带，身上的腱子肉黝黑健美，仿佛铜铸一般，一看就是常年练武之人。

"啥叫铁头功？铁头，顾名思义就是俺铁五的头！"铁五声音洪亮，说着敲敲自己的脑袋，这是他千篇一律的开场白。"俺头虽不是铁做的，但（唱）'比铁还硬比钢还强，向着法西斯蒂开火，让一切不民主的制度……'（突然想到是祝寿，连忙刹住），嘿嘿，'团结就是力量'了，不，俺头就是力量，所向无敌！"这也是他固定的台词，为的是营造幽默气氛，跟观众拉近距离。"不信，观众朋友们可上来试一试，随便打！俺绝不还手，不打白不打——打了也白打！"铁五说完，众人皆笑了。

下面骚动了一阵后，上来一个彪形大汉。铁五扎好步，运足气，低着头，示意对方进攻。大汉大吼一声，冲上前像打沙袋一样猛击铁五的脑门。铁五纹丝不动，大汉却痛得龇牙咧嘴，哎哟声连天，感觉指骨快断了。

一个职业拳击手认为大汉是铁五找的托儿，便亲自上场，结果还是一样。细看对方头顶，竟因长期练功起了一层厚厚的硬茧。

"高手在民间，果然厉害，佩服佩服！"拳手抱拳致歉，下台了。

铁五继续表演：头顶一摞红砖，助手抡起大铁锤猛砸。砖头四裂，铁五安然无恙。

宾客中有位物理教师，站起来说："这不算什么！从力学角度分析，铁锤的冲力是作用在砖头上，而不是你的脑袋上。这个我也敢做！"

观众们跟着起哄："对，要表演就表演用头来碎砖！"

铁五经常演出，什么场合没见过？他笑道："大家少安毋躁，啥事都有个循序渐进对不？下面我就为朋友们表演头断木板。"

助手拿出一块巴掌大、一指厚、三尺来长的刨光木板向众人展示："看好喽，这是一块正宗杉木板，上面没有锯割的痕迹。"

铁五发功后，助手用力将手中的木板向他的头顶打去。只听咔嚓一声，木板断了。断口参差，可见没做手脚。台下观众纷纷鼓掌。

台下突然有人喊："杉木板本来就轻软易断，这个太小儿科了，有本事你用梨木板试试！"

铁五一愣，这声音听着好耳熟。他循声看去，大吃一惊。虽然二十多年未见，可他还是一眼认出那是昔日的师兄梁焙。

那时社会上掀起武术热，他跟梁焙高中毕业没考上大学就去学铁头功。梁焙勤学苦练，技艺比铁五高。每次表演时，师父都让梁焙上阵，而叫铁五当助手。铁五很不高兴。得知师父的女儿喜欢梁焙后，铁五更是决定拿点儿颜色给梁焙瞧瞧。

头断木板用的都是轻软的杉木板。铁五暗地里准备了一块跟杉木板颜色大小一样的梨木板。梨木又叫铁梨木，木质坚硬似铁，很有韧性，在缺铁的年代常被用来做犁铧，故名铁梨木。

那次表演，铁五手持梨木板，在怨恨的驱使下，使出吃奶的力气朝师兄的头上砸去。结果，梨木板只颤悠了几下，梁焙却倒到了地上，幸亏他气功练得好，只是颅骨骨折。梁焙的父亲是接骨医生，经他精心治疗，梁焙才得以康复。梁焙告别铁头功，重拾书本复习，后来考上了医学院。师父只剩下铁五这一个徒弟，就把铁头功全部传授给了铁五。但师父的女儿既没嫁铁五也没嫁梁焙，人生就是这样充满了不确定性。

没想到在这里碰到梁焙！铁五故作镇定地笑了笑。他装作不认识对方，朝台下说："管他杉木板、梨木板，都是木板，头断木板不稀奇。下面，我为大家表演更刺激的'头断铁板'！掌声在哪里？"

台下响起热烈的掌声。助手拿来一块三指宽、半尺来长的灰色薄片，又摸出一块磁铁吸了吸，证明是铁板。铁五发功后，接过铁板，猛地往额头上一击，铁板断成两截。

有人不以为意："这么小的铁片，我都能打断。"

"嫌小是吧？好，抬大家伙！"铁五大喝一声，同时瞟了一眼观众席上的梁焙。梁焙正冷冷地看着他。

两个助手抬来一块近一米高、两寸厚的麻石板，先在观众中展示一圈，以示石板上没有任何裂纹。助手将麻石板抬上舞台后，固定在一张桌子旁。铁五发功，低头朝石板撞去。咔嚓，桌面的石板竟被撞断了。

至此，铁头功表演结束。女主持人含笑着走过来总结："到底是铁头功王，果然名不虚传……"

话音未落，大地剧烈地抖动起来。那栋欧式别墅的尖顶摇晃几下后开始往下掉，主持人被砸中，哎哟一声倒在了舞台上……

"地震了！"有人喊。大伙惊慌起来，潮水一般向院门口冲去，不少桌椅被碰翻了。现场一片混乱。寿星的儿子听信风水先生说的"门大易失财"，将院门设计得特别小。偏偏地震时有一扇木门合上了，门框被震得变了形，那门怎么都拉不开，如此一来，唯一的出口就更窄了。有人被高高的门槛绊倒，堵在了那儿。

震感越来越强，七层别墅像跳舞一般前俯后仰，如果倒到院子里，不少人将被砸成肉饼。

这时，一个人像雄狮似的冲向左边围墙，头一低，朝墙上撞去，哗啦一声，围墙被撞出了一个缺口。那人抬脚猛力蹬了几下，缺口变大了。"大家快从这儿逃出去！"那人高声喊道。

是铁五吗？不是，那人留着头发。堵在门口的宾客纷纷朝缺口跑去。那人又奔向右边围墙，低头一撞，整面墙轰然倒下！

哇，这才是真正的铁头功啊！有宾客忘了危险，驻足观看，之后从缺口撤到了安全地带。

那人冲上舞台，抱起昏迷的主持人，从缺口冲了出去。

人们跑光后，别墅的振幅变大，最后整个儿朝前扑倒，将院子填了个密不透风！

"老天，房地产商给自己家修的房子都是这个质量，更别说其他楼盘了！"众人在刺鼻的烟尘中惊愕。

满目废墟。幸存者住进了帐篷。铁五好不容易在临时抢救点找到梁焙："师兄，你太厉害了，竟能把围墙撞倒，而且毫发无损。也幸亏你奋力撞墙，不然俺们都没命了。"

"情急之下，顾不得那么多啦！"梁焙谦虚道。

"按理说，颅骨骨折过的人是没法再练铁头功的。你一直在练？"铁五说出了心中的疑惑，同时也在试探梁焙。

梁焙笑道："那次事故后，我就没再练过了。"

"那你……"

"师父教的那点底子还在嘛。"梁焙说完，又去抢救伤员了。

对这个昔日的师弟，梁焙认为没必要跟他说实话。他当年被打碎颅骨，便知是铁五故意所为，只是没点破，给对方留些颜面。

父亲用当时最先进的钽金属为他接骨。钽坚硬无比，连销金熔银的王水都拿它没办法，且能跟肌肉长到一起，这使他的头比铁头还铁，撞倒围墙不过是小菜一碟，更何况他一直把气功当作爱好来练，从未中断过。

（原载《故事会》2024 年第 6 期下半月刊。）

会唱歌的石头

梁石是县奇石协会会长，开了一家奇石馆。他的奇石不仅仅是收藏品，还被用于交流，有时还被他带去参加各种大赛，获得不少奖状和奖杯。他把这些荣誉和奇石一并展出，很有成就感。

奇石馆占地宽广，展出的奇石有几十万块，品种丰富。小的几两重，大的一二十吨，琳琅满目。最大的那块龟形石摆在门前的绿化带里，长七米多，重二十多吨，相当于给奇石馆打广告，就像修车店在门前挂上几个破轮胎一样。

平时，到奇石馆参观的人很多，买主却很少。不是对奇石喜欢到骨子里的人，是不会花几千、几万甚至几十万、几百万元买一块石头的。不过梁石也不急，他是搞房地产的，并不缺钱，玩奇石仅仅是爱好。房地产公司由副总们负责经营，梁石平时主要把时间花在奇石馆上。

这天，梁石正坐在奇石馆门口的根雕茶桌旁喝茶，看到一个穿短裤球衣的瘦老头儿，六十多岁，手里提着一个塑料袋，袋里装着绿色蔬菜，一看就是从菜市场那边过来的。球衣正中印着一个很大的"8"，上面那两个小字，梁石仔细一认，发现是"环保"。原来他年轻时是环保局篮球队的队员。

老头儿似乎是第一次经过这里，一看到龟形石，马上两眼放光，走近细瞧。这块石头很像一只昂首爬行的巨型乌龟，未加任何雕琢，是天然形成的。

看了一会儿，老头儿嫌手中的菜碍手，就把菜放到地上，一边抚摸石头一边瞧，嘴里啧啧有声，有时还把眼睛凑得很近，欣赏石上的涡状旋纹。他围绕着石头边看边走，早把那袋放在地上的菜忘了，以致转了一圈后，把菜踩了一脚，感觉到脚下软软的，才扭头看地上。他心疼地把菜袋拿起来看，那把娇嫩的生菜已被他踩烂了。

"哈哈哈……"梁石见状忍不住大笑起来。

笑声把老头儿的目光吸引了过来。他看了一眼"梅江奇石馆"这个店名，就问梁石："这块灵璧石是你的吗？"

梁石一激灵，这老头儿识货，一般人都把它叫龟形石。他说："是呀，这是我用卡车从安徽省灵璧县拉过来的。老师傅，我看您对奇石比较感兴趣，来，喝口茶。"说着，给老头儿倒了一杯茶。

老头儿走进奇石馆，一下子被丰富多彩的奇石吸引住了。他连茶也顾不上喝，一块一块地看了起来，碰到较小的奇石，还拿起来反复端详。梁石碰到知音，就在旁边介绍：这是画面石、形体石、丹景石、卷纹石，那是绿石、彩陶石、彩玉石、国画石……

老头儿似乎对他的介绍充耳不闻，只是心无旁骛地看奇石，好像身边没有梁石这个人似的。梁石心里纳闷：全县的奇石爱好者都加入了奇石协会，可协会里没有这个人，但他似乎比协会里的会员对奇石还感兴趣！

看完第一展厅的奇石后，进入第二展厅时，梁石问："老师傅贵姓？以前怎么没见过您？"老头儿说："免贵姓贵。很绕口是吧？我就姓贵姓的贵。你没见过我，很正常。县城这么大，人这么多，你认得完吗？你姓什么？"梁石说："我姓梁。看来，贵老师对奇石很有研究啊。"贵老头淡淡一笑："研究谈不上，爱好而已。"

梁石马上想到购买贵老头的奇石，因为他奇石馆里的奇石，有一半是从石友手里买来的，有一半是自己捡的。就问："贵老师想必收藏了不少奇石吧？"贵老头说："一块也没有。"梁石听后颇感失望。

既然收购不到奇石，像贵老头这种环保局的退休职工，也不可能花钱买奇石，看来他只是来看稀奇的一般市民。梁石就不再浪费时间，回到茶桌边喝茶。第二、三、四展厅的奇石都重达上百斤，也不怕他拿走，让他自己瞧去好了。

贵老头把四个展厅的奇石看完，发现楼上还有，正要上楼，口袋里的手机响了。他掏出来一看，是老伴打来的。老伴抱怨道："你是去买菜还是去种菜，怎么还不回来？"贵老头一看手机上的时间，已经快到中午了，就走过来跟梁石说："梁老板，你这奇石馆太丰富了，一上午都看不完。你下午在吧，我下午还要过来欣赏。"

"我全天都在。我中午叫外卖。您有什么事，也可随时给我打电话。"梁石说着，递上一张名片。贵老头接过："原来是奇石协会会长。你馆里的奇石，都是在梅江捡的吗？"梁石说："绝大部分都是。"贵老头兴奋道："那太好了！"说完才发现梁石给他倒的那杯茶还放在那里。礼貌起见，他端过来一口喝干，茶水早已冰凉。

梁石才把盒饭吃完，贵老头就兴冲冲地进来了，手里还拿着一个放大镜。他跟梁石打过招呼，就直奔二楼的四个展厅看奇石，老半天后才下来。梁石给他倒了一杯茶。贵老头喝了一口后问："梁会长，你们协会一般举行什么活动？"梁石说："主要是组织会员们到处捡奇石，另外就是会员之间的交流和参赛等。"贵老头问："我可以加入你们协会吗？"梁石笑道："当然可以，您对奇石这么感兴趣。"

就这样，贵老头成了县奇石协会的一员。他的名字叫贵庚。梁石笑问："贵庚老师，请问您贵庚？"贵庚一愣，答："六十五啦。"

不久下大雨，山洪暴发，梅江又冲出了许多石头。雨过天晴，梁石就组织会员驱车到梅江去捡奇石。照例是从下游开始，逆流而上。众人每捡到一块奇石，都兴奋地大叫，唯有贵庚，像类人猿一样弯腰在河滩上默默前行。他偶尔弯腰捡起一块石头，用放大镜看看，或装到编织袋里，或弃之如敝履。

忙碌了一天，众人都捡到很多奇石。梁石最大的收获是捡到一块重几十斤的蟾蜍石。此石极像一只蹲伏的癞蛤蟆，嘴巴、鼻子、眼睛、皮肤惟妙惟肖，更奇的是，石头上还有许多圆形花纹，宛若蟾蜍背了许多金钱。众人都羡慕地说："这块石头，至少能卖几十万元。"梁石很高兴，把蟾蜍石搬上面包车后，对贵庚说："贵老师捡到了什么宝贝，我来看看。"一看贵庚编织袋里的几块石头，根本就不是奇石，而是普通的石头。"贵老师，您捡这些破石头干吗呀？"贵庚说："不破不立。你们捡的是奇石，我捡的可是会唱歌的石头。"

"会唱歌？石头怎么会唱歌。"梁石把那些石头相互撞击了一下，发出的声音也不好听。

一名石友插嘴说："不是有句歌词叫'精美的石头会唱歌'吗？那是电视剧《木鱼石的传说》的插曲。贵老师捡的，全是珍贵的木鱼石。"

众人都笑了起来，因为大家都知道木鱼石产于山东省济南市长清区的馒头山，是一种中空、外壳坚硬细腻、通常呈豆状的石头，本地根本就没有。贵庚也不反驳，只附和地笑了笑。

梁石第二次组织会员们到梅江捡奇石，大家捡着捡着，就到了与支流红石河的交汇处，那儿冲出了一大堆碎石，贵庚如获至宝地上前翻拣。梁石扫了一眼，觉得这些碎石中不可能有什么好东西，就继续到梅江上游捡奇石。

傍晚收工时，梁石发现贵庚的编织袋里装了半袋子碎石砟。梁石拿起细细看了看，也看不出个所以然来。

既然贵庚不捡奇石，下次搞活动就没必要通知他了，他加入协会完全是滥竽充数。梁石想。可第三次搞活动的前一天晚上，贵庚在协会微信群里看到信息后，主动给梁石打电话，说要参加活动。梁石说："你又不捡奇石，去凑什么热闹？车里坐不下了。"

"你那辆七座面包车，拆掉了一排座位，我可以蹲在后面，加上我也才坐六个人嘛，又没有超载。你只要把我拉到红石河口就行了。"贵庚央求。梁石只好答应。

第二天，梁石开车去接贵庚时，发现他手里提着半编织袋的东西。上车后，贵庚将袋子往车厢里一放，还咣啷作响。梁石问他袋子里装的是什么。一个光头石友上前查看后报告说："半袋子空矿泉水瓶。"梁石问贵庚："你带那么多矿泉水瓶干吗？"贵庚笑说："我一人到红石河去捡石头，万一掉到河里，这些矿泉水瓶可以当救生圈用。你别小看矿泉水瓶，数量一多，浮力还是很大的。"

梁石正色道："我们搞活动，安全第一。要不，我陪你到红石河捡石头吧，也好有个照应。"他是组织者，会员们出了什么事，他可担不起这个责任。

到了红石河口，梁石和贵庚下车。光头石友开车，继续朝梅江上游进发。

梁石发现，红石河滩因为没有石友来过，还是有一些奇石可捡的，就埋头捡了起来。可贵庚却对这些奇石视而不见，一直快速往前走，一会儿就消失得无影无踪。梁石给他打电话，贵庚说："梁会长放心吧，我会注意安全的。"梁石看到河水较浅，淹不死人，也就懒得管他了。

下午六点，大家在约定地点集合。贵庚背的编织袋看上去沉甸甸的，梁石就上前看，原来里面的矿泉水瓶都装满了水。梁石明白了：贵庚从环保局退休后，仍关心水质，所以一直取水做化验。

第四次搞活动时，贵庚仍然参加，这次他扛了一把鹤嘴锄，坐车仍只坐到红石河口。下车后，他租了一辆摩的，跟师傅说："到六降冲。"

傍晚回来，贵庚的编织袋里装了一些沾着泥土的石头。梁石细看，那些石头不是什么奇石。难道这些石头有碍环保？梁石纳闷。

一个月后，当地爆出新闻：杨梅镇红石村六降冲的塘角山，发现大型铜矿！发现者是退休地质队员贵庚！

原来，贵庚退休后被单位返聘了五年，前不久才回老家定居。他看到梅江奇石馆中有的奇石是铜矿石，就多留了个心眼。可梅江流经的范围很广，怎么知道铜矿在哪个方位？于是他报名加入奇石协会，这样出去捡石头时就有车坐，集体活动也安全些。别人捡奇石，他寻觅铜矿石。梅江下游一直有零星的铜矿石出现。溯江而上，贵庚来到红石河口，发现那儿的铜矿石特别多，可以初步判断，铜矿就在红石河两岸的某座山中。可这范围也很大呀。

红石河有十几条小支流，贵庚就在每条支流的交汇处用空矿泉水瓶取水样，编上号，写上地点，之后把水样寄到单位化验。化验结果发现，六降冲小支流水样的含铜量达 1 毫克 / 升，而其他小支流的含铜量不到 0.01 毫克 / 升。可以断定，铜矿就在六降冲。贵庚再进一步去实地寻找，最终在塘角山发现了铜矿。

梁石听后，赞叹道："太神奇了！"

"其实一点也不神奇，这是我们地质队员找矿的两大方法。在红石河口发现矿砂，这叫重砂找矿法；在红石河各小支流取水样化验，这叫水化学找矿法。找到铜矿，为家乡脱贫攻坚做贡献，这些铜矿石不就会唱歌了吗？"贵庚笑道。

梁石点点头："是呀！贵老师，您这叫真人不露相，我一直以为您是环保局的退休职工呢，因为您老穿环保局篮球队的球衣。"

贵庚一愣，随即笑道："我儿子原先是环保局的男篮队员。这些十几年前的球衣，他不穿了，我觉得扔了怪可惜的，就拿来穿。没想到却被你误解了。"

（原载《传奇·传记文学选刊》2021年第10期。）

蓝色幺鸡

懒蛇是村里的光棍、贫困户，贫困是因为懒。这年头政策好，人稍微勤快一点儿，一年也能挣个几千块钱。可懒蛇懒，懒到什么程度？他天天熬一锅稀饭，吃三顿。熬好后直接端起锅来喝，为的是不用洗勺子和碗筷。因为没有菜，他也无须用筷子。

在脱贫攻坚中，帮扶单位给过懒蛇现金，可懒蛇很快就拿钱换成酒肉打牙祭；给过他小猪、小羊等生产物资，可懒蛇不久就宰了小猪、小羊来改善生活，并说这肉又嫩又好吃。

帮扶是硬性任务，懒蛇脱不了贫，帮扶单位很头痛。后来帮扶单位灵机一动，给懒蛇送去四十只毛茸茸的小鸡崽，叫懒蛇养，养大后由帮扶单位负责收购。到那时，四十只跑山鸡至少也值三千块钱，那么懒蛇就可以脱贫了。

懒蛇收下鸡苗，好不烦恼，满耳的叽叽声。这么小的鸡，吃不了；卖吧，又不值什么钱。那就养吧，反正地方宽敞，屋后又是山林，小鸡自己能去找吃的，晚上又会自动回窝，不需要怎么管理。

白天到山林里觅食的鸡比较多。懒蛇的鸡因为没有母鸡带，集体观念不强，爱跟别人的小鸡崽走。为此，懒蛇与其他养鸡农户发生过纠纷。后来懒蛇到村会计那儿要来一瓶蓝墨水，把自己养的小鸡的脊背全部染蓝了，这样就好辨认了。他把自己的鸡称为"蓝色幺鸡"——幺是当地方言，指小的意思。

这天早上，懒蛇打开鸡棚放鸡出来觅食时，发现蓝色幺鸡死了一只。他捡起来看了看，死鸡身上有被踩出来的污斑。看来是因为鸡棚太小，发生了踩踏。懒蛇决定把那间空下来的厢房改作鸡舍。

懒蛇把死鸡扔到茅坑里后，发现邻居梁庆的母鸡带着一窝小鸡过来觅食。那窝小鸡有十几只，大小跟蓝色幺鸡差不多，也是金黄色的绒毛，十分可爱。懒蛇一动歪心思，抓过一只小鸡崽，关上门，拿过蓝墨水，把小鸡的脊背染蓝，之后把它关到鸡棚里。只要关上一天，小鸡以后就会认窝了。

傍晚，蓝色幺鸡陆续回来，懒蛇把它们赶到腾空的厢房里，再把那只偷来的小鸡放进去。这样一混杂，连自己也认不出哪只是偷来的小鸡了。

懒蛇出来，碰到梁庆。梁庆说："我家小鸡少了一只，会不会跑到你那儿去了？"

"怎么会！你家小鸡有母鸡带，不会乱跑。我家小鸡的背上都染了蓝墨水，好认得很。要不你进来看一下吧。"懒蛇说着把梁庆带到厢房，拉亮电灯，让他看鸡。梁庆看了看，也没看出个所以然来。

梁庆原来也是贫困户，父亲有残疾，母亲长期患病，家里因病致贫，但他经过努力，已于去年脱贫，目前进入巩固提升阶段。

梁庆出来时对懒蛇说："你这鸡舍有些潮湿，待会儿到我那儿拿些石灰来撒撒，给鸡舍消一下毒。"懒蛇答应了，他见梁庆没有认出那只偷来的小鸡，暗自得意。

第二天，懒蛇打开厢房门，放鸡出来。恰好梁庆的母鸡带着小鸡从大门前经过。那只偷来的小鸡见了母鸡，马上叽叽地叫着奔向母鸡，显得很高兴。梁庆扛着锄头出门，见状说："嘿，我家的小鸡找到了。"

懒蛇一愣，说："那是我家的蓝色幺鸡。它们是孤儿，看到母鸡就亲近。"这样一说，梁庆才发现那只小鸡的脊背是蓝色的。他把那只小鸡捉起来，细细看后说："你染错了吧，这只小鸡应该是我家的，你看它的额部有个小圆点。"

这样一说，懒蛇才发现梁庆家的小鸡额部都有一个略微突出的小圆点。但如果承认那小鸡是梁庆的，不等于承认自己偷鸡了吗？懒蛇说："帮扶单位送给我四十只小鸡，难免有一两只长颗痣什么的，这有啥稀奇的。"

"鸡会长痣吗？"梁庆笑了，放下那只小鸡，小鸡马上跌跌撞撞地追上母鸡。懒蛇说："咋不会？我脚上还长鸡眼呢。"梁庆没再说什么，下地干活去了。

梁庆一走远，懒蛇就把那只小鸡抓回来，关到院子里。那只小鸡拼命地叫着。母鸡听到叫声，欲回来寻找。懒蛇把母鸡轰走。那只小鸡因为孤独无伴，叫得特别凄厉。懒蛇做贼心虚，听得心惊胆战。还给梁庆吧？可小鸡背部已经染蓝，洗都洗不掉，怎么办？懒蛇想了想，就把自家的蓝色幺鸡赶回来，关到院子里。这样，那只偷来的小鸡有了伴，就不怎么叫了，即使叫，叫声也被其他小鸡的叫声淹没了。

可院子里没有什么可吃的，家里也没有喂鸡的杂粮，倒是有一袋大米，那是帮扶单位过年时送他的慰问品。大米拿来喂鸡了，自己吃什么？不行。小鸡们因为饥饿，叫声越来越大，几乎要把瓦片掀翻。没办法，懒蛇只好扛上那把锈迹斑斑的铁锹，提上一只粪桶，到荒芜多时的坡地上挖蚯蚓喂鸡。

懒蛇把坡地从头挖到尾，累出一身大汗，掘了小半桶蚯蚓。他把粪桶提回来，将蚯蚓倒到院子里。小鸡们高兴地冲过来，争先恐后地抢着吃。有时两只小鸡同时啄住一条大蚯蚓的两端，就你来我往地"拔河"。懒蛇被它们逗笑了，很有成就感。

此后，懒蛇天天把小鸡关在院子里，天天上坡掘蚯蚓给小鸡吃，不知不觉就把自家的坡地翻了一遍。懒蛇趁机在地里种上了玉米。玉米越长越高，小鸡越长越大，脊背上的蓝色羽毛也越来越淡。

令懒蛇惊讶的是，随着小鸡长大，那只偷来的小鸡越来越与众不同，越发像只野鸡，倒跟梁庆养的那窝小鸡一模一样。原来梁庆在养野鸡，听说家养的野鸡市场价格高。梁庆这小子就喜欢出奇招。

鸡越大，吃得越多。懒蛇掘一天的蚯蚓，已经无法满足鸡的食量，只好扯一些野菜来喂鸡。到后来，野菜也不够鸡吃了。没办法，懒蛇只好把鸡放出来，白天让它们自己到山坡上觅食，傍晚回窝再喂一顿。

此时，那只偷来的小鸡已长得十分另类，不仅模样跟其他鸡不同，个子也显得特别高大，格外醒目。

"懒蛇，你养的这群鸡里，怎么出了一只鹤？鹤立鸡群。"有村民打趣道。懒蛇说："那都是帮扶单位送的鸡苗，我怎么知道？"

那只另类鸡走出院门，一看到梁庆家的鸡，马上跑过去扎堆，因为它们长得一模一样。

梁庆家的鸡，越长大，越怪异：头颈几乎裸露，只有稀疏的羽毛，并生出红色肉瘤，喉下垂有红色肉瓣，背稍隆起，根本就不是野鸡。梁庆告诉懒蛇，他养的是火鸡，又叫吐绶鸡，成年火鸡的体长可达一米多，重二十多斤。目前他只是试养，规模不大，所以从网上买了十几只受精的火鸡蛋，让自家的母鸡孵化。物以稀为贵，他很看好火鸡养殖业。等摸索出养殖经验后，他要扩大养殖规模。

"火鸡是群居动物。你那群鸡里也有一只火鸡，母的，我再送你一只公火鸡，免得它孤单。"梁庆对懒蛇说。

懒蛇听后，脸羞得比火鸡的肉瘤还红。他结结巴巴地说："那只火鸡是我当初偷的，我还给你吧。"

"不，你养大了，就归你吧。我看你在养鸡的过程中，把懒惰的毛病给治好了。人变勤快了，比什么都重要。只要勤快，就没有脱不了的贫。"梁庆说着，把最大的那只公火鸡捉给懒蛇。

懒蛇很感动。谢过梁庆之后，他说："等我把这批鸡卖掉，我也不是贫困户了。以后我跟你学养火鸡，咱一起壮大养鸡规模。"

"好，赖小龙，"梁庆叫懒蛇的大名，"我们一起努力！"

梁庆没有告诉懒蛇，帮扶单位给懒蛇送鸡苗的点子，其实是他出的。他此前也养过鸡，知道要把四十只小鸡养大，人根本就懒不起来。鸡一饿，那叫声铺天盖地，令人坐立不安，只有去给鸡找吃的，才能平息它们的叫声，渐渐地，再懒的人也会变勤快了。

（原载《故事林》2020 年第 11 期上半月刊。）

干柿业发羊财

梁平从农校毕业回来，爹就叫他上坡放羊。梁平没好气道："我好歹也是知识分子，放什么羊！"爹一愣，继而骂道："你甭瞧不起奶山羊，它可是咱们县的特产！""特产多着呢，比如柿子。""柿子有山羊奶有营养吗？"

梁平冷冷道："我晓得你又要忆苦思甜了，你小时候正值三年困难时期，如果没有山羊奶喝，早就饿死了。我就不明白：既然羊有吃的，为啥人没吃的？既然人没吃的，为啥不杀羊充饥？"

"你小子没挨过饿，不知道那时生活有多艰难！山上有干草，人有法吃吗？没法吃，但奶山羊可以吃；奶山羊吃了干草后，我们就有奶喝。如果把羊宰了，倒是可以饱餐一顿，可咋个挺过三年？"见儿子无语，爹继续道，"远的不说，你读大专三年，就是老子养奶山羊挤奶卖钱供的！现在我要去赶集买些东西，叫你帮放一下羊，你就有这么大的意见！你瞧人家富晓丽，一回来就帮家里养羊……"

梁平心中的不快正是富晓丽惹的。小时候，他跟富晓丽一块儿上山放羊，富晓丽说："人工挤奶，又累又不卫生，要是能像国外那样用机器挤奶就好了。"梁平说："等咱们长大后，就把挤奶机引进村里。"两人决定以后报考农校。可在选专业时，富晓丽填了畜牧专业，梁平却填了果树栽培专业，理由是：不想跟富晓丽竞争，另外就是大老爷们挤羊奶总有些不好意思。富晓丽见他改变了初心，就对他爱理不理，一毕业便回了村，在父亲的奶山羊养殖场培育良种。梁平快快不乐，在学校磨蹭了几天才回来，一到家，爹就叫他去放羊，他心里能不堵吗？

"富晓丽学的是畜牧专业，帮家里养羊很正常；我学的是果树栽培，正想请你来帮忙呢。"梁平反守为攻。

爹冷哼一声："我当初就不赞成你学这专业。种果树不如种粮食，粮食是必需品，一日三餐都要吃，水果则不一定，可吃可不吃，可买可不买，还不经放，一烂就成垃圾了。"

"现在到处都在调整农业产业结构，提倡少种粮食多种经济作物，你怎么唱反调？难怪咱们家富不起来，被划为了建档立卡贫困户！"梁平越说越气。

"那你想种啥水果？""尖柿。""咱们家房前屋后就有，还用得着种？""我是打算规模种植的。"

"啥？"爹睁大了眼睛，"俗话说：柿不成林，你还想规模种植！我看你书白念了！""恰恰相反，我刚才在村委会把富柿山承包下来了！"梁平说着，扬了扬手里的合同。

"富士山？不是在日本吗？""我说的是柿子的柿。富柿山是我给村边那座黄土山取的新名字。"

"那黄土高坡光秃秃的，鸟不拉屎的地方，你能把柿子树种活？"

"不种活，我读三年农校干啥？你以为我混文凭啊？告诉你吧，中国果业的大浪潮，第一次是南方的蜜橘，第二次是北方的苹果，第三次是紧跟苹果兴起的酥梨，而第四次将是以柿子为重点的杂果。"

"你打算啥时候种？""现在。""现在六七月天，高温干旱，你能把树栽活？莫开国际玩笑！"

梁平承包黄土山种尖柿的消息，像冲击波一样传遍了全村。

黄土山因为缺水，寸草不生，当年分田到户时没有分给村民，仍为集体所有。每年植树节，不少单位前来植树，可都没有种活过，这些树最终只给村民提供了柴火。梁平提出要承包该山时，村支书大手一挥："随便你种，不收一分钱。"梁平就跟村委会签订了免费承包三十年的合同。

不久，梁平贷款在河边建了个提灌站，牵水管上山。到了山上，水管变多变细，等距离地铺到地上。那些黑色细管每隔四米有一个节点；还有一些铁管等距离地竖着，不知是干啥用的？

柿苗运来后，梁平请人在细管的节点处栽种。梁平毕业后之所以延期离校，是因为要跟农校领导谈他的创业打算。领导就联系了省林科所，免费为他提供了一批优质尖柿苗。

人们发现，柿苗都培育在小塑料盆里，种时把塑料盆去掉即可，既不伤根也不掉土，种下后也不用浇定根水，所以种得很快。种完苗木后，又在全山撒上草籽。

一切弄完，梁平合上电闸，那些铁管就滋滋地喷起雨雾来，每棵柿苗处的细管节点也匀速地滴起水来。村民们这才知道那叫喷灌和滴灌。

这两种灌溉方法耗水不多，效率很高。柿苗苗壮成长，旁边的空地也长出了绿油油的牧草。昔日的不毛之地披上了绿装。

牧草长高后，梁平就用割草机割下来，进行科学配比后喂羊。爹见不再需要放羊，也就不再反对儿子从事种植业，但他还是隐隐担心"柿不成材"的老话应验。

果然，到了第三年，梁平种下的柿子树都没开花，而人们认定的常识是果树种下三年便会初挂果。梁平说："不开花就让它长成风景树！"其实，柿子树在第三年春天开了些花，但都被梁平摘掉了，因为他想让树木再长一年。到了第四年，柿林大规模开花，一片欣欣向荣之景。

在这四年里，梁平主要靠柿子树间的饲草运转。他把饲草卖给村里的养羊户，富家买得最多。村民们发现，这种饲草营养丰富，奶山羊很爱吃，吃了后产奶量也比以前多了。圈养比放养效果更好，村民们便可以腾出手来赚其他的钱。

饲草充足，梁平搞起了肉羊养殖。以前奶山羊生下公羊羔，多是被贱卖或宰杀吃掉。梁平搞起公羔羊育肥后，肉羊产业便在村里初步形成。

也正是在这四年里，富晓丽培育出了更加优良的奶山羊品种。以前，由于种羊价格高，村民们买了种羊后，自繁自养，这就避免不了近亲繁殖，致使奶山羊退化，产奶量低且奶的质量不好。现在富晓丽开展良种推广和母羊养殖，繁育成本降低了，品质大大提高。

秋天，尖柿喜获丰收，昔日的濯濯童山变成了名副其实的"富柿山"。柿子采摘后，除了制作柿子醋、柿子酒、柿叶茶等高附加值产品外，其余柿子全部被制作成柿饼。

梁平购来削皮机，柿子源源不断地进去，削了皮的柿子又源源不断地出来，之后被串成一串串，挂到高高的铁架上晾晒成柿饼，远销日本、韩国等地。

柿饼虽然供不应求，但梁平却把最好的十几箱真空包装的"合儿柿饼"留下没卖。爹很不解，难道怕钱咬手？

合儿柿饼是当地特产，即把两棵树上的柿饼脐对脐地贴合在一起，一贴即合，难解难分，曾被当作进献朝廷的贡品。

梁平用卖柿饼所得，跟富晓丽合办了一个现代化的奶山羊养殖基地。梁平提供饲草，富晓丽提供技术，二人将基地办得红红火火。自动刮粪器刮下来的羊粪，施到柿林里，变废为宝，种养循环，环保低碳。不久，村里成立了养殖合作社，更是把奶山羊打造成了一个响当当的品牌产业。

在共同创业的过程中，富晓丽对梁平有了更深的了解，也懂得了他当年学果树栽培的初衷。她真的爱上了他。可她伤过他的心，也拙于表达。最令她苦恼的是，她经常患口疮，嘴巴很痛，吃饭说话都困难。她看过医生，医生说目前口疮病因不明，可能是缺乏相关维生素，没有特效药，拖上一周，口疮就会自愈。可这一周很难熬哇，特别是被咸的、烫的东西一碰，简直痛不欲生。

这时梁平把特意留下来的合儿柿饼送到富晓丽家，说柿饼上的糖霜可以预防、医治口疮，叫她每天都吃几个。果然，吃了柿饼后，富晓丽再没患过口疮。柿饼成了她天天必吃的零食。

那甜甜的柿饼，就像爱的味道。

其实，梁平当初选果树栽培专业，就是想种很多柿树，做很多柿饼，医治富晓丽的口疮。小时候一起放羊时，他就发现富晓丽爱患口疮。

两人恋爱后，整天形影不离，被村民们戏称为"合儿柿饼"。

（原载《乡土·野马渡》2023 年第 6 月期。）

不腐的腐竹

红石村的土质和气候十分适宜种黄豆。村民们以前都是零星种植,在黄豆结荚饱满后,摘青青的毛豆卖;没摘的,就让它继续生长变老,最后连豆秆一起收割、晒干,再用连枷打,圆溜溜的黄豆就蹦了出来。

梁钢当了村支书后,镇上大力调整农业产业结构,走"一村一品"的发展路子,增加农民收入。红石村决定大力发展黄豆种植,把村子打造成有名的黄豆村,因为村民们有种植黄豆的技术与经验,发展黄豆种植产业的风险很小。

黄豆基地很快发展起来了,但却没有给村民们带来多少收益。本地黄豆虽好,但受到东北大豆的冲击,价格上不去。梁钢叫村民们把黄豆制成豆腐卖,提高黄豆的附加值。可豆腐一多,还是滞销。豆腐这东西不耐放,一天下来就变馊,只好拿去喂猪。制成豆腐干,虽然耐放了些,但本地和周边的市场很快也饱和了。村民们制成豆腐脑、豆腐饼、豆腐乳、油豆腐、臭豆腐卖,也遭遇了同样的结果。

在调整产业结构时,不少村民把所有田地都拿出来种黄豆,现在黄豆滞销,大家只好把黄豆当饭吃:煮黄豆、炒黄豆、炖黄豆,吃得满嘴生出黄豆大小的口疮。有人气不过,把黄豆拉到村委会,要求村两委帮他们销售,因为当初是村干部叫他们种黄豆的。

梁钢打电话联系黄豆销路,可对方都只愿按东北大豆的价格收购。如果是这样,本地精耕细作的黄豆就只能亏本卖,因为东北大豆是机械化作业,利润再低也有赚,而本地用传统方法种出来的黄豆就不行了。

梁钢正在着急,他的外甥钱金走了进来。钱金在邻省西江腐竹厂当采购员,听说家乡黄豆大丰收,就回来看看。钱金干了多年采购,没有回扣的事情他是不会干的。他看了看村民们送来的黄豆，的确上乘，但他只同意按东北大豆的价格收购。梁钢骂他，他就装出一脸苦相："舅舅，现在生意不好做，厂里千方百计降低成本。按东北大豆的价格收，我还是给了最高价，再往上添的话，我就只好自己贴了……"

梁钢没好气道："就算你收不了，你在外面跑了多年，路子广，也帮我推销一下嘛。现在村民把黄豆堵到村委会门口，这算什么事儿？"

"我能有什么办法？今年全国黄豆市场都十分低迷。你们的黄豆丰收，东北大豆产量更高，的确不好销。"钱金有些为难。忽然他眼睛一亮，"你们自己有原料，为什么不弄成豆制品来卖？换个方式，附加值更高。"

梁钢苦笑："把黄豆制成豆腐什么的，我们都试过了，不行！"

"哪是制豆腐！为什么不制作附加值更高、更耐贮存、一年四季都可以卖的腐竹。"

梁钢一愣："制造你们厂的产品？可我们一没机器，二没技术……"

"腐竹也可以手工制作呀！这个简单，我教你。我当采购员之前，可是厂里的技术员。"

梁钢就把村民们送来的黄豆买下来，开始制作腐竹。他决定，待自己学会后，就向村民们推广。既然黄豆基地发展起来了，就不能让它垮掉，而支撑基地靠什么？就靠后期的精深加工。发展腐竹不失为一条好路子。

在外甥的指导下，梁钢发现制作腐竹果然不难：先把干黄豆用清水泡胀、去皮，然后按一斤黄豆加十斤水的比例，把泡涨的黄豆磨成浆。过滤后，把豆浆煮沸，就得到了熟豆浆。这些程序跟制作豆腐一样。

如果此时加入石膏或卤水，就能得到豆腐；如果把熟豆浆加热到六七十摄氏度，十多分钟后，熟豆浆表面就会起一层油质薄膜。用小刀将薄膜从中间划开，分成两片，分别提取。提取时用手将其旋转成柱形，将其挂在竹竿上晾干，就做成了腐竹。

过一会儿，熟豆浆表面又起了一层油质薄膜，再捞。这样，不断地捞，锅里的熟豆浆越来越少，捞出来的腐竹越来越多。

腐竹晾干后，色泽黄白，油光透亮，是一种很受消费者欢迎的传统食品，具有浓郁的豆香味，同时还有着其他豆制品不具备的独特口感。腐竹含有丰富的蛋白质及多种营养成分，用清水浸泡三四个小时即可泡发。可与荤菜、素菜搭配，可红烧、清炒、凉拌，还可做汤等，食之清香爽口，别有风味。

钱金是制作腐竹的能手，能用一斤半黄豆制出一斤干腐竹。

梁钢一算账，惊呆了：目前黄豆的最高价只卖到 2.2 元 / 斤，而腐竹的价格却是 22 元 / 斤。也就是说，1 斤只能卖 2.2 元的黄豆，通过制作腐竹，就会增值到 22 元，还不算余下的豆渣可以喂猪。腐竹一年四季都可以卖，真空包装后，还可以销往全国各地甚至世界上其他有华人生活的地方。

梁钢认真学习，很快掌握了各个工序的技术。他请外甥回来发展，钱金笑说自己看不上这点小钱，就走了。

梁钢很快就把腐竹作坊发展起来了。党员干部嘛，在致富路上也要起到带头作用。村民们看到梁钢制作腐竹赚了钱，纷纷过来学习技术，梁钢悉心传授，手把手地教。渐渐地，村里制作腐竹的村民越来越多。腐竹一发展起来，滞销的黄豆就有了出路，几个月前令村民们头痛的事情迎刃而解。

制作腐竹剩下的豆渣，村民们用来喂猪。吃豆渣长大的猪，肉质特别香，商贩来收购时，给的价格也比别处的高。很快，"豆渣猪"也成了红石村的一大特色产业。

村民们见制作腐竹可以一举两得地赚钱，就主动扩大黄豆种植面积，黄豆基地越来越稳固。

两年后，红石村不但成了黄豆村，还成了远近闻名的腐竹村和养猪大村。制作腐竹的农户一多，梁钢就成立了合作社，把社员们的腐竹收上来，统一包装、统一销售。

在脱贫攻坚中，脱贫的标准之一是村里必须拥有集体经济。红石村的集体经济发展什么呢？不用说，还是腐竹。村两委决定成立腐竹厂，只需购买机器，厂房可以利用原村小学的校舍。

梁钢带队到西江腐竹厂考察。只见厂里磨浆用电磨，煮浆用双层四方锅，牵拉腐竹用牵拉机，焙烤腐竹用焙干机，包装腐竹用真空机……产品质量优良而稳定，产量大幅度提高。

考察完，梁钢才给外甥打电话，问他在厂里还是在外面采购。钱金说："腐竹厂的观念太陈腐，我已于年初辞职，现在在一家机械厂跑销售……"

得知舅舅他们过来考察是想在村里筹建腐竹厂后，钱金马上推销起来："舅舅，用我们厂生产的腐竹机嘛，技术领先，欧美独创，当属世界一流……"

其实，钱金打工的那家机械厂并不生产腐竹机，但他想先把货单签下来，然后再找一套二手腐竹机搪塞了事，如果机器锈迹斑斑，到时喷一下油漆就是了。

梁钢笑骂："你也是推销惯了，欧美独创，欧美有腐竹机吗？"

钱金一愣，随即讪笑："我是说，我们厂的机器好……"

"购买哪家的腐竹机，我们要先考察，货比三家后，才能定下来。"

"舅舅，你就不能照顾一下外甥的生意吗？我这个月的销售业绩完不成，是要扣工资的。"钱金装出一副哭腔。

"购买机器一事，要经过村两委讨论后才能定，我一个人说了不算。"梁钢耐着性子说。

"你真会开玩笑。你是村支书，是村里的一把手，你说买哪家的就买哪家的。"见梁钢不开腔，钱金又说，"舅舅，红石村的腐竹是怎么发展起来的？还不是我先教会你，你再教会村民，这样一传十、十传百才发展起来的？就凭这，你也应该先考虑我嘛。"

梁钢心里动了一下念头，但他马上说："阿金，你传授给我们制作腐竹的技术，这件事，我和村民们都不会忘记，但这跟购买机器是两码事……"

两天后，梁钢考察回来，老婆做了一桌丰盛的腐竹宴迎接他。梁钢笑道："不就出差了几天，至于吗？不过有几天没吃腐竹了，今儿我要吃个够。"老婆嗔道："你看你，忙得把今天是什么日子都忘了？"梁钢一时没反应过来："今天是什么日子？""你生日呀！"

梁钢自嘲地笑笑："真忘了。小时候盼望过生日，长大后稀里糊涂地过生日……"

正吃着，手机亮了一下，是银行发来的短信：您尾号2753的账户9月6日18时34分到账99999元……

梁钢正在纳闷是谁打的钱，钱金发来了一条微信："祝舅舅生日快乐，发财长长久久久久久……"

原来是这小子！梁钢回了两个字："谢谢。"

国庆那天，机器拉回来了，供货方派来技术员负责安装。安装完毕，一试车，效果非常好。钱金听说后，气急败坏地打来电话："舅舅，你们怎么买了别人的机器？"

"这是村两委讨论决定的，人家的机器的确好，二三十年都不会落后。"

"可你生日时……"

"我生日时，你发来了那么多'久'是吧？心意我领了，我只要长长久久两个久就行了，多余的久已奉还。阿金，你在外多年，我发现你已走上歪路。前几天我跟西江腐竹厂的厂长打电话，才知道你根本不是辞职，而是因吃回扣被厂方开除的。丢人不说，还因小失大，把工作弄没了，不知你是怎么算账的……"

挂断电话后，钱金才发现有条短信一直没看到，原来舅舅把99900元退还给了他，只收了他99元作为生日红包。

舅舅的一席话，让钱金幡然醒悟。不久，他向机械厂递交了辞呈，回到红石腐竹厂当技术员。

一看厂里的设备，钱金佩服不已，这比他原来工作的西江腐竹厂的设备还先进。

"阿金，如果我们购买了你推销的那套二手设备，估计挣的钱还不够维修机器，你倒是拿了提成，可那不是把我坑惨了吗？村集体经济没有效益，村子无法脱贫，村民们不把我骂死才怪。我不会痴呆到去干这种因小失大的蠢事。"梁钢说。

钱金不好意思地笑笑，他以前鬼迷心窍，捞钱真是无所不用其极。钱金跟舅舅回到办公室，梁钢拿出一包腐竹说："这是在西江腐竹厂产品陈列室参观时，厂长送给我的一个样品。你猜有多少年了？九年，又一个'久'。众所周知，豆制品很容易遭虫蛀而腐烂，可为什么这包腐竹却能放九年之久？就因为它是真空包装。一个人要想不被腐蚀，也必须用廉洁这层'真空'来武装自己：不是自己的，绝对不能碰！"

钱金点点头，看着那包"不腐的腐竹"，陷入了沉思。

（原载《乡土·野马渡》2021年第4期。）

猪牛冤家

　　朱、牛两家住在村口公路两侧，朱家是养殖大户，牛家是种植大户。朱一和牛二都争强好胜，两人很早就开始较劲儿了，以致反目成仇。从那以后，两人较劲儿较得更加起劲，都想在各个方面超过对方。这不，朱一的女儿朱绿读了农业中专，学畜牧，牛二也叫儿子牛成读了农业中专，也学畜牧，谁怕谁呀！

　　牛成从农业中学毕业后却没有用武之地，只好跟着父亲学种水稻；朱绿就不一样了，她尽情发挥学到的知识，把自家的养猪场搞得有声有色。朱一很高兴，便扩大了养猪场的规模。

　　牛二见状，也想扩大水稻种植规模，可村里耕地有限，怎么扩啊？难道就这样眼睁睁地看着朱家超过自己？不！牛成眼珠一转："有了，咱们把浪滩承包下来种大米……"牛二白了儿子一眼："你没发烧吧？在那儿种东西无异于义务喂鱼，插多少秧苗都白搭！"

　　这个村子面朝大海，浪滩是村子南边涨潮为海、落潮为陆的潮间海滩，盐分高，种啥东西都活不了，潮起潮落时风浪大，能把种下的东西全部卷走。牛二以前也尝试过，但最终都落下笑柄。

　　"现在也只有浪滩能供咱们扩大规模，难道你就甘心落在朱家后头？你不种我种！"牛成对父亲说。牛二咆哮："你种吧，别让村里人笑掉大牙！"

　　牛成到村委会说想承包浪滩种东西。村主任一愣："那块荒滩用不着承包，免费给你种。"在场的人都笑了。

　　很快，牛成异想天欲在浪滩种东西一事就在村里传开了。朱一对女儿说："看到了吧，有什么样的老子就有什么样的儿子！哼，跟我斗，老'牛'还比老'朱'少'八'分火候！"

几天后，牛成拉来两卡车半米多长的草，雇人趁落潮种到浪滩上。牛二过来看了看，这种草有些像禾苗，但又不是禾苗，便问牛成这是什么，牛成说是大米草。"结大米吗？"牛二问。牛成说："当然，不然咋叫大米草？"

　　这就奇怪了，种了一辈子粮食的牛二只知道世间唯有水稻能结大米。"就算它结大米，可还没等它生根，潮水一涨一退就能把它卷到深海里喂鱼，你就白忙活一场了！"

　　第二天，牛二看到涨潮的海水把浪滩上的大米草全部淹没了，大米草成了水草。可傍晚落潮后，大米草非但没被冲走，还长势良好！仅仅过了一周，大米草就蹿高了，可见这种草耐盐碱，生命力十分顽强。没过多久，昔日光秃秃的浪滩就变成了一片茂密的草场。

　　三个多月后，夜里刮起了台风，不少树木被吹断。朱一想，这下牛成的大米草完了。可他天亮后到海边一看，大米草除了被海水卷得凌乱外，依旧生机勃勃！这是怎么回事？他挽起裤脚走到水里，想拔一棵大米草看个究竟。他以为能轻易拔起，谁知费了很大的力气才拔起一棵，不少根还断在沙碛里。朱一细看后才发现，大米草的根系非常发达，支持根竟长达一米，营养根更是十分茂密，难怪海浪卷不走它。

　　"哼，没想到还有人偷俺家的大米草！"朱一循声看去，牛二正朝海边走来。朱一脸一红，随即反驳："这浪滩是你家的吗？村里并没有承包给你们。这是大米草？我咋连一粒大米都没看到，这明明是野草！"

　　这下牛二没话了。是呀，这里一年种三季水稻，每季水稻从种到收只需要三个月。可这大米草，三个多月过去了，却连花都不开！牛二回家后把心中的疑惑说了出来，牛成说："这有啥，它虽说叫大米草，但本来就不结大米，上次我是哄你的。"他告诉父亲，大米草是禾本科植物，多年生，植株高达一米，原产于欧洲大西洋沿岸，根系发达，且繁殖快，哪怕在含盐量很高的海水里也能生长，这是其他植物无法比拟的。

　　末了，牛成才说出了他种大米草的初衷：绿化浪滩，种草养牛。"老爸，要把朱家比下去，最好的办法是咱们也搞养殖，把'养殖大户'的称号夺过来！目前朱家养猪场才养了一百头母猪，咱们买进一百五十头奶牛饲养，在规模上超过他！"

牛二眼睛一亮，这样种植、养殖双管齐下，朱一必输无疑。"可养牛技术？"他又有些犹豫。牛成说："你忘啦，我在农业中专的就是养牛！"牛二大喜，当即把积蓄拿出来投资奶牛养殖。奶牛全部喂大米草，每天趁退潮后收割大米草。大米草跟韭菜一样，割了又长出来。牛成采取轮割的方式，由东向西割，等把浪滩上的大米草割完一遍，最先割的大米草又进入了收割期。

给奶牛喂青草，无论是产奶量还是牛奶质量，都比喂干稻草的奶牛强，因此牛家的奶制品很受消费者欢迎，被誉为"绿色牛奶"。不到一年，成本就收回来了，此后几乎净赚，因为大米草生命力很强，根本不需要管理。

朱一见状，连忙向女儿讨主意。朱绿说要保住"养殖大户"的称号，只能再次扩大规模。以前朱绿也曾向父亲提议过，但朱一认为存栏母猪达一百头已经够多了，不想再投入。现在的情形不一样了。不过他也有顾虑："规模扩大后，猪多了，猪舍臭烘烘的，要是来一场猪瘟，咱们可就完了！"朱绿说："你放心，我能让猪舍一点儿臭味都没有！"

这不是痴人说梦吗？养猪能一点儿不臭吗？朱一正要发问，朱绿说："要跟牛家的绿色牛奶抗衡，咱们只有开发绿色猪肉了！"

"绿色猪肉？那不就是快要腐烂得发绿的猪肉吗？这种猪肉能吃吗？只能沤粪去吧！""老爸，不走绿色的路子，咱家养猪只能是穷途末路！"急性子的朱绿不耐烦地说。

"好，你看着捣鼓吧。总之，别让牛家在养殖方面超过咱们！"朱一一咬牙，将存折交给女儿。朱绿便请人改造猪舍，把猪舍里的水泥地面挖掉，在上面铺厚厚一层锯末。猪们高兴地在锯末里拱来拱去，屎尿都拉在锯末里。说来也怪，此后猪舍真的一点儿都不臭了，猪身上也十分光洁，不再像以前那样脏兮兮的。朱一从猪舍里抓起一把锯末闻了闻，也没有闻到丝毫味道！

而且，猪舍经过这样的改造后，猪吃的饲料变少了，生长速度却加快了。朱家将母猪数量扩大到两百头，把牛家狠狠地甩到了后面。

牛家因新近购买了一批挤奶设备，没有资金扩大再生产，就想找些饲料替成品。这天傍晚，朱一在暮霭中看到一个黑影在猪舍旁转悠，嘴里念念有词。他侧耳细听，竟是"猪殃殃，猪殃殃，养牛兴旺，养猪遭殃……"谁呀，这么恶毒！朱一几步蹿上前，一扳那人的肩膀，那人惊悚地回头，竟是牛成！

"你为什么要诅咒我家的猪？"朱一怒不可遏。牛成说："没有呀！"朱一说："我明明听到了！"牛成说："你肯定听岔了，我不过是出来走走。"说完就溜了。

谁知，两个多月后，牛成做出一个让朱一和牛二都吃惊的举动：他用最近赚的钱购买了六十头良种奶牛，这样牛家拥有奶牛二百一十头，在规模上超过了朱家。但牛二却高兴不起来，因为大米草刚够喂一百五十头奶牛，现在多出六十头，上哪儿去找东西喂？

"这简单，扩大饲料种植面积就是了。"牛成不以为意。牛二说："现在连荒滩都没有了，你往哪儿种饲料？难不成种到深海里？"牛成说："其实饲料我早已种下，就在咱们村。如果没有足够的饲料，我会盲目购买奶牛吗？"

这就奇了。村里已没有一块多余的土地，牛成能把饲料种在哪儿？牛二在村里转了一圈，并没发现饲料的影子，可见牛成是在吹牛。

朱一很快也知道这事了，他冷笑，等大米草一割完，牛家的奶牛就得饿死。到那时，俺老朱的养殖规模还是第一！可大米草割完后，牛家仍有东西喂牛，原来他们割路边的一种蔓生的野草做饲料。

朱一细看，这种野草茎蔓纤弱，呈方形，长有倒生的小刺，触之有粗糙感。他在村里转了一圈，发现路边都长着这种野草。他记着村里以前没有这种野草啊。他扯了一把叫女儿辨认。女儿说："这叫猪殃殃，可以喂牛，肯定是牛成见缝插针播撒的，猪舍四周就有。"朱一一看，可不，牛成居然把猪殃殃撒到朱家的领地了。

既然送货上门，那我就不客气了！朱一一狠心，又购买了二十头母猪，养殖规模超过了牛家。饲料不够了，他就扯猪殃殃喂猪，牛能吃得，猪自然也能吃得，不然咋叫猪殃殃？

可令朱一傻眼的是，猪吃了猪殃殃后，全都病了。朱一一下子慌了神，连忙给在市里参加养殖经验交流大会的女儿打电话。朱绿问他给猪喂了啥，朱一说猪殃殃。朱绿急了："你好糊涂！那种野草牛吃得，猪却吃不得，猪吃了就会生病，所以叫猪殃殃——遭殃的殃！我现在走不开，就算赶回来也来不及，你快去找牛成要解药！"

为了养猪场，朱一只好硬着头皮去找牛成。牛成听说后，连忙带上解药去了牛家。猪吃了解药后，中毒症状逐渐减轻，最后恢复正常。朱一既感激又羞愧。牛成顺便巡视了一下猪舍，把腐熟的锯末铲出，并换上新的。看样子他也很懂这种养猪模式，朱一便问他为啥这样养猪猪舍就不臭。

牛成说这是生态养猪，以锯末为垫料，添加微生物、营养剂等物质形成发酵床，通过发酵分解猪的粪便，所以猪舍不臭。同时恢复了猪拱食的习性，让猪采食垫料中发酵出来的菌体蛋白，以此来提高猪的抵抗力。

正说着，牛二挑着两只箩筐进来了，说："朱大哥，听说你家的猪没吃的了，所以我挑了些米糠过来给你救救急。""这……"朱一很感动。牛二说："咱俩较劲儿较了这么多年，也该歇歇了，你还是养殖大户，我还是种植大户，你家猪没吃的了尽管说一声，我家有的是饲料。"朱一一边把牛二引到饲料存放室，一边说："对，对，冤家宜解不宜结。"

牛二压低声音说："咱俩这冤家算是解了，可年轻人却结成了冤家。"阿绿跟阿成闹矛盾了？"朱一脱口而出。牛二只呵呵笑。朱一忽有所悟，也跟着笑了起来。

（原载《传奇·传记文学选刊》2020年第12期，《民间故事选刊》2022年第11期上半月刊转载。）

第一辑 时代故事

吴根越角的笑声

一

吴根越角在江浙两省交界地带，是古代吴越两国的边陲。这里河流纵横，如血管一般，将自古繁华的吴根越角紧密相连。汾湖就位于这里，上游属于江苏，下游属于浙江。

公元前五世纪，吴越两国相互攻伐，积怨甚深，汾湖即为吴越两军对垒的前线，所以那时汾湖也叫作分湖。

尽管汾湖两岸语言相通，习俗相同，多年来相互通婚，可纷争一直不断，原因就是那些理不清的"水账"。两省河汊犬牙交错，你中有我，我中有你，哪能不起纠纷？在吴芬、陆越两人各任汾西村、汾东村大学生村官那年，两村的村民还愤怒地抄上家伙，欲械斗一场。

两人闻讯后，连忙赶往现场。

两村交界处群情激愤。陆越跳上一只倒扣的舢板，对汾东村的村民高喊："有事好商量，动什么家伙？都把家伙给我放下！"

汾东村领头的水阿弟愤怒地把鱼叉往地上一扎："有法子商量吗？我们汾东村在下游，湖面宽，祖祖辈辈靠养鱼生活，可自打上游的汾西村搞起什么织布印染后，这鱼就没法养了！"

汾西村领头的吴老五冷笑："你养你的鱼，我们织我们的布，井水不犯河水！"

"说得好听！你们织布污染了河水，导致我们养的鱼天天都有死掉的！"

"那是因为你们的养殖技术不过关！告诉你，我们所用的喷水织机可是最先进的，是世界一流的！"

"是污染世界一流吧！你们污染汾河，导致我们汾东人的身体越来越差，这几年征兵，我们汾东村没一个体检合格的！"

"这也赖我们？那我至今打光棍，也可以赖你们：都怪你们汾东村的姑娘们不肯嫁给我！"吴老五嬉皮笑脸地说道。

汾西村那边哄然大笑。

水阿弟暴怒，大手一挥："放！"

只见一人把手中的木权往上一举，附在其上的弯了钩的铜芯电线便搭到了头顶的裸线上。不一会儿，汾东村的阵营出现了一条强有力的"黑水龙"，直扑汾西村的人群。

汾西村的村民一下子乱了阵脚，纷纷捂鼻四散。"好臭！他们喷的是啥东西？""汾东村竟敢给我们喷粪！上，揍他们！"

水阿弟抢过胶管，追着吴老五喷黑水："这可不是粪，是被你们污染的河水，比粪还脏，现在还给你们！"

很快，汾西村村民被喷成了落汤鸡，个个抱头鼠窜。

水阿弟正喷得得意，陆越挤上前，把搭在裸线上的电线扯下。电一断，水泵就停了，"黑水龙"消失了。

"回去，都回去！"陆越怒气冲冲地轰散本村村民，同时对汾西村的村民喊，"你们也快回家用清水冲洗，以免伤害皮肤！"

水阿弟朝狼狈不堪的吴老五喊："我们说你们污染的河水害得我们养鱼鱼死，浇菜菜枯，洗脚脚烂，你们不相信，那就只好请你们切身感受一下！"

二

傍晚，陆越跟吴芬约会时，没了以前的柔情，倒像是两军代表谈判。

两人虽分属不同的省、不同的村，但自幼在汾湖边长大，青梅竹马，两小无猜，后来又一同考上杭州一所大学的环境工程系，分到同一个班。大学毕业后，两人志趣相投，就走到了一起，后又共同报考大学生村官，想返回故乡把汾湖建设得更好，哪知一到任就碰到这档子事。

"劝返群众后，我到村里的水域看了看。没想到，在我们外出读书的这些年，汾东村的水质已被污染到了惊心动魄的程度，颜色不是乌黑就是奶白，一些河汊别说鱼虾了，连螺蛳、水草也死光了。阿芬，你们不能再往河道里排放污水了。"

吴芬叹了口气："我们镇是丝绸名镇，织布印染企业又多落户到我们汾西村，那些企业看中的就是村里用水方便。你放心，我们学的是环保专业，回来当了村干部后，一定会加强环境治理。对排污不达标的企业，一律关停并转。汾湖水一天不清，我一天不结婚！"

"啊，咋还把我们的事情扯进去？"陆越吃惊道。

"所以，你要跟我一起努力，也要发动两村的村民一起努力！"

陆越点点头，之后关切地问："今天水阿弟他们喷污水，没喷着你吧？"

"没有，我带了伞。倒是我五叔被浇了个透，回去后，皮肤发红发痒，难受得直叫唤。"

陆越把手中那袋药品递给吴芬："你把这些治皮肤病的软膏分发给村民。对今天发生的事情，我深表歉意。"

吴芬说："今天的事，汾东村的行为虽有些过激，但我能理解。汾西村的村民被浇后，很生气，想报复，我就对他们说：'看到了吧，污水就这么厉害！你们被浇一下都这么气愤，汾东村的村民天天跟污水打交道，能没有怒火吗？'"大家换位思考后，就心平气和多了，对排污之事也进行了反思。

吴芬回去后，把软膏拿给吴老五等村民，同时劝那些排污不达标的小作坊停产，因为一台喷水织机一天要污染三吨水。村民们瞪大了眼睛："什么，停产？这么多年来，我们就靠喷水织机挣钱。汾西村也因此成了远近闻名的织布印染村。"

"当时我们的环保意识不强，只追求经济效益。现在不同了，'绿水青山就是金山银山'，发展经济不能以牺牲环境为代价。"

"不搞织布印染，那我们靠什么挣钱？"

"我们村水源丰富，可以搞水产养殖。"

村民们摇头："得了吧，汾东养鱼，我们也养鱼，鱼一烂市，找哪个哭去？如果水质被污染，一下子全死光了。"

"你们知道污染的害处就好！我们在上游，要设身处地为下游多想想。污水不经处理，绝对不能排放！"吴芬趁机宣传《中华人民共和国环境保护法》，最后说，"我做了市场调查，青虾的销路很好，供不应求。我们可以养青虾，把它打造成汾西村的品牌。"

"算了，养殖风险大，还是干老本行稳当。"见吴芬还在劝，村民们就说，"吴老五是织布印染业的头儿，他如果答应停产，我们也停产，好不好？"他们知道，吴老五是不可能停产的。

吴老五就是吴芬的五叔，原先穷得叮当响，后来靠开织布作坊致富。他眼界高，至今未娶。吴芬的父母身体不好，家里经济困难，吴芬上大学的费用都是她五叔给的。

吴老五听到侄女要他关闭织布作坊，怒道："阿芬，你读四年大学的费用，都是我靠开织布作坊挣的。你现在大学毕业了，当了村干部，不但不帮我，还要断我的财路！开着作坊，我好歹还是个老板，还有娶到老婆的希望；作坊一关，我啥也不是，只能打一辈子光棍！"

吴芬听后，知道要村民们一下子关闭作坊不太现实，就决定在污水处理上多宣传、多监督、多落实。同时，在推广青虾养殖前，自己要先试养，掌握养殖技术。

经过努力，汾西村作坊直排污水的行为有所收敛，两村的关系有所缓和。几天后，下起了暴雨，怪事出现了：下游鱼塘里的鱼死了很多！原来，汾西村的作坊趁夜间下雨直接往河道里排污！

水阿弟带领养殖户用箩筐把死鱼挑到汾西村讨说法。作坊主们都不承认，因为到处是浊水，无法辨出其中是否掺了污水。因吴芬报警及时，没有酿成群体斗殴事件，不过养鱼户们愤怒地把死鱼扔到汾西村的每一个角落，全村愣是臭了好几天。

几个月后，以水阿弟为首的汾东村村民，自筹百万元资金，打算动用八台推土机、数万只麻袋，凿沉二十八条水泥船，截断流入村中的主河道，以拦阻来自汾西村方向的污水，保护鱼塘。

吴芬和陆越报警后，跟其他村干部一起赶到现场。吴芬大声疾呼："汾东村的父老乡亲们，我们汾西村发展织布印染业，把河水污染了，我深为抱歉！我和陆越通过这段时间的深入调查、积极反映，有关部门决定关停汾西村所有的织布印染作坊，淘汰所有喷水织机！这是市环保局刚出台的文件，我念给大家听听……"

吴芬念完文件，陆越说："现在，从中央到地方，下了壮士断腕的决心治理环境污染。我们吴根越角的污染治理，也不再各自为政，而是由江苏、浙江、上海三方共同治理。为了在治理中更好地依法办事，加强监督，组织上让我从明天起到汾西村担任治污专职村干部，吴芬到汾东村担任治污专职村干部，欢迎大家监督我们的工作！咱们两村将劲儿往一处使，坚决摘掉'污纱帽'！"

汾东村的村民热烈鼓掌。水阿弟高兴道："这回看来是动真格的了。儿子，上街去买几串鞭炮来放放，庆祝一下！"

吴芬马上制止："不行，放鞭炮会污染空气！"

三

汾西村的织布印染作坊被叫停后，吴芬的青虾养殖也摸索出了门道，遂将经验在全村推广。很快，汾西村成了有名的青虾村。吴老五靠贩卖青虾，挣了不少钱，还娶了媳妇。

汾东村见水质变好了，在养鱼的同时，积极发展汾湖蟹养殖业。这种螃蟹的双钳大小不一，被称为"大小钳"，比阳澄湖的大闸蟹还好卖。而且，村民们都走生态养殖的路线，不施肥，不投饲料，不用药，通过投入大量螺蛳、种植水草来改善生态环境，保证河蟹的优良品质。

吴芬、陆越发现，即使搞水产养殖，也存在污染。如何变废为宝，把污染降到最低？两人经过探索，决定实施稻虾共作、稻蟹共作等种养模式，将水稻与青虾、龙虾、罗氏沼虾、螃蟹、甲鱼等轮作或共作，通过生态循环解决养殖中的污染问题，让农田发挥最大的经济效益。

没几年，吴根越角天蓝水绿，鱼米飘香，风景如画，游客如云，村民们因地制宜，发展民宿和农家乐，大把大把地挣钱。吴老五、水阿弟这两个昔日的冤家还共同开了一家酒店，生意十分火爆。

"秋风起，蟹脚痒；菊花开，闻蟹来。"又是一年收蟹季，陆越跟吴芬的爱情蜜果也成熟了。此前，汾东、汾西两村的村民就听闻小道消息，两人要举行一个简朴、生态、有意义的婚礼。简朴好理解，那么生态婚礼又是什么样的婚礼呢？

直到有一天，村里开来了一辆系着大红花的卡车，直奔两村交界处的河边。陆越、吴芬两人下车，笑着对众人说："现在吴根越角天变蓝了，水变绿了，鸟语花香，心旷神怡，我们决定在露天举行婚礼。"

原来这就是生态婚礼，的确与众不同。

陆越接过话茬说："为了庆祝我们结婚，我和阿芬拿出多年的积蓄，购了一台全自动水葫芦打捞机，就是车斗上的这台机器，工人们马上开吊车来安装。现在，吴根越角的废水污染没有了，但清除绿色污染植物水葫芦任重而道远。水葫芦原产南美，是世界十大害草之一，具有无性和有性两种繁殖方式。在没开花前，水葫芦通过匍匐茎进行无性繁殖，五天就能繁殖一个新植株；开花后，一枝花序可结三百多粒种子，种子成熟落入水中后，可以存活二十年，只要条件适宜，它就萌芽生长。两种繁殖方式综合起来，一株水葫芦半年就能繁殖六万株，每年夏秋是水葫芦的爆发季节，所以环保界称它为绿色污染元凶！我们买的这台机器，就是这个元凶的克星，一天可打捞一百多吨水葫芦！"

"好！"吴老五带头鼓掌，"真是汾湖不分，水清人亲，吴越一体！"

水阿弟点点头："好词！还有呢？"

"这是我们上游出的上联，下联由你们下游对。"

"我们新郎没空，等闹完洞房后再对。"

"不行，对不出下联，不准入洞房。这可是新娘的意思！"

"哈哈哈……"众人都开心地笑了起来。

（2021 年 10 月获 2021 中国故事节·吴根越角汾湖故事会征稿活动第四批"中国好故事"。）

咱村的现代化

咱村的现代化，很长一段时间体现在梁炳和程有根身上。

这两人都是村里的能人。几十年前，梁炳因自己爹是大队长，弄到了一张自行车票，买了村里第一辆自行车，羡煞全村人。程家有钱，可无票，商店不卖给他。程有根自有办法：他到五金铺买配件，硬是组装成了一辆加重自行车，还在前边安了铁支架，方便载运货物。

改革开放后，梁炳嫌自行车太慢，就在车上安了个旧发动机，将自行车改装成"电动单车"，让村民们大开眼界。程有根用加重自行车为人运货多年，小有积蓄后，便买了辆助力车，人称"电驴子"。不知为什么，他总想把梁炳比下去。

时代向前发展，"电动单车"很快显得既寒酸又有安全隐患，梁炳干脆买了辆大排量的摩托车，搞起了"摩的"。那时外出打工的人越来越多，而只有镇上到县里才有班车，于是镇上到各村的线路就成了摩的的"市场"。

程有根当然要分一杯羹，他购来一辆二手面包车，搞起了乡村客运。摩的每次只能载一个人，面包车却可以拉六个人。等上头打击非法运营的黑车时，程有根已赚得盆满钵满，在镇上开起了小超市。

梁炳见摩的生意不好做，就出去打工了，几年后回来，被任命为村支书。程有根则被村民们选为村主任。大家一致认为，有这俩能人主事，村民很快就会富裕起来。

该村位于山区，地广人稀。全村没有水田，只有坡地，石多土少，玉米是村里的主要农作物。村民们收了玉米后，把玉米粒晒干，之后碾成粉，做成馍吃，或以每斤一块五的价格卖掉，再换回每斤两块多的大米。

梁炳回村后，院子里经常飘出一股沁人心脾的香味，山风一吹，香味飘得满村都是。村民们闻香过来，发现支书在屋檐下砌了个灶子，上面架了一口大铁锅。灶膛里的木柴熊熊燃烧，铁锅边缘伸出一根小铁管，铁管从一口水缸里穿过，再伸到一只坛子里。小铁管里细流涓涓，香味就是从那儿飘出来的。

"支书，你这是干啥呀？"村民们从未见过这阵仗，问道。梁炳答："酿酒。""酿酒？用啥酿？""就用自家产的玉米。"

"你会酿酒？"村民们惊讶了。

梁炳笑道："不瞒大伙说，我这几年外出打工，学的就是这个，为的是提高咱们村的玉米附加值。我来给你们算一下账：一百斤干玉米粒只能卖一百五十块钱；如果用来酿酒，可酿出四十斤五十度左右的玉米酒，按十五块钱一斤算，就能卖六百元，比单纯卖玉米粒多赚四百五十元。玉米酒糟还可以喂鸡、喂猪，便于把生态养殖业发展起来。再用鸡粪、猪粪给玉米地施肥，物尽其用，循环发展！"

村民们惊呆了。但也有人怀疑："这种土法酿出的玉米酒卖得掉吗？现在市场上名酒那么多，都要成天打广告。"

"放心，消费群体里有喝高档酒的，也有喝低档酒的，各有各的市场。更何况，咱们这是用纯粮食和山泉水酿出的酒，绿色食品，绝对受欢迎！"

玉米酒果然供不应求。土法酿酒很快在全村推广开，梁炳负责技术指导。村民们见酿酒有赚头，都把家里的玉米用来酿酒了，第二年村民们就有意识地扩大了玉米种植面积。无须动员和宣传，大伙就把撂荒多年的土地复耕了，种上了良种玉米。在家就能挣到钱，谁会愿意外出打工啊，多花车费食宿费不说，还没法过"老婆孩子热炕头"的好日子。

打工者陆续从外面回来，留守儿童、空巢老人等问题迎刃而解，村民们脱贫奔康的信心更足了。喂玉米酒糟长大的土鸡和所下的土鸡蛋，也深受消费者的青睐。

程有根见梁炳做出了业绩，自己也要露一手。他见山区一年四季野花不断，便用村集体收入购来了五百箱蜜蜂，还把养蜂能手老封请来，教村民们如何养蜂。村民们说："养蜂要跟着花期走，我们哪有时间？"

老封说:"这是中蜂,无须逐花。"

"中风?呸呸呸,养这玩意儿还会中风,谁养呀?"村民们都怕生病,因为不少贫困户就是因病致贫的。

程有根纠正说:"中蜂是中华蜜蜂的简称,善于采集零星野花,养中蜂无须赶花期,在房前屋后养上那么几箱,你们就等着数钱吧。"

老封说:"是呀,一箱中蜂一年可产蜜十斤,按六十元一斤算,就能卖六百块钱。养上十几箱,脱贫指日可待。"

程有根说:"我们把这五百箱蜜蜂分给立卡建档贫困户代养,每箱蜂每年只需给村集体交一斤蜜,剩下的归贫困户所有。在养殖过程中,如果产生新的蜂王,分出新的蜂箱,也归贫困户所有。这样,村级集体经济收入增加了,贫困户的钱包也能早些鼓起来!"

后来,在两位能人的带领下,贫困户经过努力,收入达标,全村如期脱贫。家家户户通上了水泥路,不少人家还买了小汽车。

进入乡村振兴阶段后,为防止贫困户返贫,县委对村书记和村主任进行分批培训。

程有根到县里学习了将近一个月,学完驱车回来,发现村民们的屋顶和村西那片光秃秃的石山坡都安装上了深蓝色的光伏发电板,村子的现代化气息更浓了。

一下车,就有村民对他说:"程主任,你引进的这个项目真好,屋顶安装光伏板,既可保护屋顶,又能发电,发出的电自家用不完,还可以并入电网卖给国家,真是坐地收钱!还有那个鸟不拉屎的石山坡,当初划给咱们村时,村里还不想要呢,没想到也能给村里挣钱!"

程有根嘴巴动了动,没说什么。他来到村委会,见梁炳正在看文件,就说:"书记,光伏发电明明是你引进的高科技项目,咋说成是我引进的?"

"谁引进的不要紧,关键是要让群众受益。"梁炳笑道。

"那我在喇叭里更正一下,我可不想抢你的功。"程有根说着就要去广播室。

梁炳连忙阻止,并真诚地说道:"老程,说成是你引进的,更有利于你在村里开展工作。"

程有根脸一红。他自打当村主任以来，虽说也为村里办了一些实事，但不少时间都花在自家那个小超市上，跟梁炳相比差远了。梁炳为了班子的团结，不但没有责难他，还时时维护他在村民中的形象。

　　在其位就要谋其职，程有根决定把小超市转给妻弟，自己全心全意扑到村务上。他推心置腹地说："梁书记，当初因你是大队长的娃儿，而我是普通农家子弟，没靠山没人脉，我心里不服气，一直跟你较劲儿，你骑电动单车，我买助力车，你搞摩的，我开面包车拉客……"

　　梁炳惊讶道："我咋没感觉到？我只是觉得，在我的带领和启发下，你挣钱的门路越来越广，收益越来越好，我为你高兴啊！"

　　程有根听后愣住了。

　　后来，村里建起村史馆，两人早年用过的自行车、助力车、摩托车、面包车等都被摆了进去。这一版块的总题目就叫"咱村的现代化"。

　　（2023年11月获四川省绵阳市文化广播电视和旅游局、重庆市北碚区文化和旅游发展委员会主办的第三届"向着幸福奋进"优秀文艺作品征集评选活动优秀奖。）

村里来了位"老子"爱好者

梁卜到红石村担任驻村第一书记，引起了村民的极大好奇，一是他的名字与众不同，二是他经常说自己是"老子"爱好者，三是他经常钻死亡谷。

"老子爱好者？"年过半百的村支书头一次听到这个词，心想这肯定又是啥子网络用语，听得人半懂不懂的。老子是粗话，老子爱好者就是爱自己，那不是自恋吗？这可是一种心理障碍，他的一个亲戚就得了这种病，还去看过心理医生。

为了支部的形象，村支书觉得有必要给年轻人敲一下警钟，就诚恳地对梁卜说："梁书记，我快退休了也没在村民面前充过老子，你才二十多岁就经常把老子挂在嘴边。你要注意影响啊，共产党员永远是人民的勤务员……"

梁卜听后笑了起来："支书您误会了，我说的老子不是粗话，而是中国古代思想家，姓李名耳字聃，后人尊称他为'老子'。"

村支书似有所悟："是这样啊，我文化程度低真的不晓得。古人就是怪，又不姓老，咋给自己取个老子的名字？你说你是老子爱好者，你爱好他啥子？"

"习近平总书记曾说'治大国，若烹小鲜'，您还记得吧？"

"记得，电视里经常播，说治国就跟炒菜一样，既不能操之过急，也不能松懈，只有恰到好处，才能把事情办好。"

"这句话就出自老子的《道德经》。老子的思想之一就是无为而治，主张'无为'是为了达到'无不为'，认为只有遵循自然规律，才能实现社会的和谐与稳定发展。我们在乡村振兴中也要这样做。"

"老子的思想还能用于乡村振兴？"村支书惊讶地问。

"支书，老子思想博大精深，可您一点儿都不了解，我建议您补一下这方面的知识。"说着便从挎包里掏出一本《白话老子》交给了对方。支书接过书翻了翻："我哪看得懂古书啊？"

"书里译成了浅显的白话文，您肯定看得懂。"

"好，为了乡村振兴，我一定要把它看完。"支书见扉页上写着梁卜的名字，又问，"你咋个叫梁卜，是因为你特别喜欢吃萝卜吗？可你又不属兔。"

梁卜笑道："我这卜跟萝卜没啥关系，是占卜的意思。我母亲姓卜。卜姓起源于老子生活的那个时期的卜筮官，所以我血液里流淌着占卜的基因。"

"那你给咱村占卜一下，咱村啥时才能从全镇倒数第一变成正数第一？"

"为期不远，就在我的任期内。"

"那我们以啥来奋起直追？"

"变劣势为优势。犹如行军，来一个向后转，倒数第一不就变成正数第一了吗？"

支书想了想，全村的劣势应该就是那条死亡谷。这条峡谷在村子西边，三面环山，就像一条死胡同。谷内有小河流出，河两边土地平坦，适合耕种。这里原先有一个自然村，可村民们都莫名其妙地得了一种怪病：先是双眼失明，后是毛发脱落，最后因全身器官衰竭而死，甚至连牲畜和野兽也不能幸免。后来有人分析，应是峡谷不通风，空气湿热，慢慢地就有了瘴气，人吸入瘴气后就得病了。

为防止瘴气涌出峡谷害人，村民们在每年秋天气候干燥时都要在谷口放火，大火在谷内熊熊燃烧，却不会蔓延到别处。山谷过火后，遍地都是黑色的草木灰，越发显得阴森凄凉。

烧过几次之后，有大胆者进死亡谷搭棚养鸡，为方便生活，还在谷里种菜吃。可还没等鸡出栏，人和鸡同时病倒了。大伙此后更加自觉地远离死亡谷，为防止外人误入，村里还在谷口崖壁上用石灰水刷上了警示语。

正是那条警示语引起了梁卜的注意，他当即就要进谷看看。陪同他走访全村脱贫户的村支书跟他介绍了死亡谷的情况，但梁卜非但没被吓住，还笑着说他不信神鬼，便独自进谷去了，天黑才回来。

此后，梁卜一有空就进谷转悠，这事很快便传得全村皆知。

"梁书记，咱村最大的劣势莫过于死亡谷，不少投资商因死亡谷这名字不吉利或怕染上瘴气都不敢来，这咋样才能变成优势？"村支书问。

梁卜侃侃而谈："乡村振兴不是大力倡导文旅结合吗？咱们把死亡谷开辟成网红打卡地，吸引广大游客来游玩，然后把村里的民宿和农家乐发展起来，让大伙儿在家门口就能挣钱。"

"死亡谷大家唯恐避之不及，谁还会来这里游玩？"

"丰都鬼城不是游人如织吗？"

"那不一样，鬼城是传说，进去不会死人，可进了死亡谷是真会死人的呀。"

"放心，总不会今天进谷玩了，今天就死掉吧？我进过很多次，还不是好好的？先把游客吸引过来再说。"

"村里年年放火烧死亡谷，谷里光秃秃的，有啥看头？"

经过一个多月的接触，支书认为梁卜是个夸夸其谈的理想主义者，凡事都想得过于简单。他叫文书去支应梁卜，本人则带人进城打工去了，走时还把《白话老子》带上了，因为他已经被老子的思想深深吸引了。

打工期间，村支书时不时通过电话或微信了解村里的情况。

"梁书记说，要把游客吸引过来，就必须把死亡谷变成花的海洋。"文书说。

村支书一愣，种花？死亡谷面积有上万亩，就算用挖掘机挖树坑，可种树、浇水、管护要多少人力财力物力。更何况树木栽下两三年才开花，驻村工作队三年一换，恐怕等梁卜被轮换回去时，树木还没开花。

秋后，邻居四爷因病住进县医院，村支书前去探望。四爷年逾九旬，除了老眼昏花，听力和腿脚都不错，所以没事便喜欢在村里转悠。那天他从死亡谷的谷口经过，突然听到谷里传来嗡嗡的鬼怪声，接着天空就劈头盖脸地下起"鬼雨"。啥叫鬼雨？就是淋人不湿的雨……

"还有这种事？会不会是您的错觉？"村支书问。

四爷生气道："我可没痴呆！那鬼雨淋到头上、身上、手上，感觉麻酥酥的，像鬼在给人搔痒，可就是把人淋不湿，我想是不是阎王派牛头马面来收我了，就吓出病了……"

村支书权当四爷在胡言乱语，安慰了他几句就走了。

冬月，村支书回家，隐隐看到死亡谷那边披上了浅浅的绿装，他略感意外，以前死亡谷过火后，一般要等到第二年早春才长出草芽。

村支书顾不上忌讳，进谷细看，原来那绿色植物是紫云英。令他惊讶的是，这么大面积的紫云英幼苗种得十分均匀。峡谷覆上这层嫩绿后，好看多了。

"怎么样，死亡谷得改名了吧？"有声音从背后传来。村支书不用看就知道说话的是梁卜。

村支书站起来说："名字我想好了，既然满峡谷都是紫云英，就叫紫云谷吧。"

"英雄所见略同。我建议您在冬月多准备些香肠腊肉，待明年春天这漫山遍野的紫云英一开花，游客就会蜂拥而来。到那时，您就顺其自然地开农家乐吧！紫云英花期长达五个月，一定会让村民们受益的。"

"上万亩紫云英的确很壮观。你播种花了不少时间吧？"

"只用了七天。"见村支书惊讶，梁卜笑道，"我联系了十架无人机飞播撒，一周时间就搞定了，而且无人机将种子播撒得很均匀。"

村支书醒悟过来："敢情四爷说的鬼怪声就是无人机的飞行声，鬼雨就是有种子落到了他的身上？哈哈哈，有意思！梁书记，我们这样做，要是其他村跟风咋办？毕竟紫云英种子到处都可以买到。他们一弄，我们这个创意便失去了新意，成了大路货，就没法吸引人了。"

"放心吧支书，万亩紫云英花海非我们莫属。"见对方不解，梁卜问道，"其他村有这么大面积的连片闲地吗？没有的话，跟风就只能是小打小闹，这正好衬托出我们万亩紫云英花海的大气！"

"这就是你说的化劣势为优势？太好了！"支书由衷地赞叹道。

"等早春紫云英一开花，我们就打出广告：万亩紫色祥云欢迎您！我保证这里很快就会成为网红打卡地。到时我们再举办首届紫云英赏花节，不信紫云谷热闹不起来！"

果然如此。游客中既有没见过紫云英而感到好奇的年轻人，也有怀旧的中老年人。中老年人对这种植物情有独钟，他们在困难年代曾揹其嫩尖儿当菜吃。随着人们生活的提高，紫云英渐渐淡出了人们的视野。

无数紫红色的花儿在风中摇曳着。昔日的死亡谷就像盖上了一床厚厚的花毯。人们在花毯中尽情嬉戏，享受春光，放松身心，到了饭点就去农家乐用餐，到民宿休息。

在紫云英开花的这五个月里，游客来了一拨又一拨，村里的农家乐和民宿发展起来了，村民们真的在家门口就挣到了钱。梁卜承诺："以后村里每年都飞播万亩紫云英，年年举办紫云英赏花节。"

大伙儿热烈鼓掌。可支书却在寻思：老百姓的收入倒是增加了，但村集体经济没啥变化呀，经济指标上不去，想在全镇名列第一，那绝不可能。

七月，紫云英花谢结荚果，游客才少了下来。不久，梁卜租来收割机把紫云英植株割下来，比较陡峭的地方就请村民帮忙收割。每亩可收紫云英鲜草一万五千斤，晒干后也有五千斤，一万亩就能收五千万斤。

支书上网一查，才知道紫云英既能做饲草又可入药，如果每斤干草卖五毛钱，村里也有两千五百万元的收入！支书瞪大了眼睛，方知梁卜没有说大话。

更令支书惊讶的是，商家驱车到峡谷来收购时，竟给出了每斤两元的高价。

红石村一下子成了全镇的排头兵。

镇上要支书去谈经验，而将《白话老子》读得滚瓜烂熟的支书顺势大谈老子："老子认为世间任何事物都是相比较而存在的，有此才有彼，有是才有非，有劣势才有优势。表面上看，正反两个方面是相互对立的，但实际上它们又是相互包含、相互渗透的，在一定条件下是可以相互转化的。老子觉得……"

一些文化程度不高的别村干部听会不认真，以为红石村支书有了成绩就在他们面前充老子，心里很不服气地想："你们不过是交了狗屎运，暂时发了财，牛气啥呢？紫云英又不是高科技，你们能种俺们也能种，还会种得比你们好！"

谷堆旁边讲故事

果然，其他村见种植紫云英没风险且收益高，纷纷效仿，甚至有人把稻田腾出来种植紫云英。可他们种的紫云英东一块西一块地像百衲衣，面积也有限，难以吸引游客。紫云英花谢结荚后，他们也收割晒干，希望能卖个好价钱，可商家却不收。

"一样的紫云英，你凭啥只收死亡谷的？"他们愤愤然道。

商家道："谁说一样？你们的紫云英啥都没有，可死亡谷的紫云英却富含硒——石字旁加一个西方的西，硒是微量元素，人体需要极少，摄入超标了就会中毒。死亡谷是座硒矿，在那儿生长的植物都含有过多的硒，人畜吃了就会生病乃至死亡。"

"那你把他们种的紫云英收购入药或做饲草，不是毒害人或牲畜吗？"

"本公司收购紫云英是为了焚烧，之后从灰烬中提炼出硒，所以才给他们高价。"

支书问："既然硒矿上的植物都含有硒，那为啥非得种紫云英？"

商家答："因为紫云英吸收土壤中硒元素的水平大大超过其他植物。"

原来是这样！支书醍醐灌顶的同时，又有一种被骗的感觉，就去找梁卜兴师问罪，却见梁卜正在指挥村民将一捆捆紫云英干草装车。

"你小子把紫云英的秘密捂得这么紧，我直到现在才知道真相！"支书说。

梁卜一愣，明白对方的意思后才说："这也是老子的思想啊，不言之教，如此一来，'瘴气说'就不攻自破了。"

"你咋个晓得这里是座硒矿？"

"你忘了我来自什么单位？——地质勘探大队。"

（2024 年 9 月获中国民间文艺家协会、中国文联民间文艺艺术中心、中国民间文艺家协会故事委员会、河南省民间文艺家协会、周口市文学艺术界联合会、中共周口市鹿邑县委、鹿邑县人民政府、老子研究院主办的2024 中国故事节·曲仁里老子故事会第四批作品，原载《上海故事》2025 年第 7 期。）

祖孙援彝

　　根据省委、省政府的安排部署，太白县对口帮扶彝区火源县。太白县二十九岁的干部马达被派往火源县光明村担任驻村扶贫第一书记。

　　马达接到通知后，第一个想到的是九十三岁的爷爷马胜利。自己去援彝了，爷爷怎么办？

　　马胜利是老红军、老革命，离休后不久，老伴因病去世。七年前，马胜利的独生子和儿媳妇外出时因车祸双亡，那时唯一的孙子马达刚从大学毕业，从此，祖孙俩相依为命。

　　马达既要援彝，又要照顾爷爷，怎么办？思来想去，他只好把爷爷带上。可爷爷九旬高龄，又有慢性哮喘病，能适应彝区的高海拔吗？

　　"爷爷，组织上派我到火源县帮扶。我过几天就要走，你怎么办？"

　　马胜利听后眼睛一亮："那我跟你走。你下村，我帮你煮饭，也算为援彝出力了。""可火源县海拔两千五百多米，是高寒地带……""那算什么？我转业前在西藏待过十年，不会有高原反应。"

　　就这样，祖孙俩来到了八百公里以外的火源县。

　　光明村村委会有五间低矮昏暗的土坯房，腾出其中一间给马氏祖孙俩住。马达到县城购来生活日用品，把爷爷的床铺得尤为暖和，以防爷爷感冒，因为这里海拔高，昼夜温差非常大。

　　马达到村里走访，了解到当地贫困的原因是这里地处高寒山区，种植业不发达，加上信息闭塞，交通不畅。村里目前主要发展畜牧业，其中养殖的黑绵羊是一大特色。当地群众养羊大多是自己食用，很少出售。究其原因，是村里没有牲畜交易市场，销路不畅。马达对症下药，在修建牲畜交易市场的同时，向县领导建议在县城建起屠宰场，同时把"火源黑绵羊"

向国家知识产权局商标局申请注册地理标志商标。

屠宰厂建起来后，卡车源源不断地到各村收购绵羊，大大调动了群众养羊的积极性。可养的羊一多，羊病也跟着多起来了。最常见的是羊腹泻，羊一拉稀，就消瘦，生长一慢，就影响上市。爷爷知道后对孙子说："这个好治。村里到处是杨树，你叫老乡们把杨树叶子摘下来，熬成水，给羊灌服就是了；懒得熬的，直接把杨树叶子掺到草里喂羊。"

就这么简单？马达将信将疑。他叫村民们依这个方法去做，羊果然不拉稀了！马达高兴之余，心里纳闷：太白县地处平原，自古很少有人养羊，爷爷十二岁就参加红军，一直忙着行军打仗，他怎么知道这个治疗羊腹泻的秘方？他问爷爷，爷爷笑而不答。

别看爷爷九十三岁，可他眼不花，耳不聋，做起家务来有条不紊。每次马达下村回来，爷爷都把饭菜做好了。看得出，爷爷很喜欢这个地方。这里蓝天白云，空气清新，夏无酷暑，是避暑胜地。唯一让爷爷苦恼的是困扰他多年的哮喘，总是走不了几步就气喘，不过，爷爷的气喘症状好像越来越轻，在村里走路的时间也越来越长。

转眼一年时间过去，马达惊喜地发现，爷爷在这一年里不但没生过病，就连纠缠爷爷多年的哮喘也奇迹般地好了！他一问医生才知道，原来爷爷的慢性哮喘是因为长期生活在海拔只有五百米的盆地，那里湿气重，所以爷爷总觉胸闷，呼吸不畅，现在到了海拔两千五百米的地方，空气质量相当好，氧气含量完全可以满足身体需要，且空气清新，渐渐地，慢性哮喘就不治而愈了。

爷爷哮喘好了后，经常在村中走动。马达以为他是在散步，后来发现他是在跟村民们拉家常。村民们是清一色的彝族人，五十岁以上的几乎都不会说普通话。马达平时下村，都是找会汉语的群众了解情况。

"马书记，你爷爷会说彝语，你为什么不会？"这天傍晚，村主任到村委会拿文件时问马达。

马达一愣："不可能吧？我们是汉族人，而且都是第一次来到彝区。"

"真的，我刚才看到你爷爷用彝语跟村里的老人聊天。"村主任说完，拿着文件出去了。

一会儿，一高一矮两个彝族老年妇女争吵着走进村委会院子，似乎是来找村干部评理。村委会此时只有马达一个人。马达问："怎么回事？"

两个妇女用彝语飞快地说了一大堆，可马达一句也没听懂，只能干着急。他正要给村主任打电话叫他过来当翻译，爷爷从外面散步回来了。他听了两个妇女的争论后，就用彝语对她们说了一席话，两个妇女听后，高兴地走了。

马达大吃一惊，爷爷真的会说彝语！

马达问："那两个村民为什么吵架？"

爷爷说："矮个子妇女今天杀了一只公鸡，而高个子妇女今天丢了一只公鸡，就怀疑是矮个子偷的，所以扯着她到村委会告状，要她赔偿。我刚才散步，跨过村边河上的石头时，恰好看到对面河滩上有只公鸡，我就叫高个子去看看是不是她家的。我感觉应该是，因为鸡在傍晚都回窝了，那只公鸡之所以没回窝，是因为中午上游下雨，河水上涨，它没法过河了。"

马达佩服爷爷的分析。爷爷从部队转业后，一直在太白县公安局刑侦大队工作，破了不少案件。他善于观察，能从细节中发现疑点。

果然，那两个妇女不一会儿便欢天喜地回来了，高个子怀里抱着一只公鸡。

爷爷对她们说："邻里之间要相互信任。你不能因为她家门前有堆鸡毛，就怀疑她偷了你家的鸡，这叫证据不足……"

以上对话用的全是彝语，听得马达目瞪口呆。那两个妇女点头称谢离去后，马达迫不及待地问："爷爷，你怎么会说彝语？"

爷爷淡淡地说："因为我本来就是这个地方的人。"

原来，爷爷小时候是个孤儿，被奴隶主抢去当了娃子（奴隶），天天被派去放羊。杨树叶子能治羊腹泻，就是他放羊时无意中发现的。十二岁那年，爷爷不堪奴隶主的虐待，连夜出逃了。到了冕宁后，他遇到北上的红军，就参了军，跟着队伍一路长征到达陕北，之后又奔赴抗日战场……

在部队中，他学会了汉语，彝语因为长期不用，渐渐被他遗忘了。这次来到彝区，在彝语的环境中，他又渐渐找回了忘却多年的母语记忆。而且，通过这几天的走访，他发现这个村子就是他当年生活过的村庄，那时这里还叫沙洛村，在彝语里是"穷山沟"的意思，光明村应该是后来改的名字。

"我原名不叫马胜利，而叫马布日鬼。长征结束后，首长说：'你这名字不好记，而且日鬼会让人误以为是日本鬼子的简称。我们马上就要东渡黄河打日本鬼子了，我给你改个名字吧。你就叫马胜利吧，愿我们的军队打仗时一个胜利接着一个胜利。'"爷爷回忆说。

"这么说我们是彝族人，那为什么我们的档案中都写着汉族？"马达不解。

爷爷说："我在部队里学会了汉语和汉字。一次部队做兵员登记，我在填表时，看到其他人在民族一栏都填'汉'，我就也填了'汉'，因为我当时想，我也是一条汉子，为什么不填'汉'？'汉'族就这样被记进了档案，传了下来。其实，不管是汉族、彝族还是其他民族，都是中华民族的一员。习近平总书记说得好：'全面实现小康，少数民族一个都不能少，一个都不能掉队……'"

马达由衷地赞叹："爷爷，我发现你比我更适合当第一书记。你来当第一书记算了，我给你做饭。"

爷爷笑道："如果我不是九十三岁，而是三十九岁，我肯定要到这儿来当驻村扶贫第一书记。但现在不行喽，我上了年纪，岁月不饶人，只能当第一书记的后勤管家了。"

有件事他没有向孙子透露：当初组织上考虑到马达要照顾他，并没有派马达到彝区来帮扶。他知道后，专门找了他战友的儿子——县委组织部部长，要部长一定把马达派到彝区来锻炼，参加这场全国性的脱贫攻坚战。

（原载《民间文学》2020 年第 6 期。《巴蜀风》2020 年第 3—4 期季刊转载。《民间故事选刊》2020 年第 10 期下半月刊转载。2022 年 8 月获广东省广州市青年作家协会、广东校园文学网主办的广东省"建团百年"主题征文大赛三等奖。）

金沙江最后的溜索

滔滔金沙江，在高山峡谷中奔腾向前，流经鹰愁峡时最险，两岸崖壁耸立，把江水挤得浊浪排空，涛声震天。金沙江的北岸是四川，南岸是云南。为了两岸群众过江方便，江上架起了三百米长的溜索。开溜索的，就是当年在金沙江上摆渡的艄公"水上漂"。

水上漂从十几岁起，就跟他爹在惊涛骇浪的金沙江上来往穿梭，虽然遇过险，但从没出过事故。二十年前，村里建起溜索后，他就负责开溜索。溜索最初靠人力拉，十年前换成了用柴油机作动力。而水上漂现在也成了一个年过六旬的老头儿，坐溜索过江的人都改叫他"水老头"。

这天傍晚，水老头在柴油机房旁边的简易厨房里熬好了荞麦粥，从泡菜缸里夹了些圆根萝卜出来，切碎，正准备吃饭，忽听到外面有声响，扭头一看：小路上走来了几个人，都穿着暗红色的马甲，背着背包，有两个还挂着临时找来的木棍，一看就是已经走了很长时间的路。

走在前头的中年人看到水老头后，就过来打招呼："大爷好，我姓王，我们系（是）综合帮扶队的，要坐溜索到对岸去，麻烦您老人家了。"

水老头一愣，这人看着有些面熟，不过也仅仅是面熟而已。

这里是彝区。近年来帮扶干部一下子多了起来，有县级对口帮扶的，有省上从各地市、各部门派来帮扶的，有东西部扶贫协作和对口支援的，还有来自全国各地的帮扶志愿者。他们都有一个共同的目标：帮扶当地在2020年脱贫奔小康。

水老头对帮扶干部一直心存好感：人家放弃大城市的舒适生活，到这偏远的高寒山区来帮扶，容易吗？所以只要是帮扶人员坐溜索过江，水老头一律不收费。

"过江简单。来来来，先吃饭。正好我今晚荞麦粥煮多了，大家来尝尝我熬的荞麦粥。"水老头说着，从所住的小屋里搬出小饭桌，放到空地上，又拿出了几条长凳让大家坐。

帮扶干部一共有七人。他们放下背包后，纷纷过来帮忙。他们所穿的马甲背面，都印着"综合帮扶队"几个白字，这几个字十分醒目。

帮扶干部啃了一天面包，现在喝着热气腾腾的荞麦粥，配上可口的泡菜，既爽口又开胃。大家边吃边感谢水老头。礼尚往来，老王从背包里拿出一袋面包请水老头吃。水老头尝了一个，感觉没有荞麦馍好吃。

饭后，几个帮扶干部好奇地到江边看溜索。溜索由涂满黄油的拇指粗的主缆、小指粗的副缆、两米见方的铁筐组成。行人过江时，需跨进铁筐，之后水老头关上栅门，发动柴油机操控缆绳，铁筐即可往来滑行。有帮扶干部俯视下方的江面，只见白云缭绕，惊涛拍岸，忍不住双腿发起抖来。

"大爷，听说这是'亚洲第一高溜'？"

"每天过溜索的人多不多？"

水老头一边收拾桌子，一边回答帮扶干部的提问。

老王要付饭钱，水老头执意不肯收，摆摆手说："喝粥就跟喝水一样，我哪能收你们的钱？"

老王看了一眼墙上写的"每过一次溜索，每人收费五元"，掏出一张五十元递给水老头，说："大爷，那我们坐溜索的费用您总该收下吧。您买柴油也要花钱。"

水老头还是摆摆手说："我给自己定了规矩，凡是帮扶干部坐溜索，一律免费。你总不能叫我说话不算数吧？"

"民风淳朴哇！"老王忍不住慨叹。之后，他对旁边一个戴眼镜的帮扶干部说："老百姓对我们这么好，我们一定要加倍努力工作，帮助他们早日脱贫！走，我们现在就过江！"

这时，一个年轻的帮扶干部从江边回来，脸色苍白地说："老王，我恐高，没法坐溜索过江。"

"小周，不坐溜索怎么办？这附近没有桥，也没有渡船。"老王皱了皱眉。

水老头说:"小周放心,这溜索建了二十多年了,从来没出过事故。"

"铁筐四周是栅栏,我一看到下边的江面,腿就忍不住发软。"小周说。

水老头说:"那就等到天黑了再过江,那时你看不到江面,也就不害怕了。"

老王沉思片刻后说:"只能如此了,我们总不能把他一个人丢下吧?"

帮扶干部们坐下跟水老头聊天,问当地的风俗习惯、脱贫进度等。水老头听到老王说的普通话里带有粤语腔,就问:"你是广东人吗?"老王说:"系呀,我系广东佛山的。佛山对口帮扶凉山,凉山就在金沙江对面。我们这几个人都系帮扶凉山南部乡镇的干部,坐火车到了昭通后,就到这儿来坐溜索。"

天黑了,老王站起来说:"这下可以过江了,过江后我们还要赶路,到乡上报到。"

水老头发动柴油机。七名帮扶干部跨进铁筐,水老头把栅栏门闩上。小周有些忐忑不安地问:"七个人一起过江,会不会超载?要是到了江心,铁筐掉下去,我们连逃生的机会都没有……"

有人马上骂道:"小周你这乌鸦嘴,能不能说些吉利话!"

水老头说:"这溜索载重一吨,你们七个人,最多半吨,放心吧。"

老王说:"小周,没想到你身高一米八,胆子却这么小。"

眼镜接话:"小周是属鼠的,所以胆小如鼠。"

"哈哈哈……"老王忍不住放声大笑。

笑声在黑暗中朝对岸滑去。铁筐的滑行速度越来越慢,最后停在了江心,岸上的柴油机声也停了。在重力的作用下,站在铁筐里的人明显觉得铁筐在往下坠。江风很猛,吹得铁筐左右摇摆。小周吓得浑身哆嗦,一是害怕,二是冷,因为江风冷冷地打在身上,让他感觉像被刀割一样。

在大风中,老王断断续续地喊:"大爷,怎么……回事?溜索……怎么停了?"

岸边的水老头回话:"没柴油了,我马上叫人送一桶过来。"

两个钟头后,柴油才被送来,柴油机重新启动了。可老王发现,铁筐朝云南方向滑去。是不是老人糊涂,把方向弄反了?遂喊道:"大爷,怎么……又回去了？"

水老头回答："要拉回来，重新溜。"

回到起点后，缩在铁筐里的人个个都被江风吹得流起了清涕。水老头拿着柴油机的铁摇手走过来道歉："都怪我疏忽，柴油机没油了也忘了买，看把你们冻的。要不你们先到厨房去烤烤火，等烤暖和了再过江？"

还没等老王表态，小周就打开栅门，走出铁筐。其他人也跟着走出铁筐，去厨房烤火。

说时迟，那时快，黑暗里猛地蹿出十几道黑影，把那几个人按翻在地，并给他们戴上手铐。老王还待在铁筐里，见状猛地拔出手枪。水老头一挥手中的铁摇手，把老王手里的枪打到江里，之后扑进铁筐，把"Z"形摇手卡在老王的脖子上，狠狠地骂道："段万，你也有今天！"对方呼吸困难，无力反抗，只能一个劲儿地翻白眼。

一个特警冲过来，给段万戴上了手铐。

特警大队长走过来握着水老头的手说："谢谢大爷！多亏您及时报案，我们才能把这伙毒贩一锅端掉，其中就有逃跑二十一年的毒枭段万！他们背包里装的全是毒品！"

水老头喃喃道："为报大仇，我等了他整整二十一年！"

二十一年前，水老头的儿子受骗误入贩毒组织，水家一度成为毒品交易窝点。水老头一次摆渡回来，还在家里见到了毒枭段万。后经水老头教育，儿子向警方报了案，警方把毒贩包围，唯独段万跑了。几天后，水老头的老伴和儿子、儿媳被人杀死在家中，凶手十分嚣张地用木炭在白色的墙壁上写了一行字："杀人者，段万也，有本事就来抓！"水老头因在外摆渡，孙子在上幼儿园，爷孙俩才躲过一劫。

段万杀人后跑到广东整了容，并在那儿生活了二十一年。最近因用度紧张，他再次带人到"金三角"贩毒。为了逃避检查，他们专走偏僻的小路。进入金沙江流域后，他们利用人们对帮扶干部的好感，装扮成帮扶干部，以掩人耳目。

水老头第一次看到老王时，老王那眼神令他一下子想起毒枭段万，可看看面相又觉得不像，再说老王说的是粤式普通话，而段万是本地人，说云南话。直到溜索开动，老王得意忘形地哈哈大笑时，水老头才最终断定，这个老王就是逃亡多年的段万。二十一年过去了，人的容貌可以改变，眼神不会改变；口音可以改变，笑声不会改变！所以当铁筐滑到江中时，他果断地关停了柴油机，然后用手机报警。

　　一年后，各方帮扶力量在附近建起了一座长四百米、宽十米的金沙江特大桥，彻底解决了两岸群众的出行问题，从此溜索退出了历史舞台，水老头也彻底退休了。

（原载《上海故事》2020 年第 4 期。《民间故事选刊》2020 年第 9 期上半月刊转载。）

艾蒿满地

艾蒿满地，高过人头，空气中弥漫着一股苦涩的气味。指挥长程军一下子冒火了："梁赞，你们村的土地大面积撂荒，到年底咋脱贫？"

梁赞说："撂荒也是不得已，我们村主要搞劳务输出，一人打工，全家脱贫……"

程军生气道："对于光棍或人数少的家庭，一人打工，的确可以全家脱贫，可对于那些一家有七八口人甚至十几口人的家庭，一人打工，全家就难以脱贫。你们还是要积极发展农业生产，双管齐下！"

梁赞对程军打断他的话有些不悦，辩解道："指挥长你有所不知，我们村在全县海拔最高，条件最差，松树在这都长成了灌木，种洋芋，产量低，品相不好，根本卖不出去，不如不种。土地撂荒也有利，绿水青山就是金山银山……"

程军暴怒道："你这是诡辩！撂荒就是金山银山？那大伙儿啥也别干，都让田地撂荒得了，我们还大老远跑来帮扶干吗？亏你还是第一批援彝干部！我看你是忘了初心，开始懒散混日子了！我限你一个月内发动老百姓把撂荒的土地复耕，不然我就撤你的职！"说完，他气呼呼地坐上了越野车，到下一个村检查帮扶工作去了。

两年前，根据省委、省政府的安排部署，太白县对口帮扶彝区的火源县，为期五年。梁赞作为第一批援彝干部，到拖觉村担任驻村扶贫第一书记。因拖觉村自然条件为全县最差，太白县对口帮扶火源县脱贫攻坚工作前线指挥部给的脱贫期限是五年。可当时梁赞对脱贫工作的艰巨性认识不足，说五年时间太长，三年时间足够了，再用一两年时间巩固脱贫成果即可。

前任指挥长对梁赞的信口开河十分不满，严肃地说道："梁书记，军中无戏言！"

"我愿立军令状！"年轻气盛的梁赞脱口而出，并当即写了保证书，同时发誓似的说，"拖觉村一日不脱贫，我一日不回太白县！"

两年半后，第一批援彝干部包括前任指挥长，不管帮扶工作干得怎么样，都轮换回太白县了，因为援彝有功，人人都在职务或职称上有了晋升。梁赞立了军令状，但他所帮扶的拖觉村尚未脱贫，便留下来与第二批轮换上来的援彝干部一起继续奋战。第二任指挥长程军挂职县委常委、副县长，他四十来岁，工作雷厉风行，一到火源县，就马上赴各贫困村检查帮扶工作，发现其他村子都积极发展各项产业，唯有拖觉村毫无作为，土地撂荒严重。

在另一个贫困村检查时，程军发现该村大力发展附子、白术、川续断等中草药种植，这些中草药丰收在望。他心里有一个念头闪过：难道拖觉村也是在发展中草药？那些一人多高的艾蒿就是他们的主打产品？唉，都怪自己太性急，不等梁赞把话说完就发火了。但他很快又否定了这一想法，因为拖觉村那些艾蒿高矮疏密不一，根本就不像是种的，而像是野生的。艾蒿是中草药不假，但全国各地到处都有野生的，生命力极强，除都除不尽，没有人会去种它。拖觉村遍野的艾蒿，就是土地撂荒后自己长出来的，他并没有错怪梁赞。

为了证实自己的判断，程军给梁赞打了电话，但并没打通。他知道拖觉村位置偏僻，手机常没信号，便又转打村主任的电话，这次打通了："土呷主任，你们村的艾蒿咋那么多？"

土呷正在乡上办事，回答说："我也不知道为什么。我们村不长其他东西，就爱长艾蒿。艾蒿是杂草，根系太发达，拔都拔不完，甚至打除草剂都不管用。这两年，外出务工的人多了，土地一撂荒，艾蒿长得就更多了。偏偏这东西气味大，牛羊都不吃。一些地方的艾蒿茂密得让村民都找不到路了。"

"我刚才到你们村看了一下，整个一个荒村的样子，哪有一点儿新农村的气象？所以我才对梁赞发了一通火。你们要尽快把艾蒿除去，种上洋芋，让土地复耕。"

"程指挥长，现在是六月，不适宜种洋芋。"

"那也要尽快把艾蒿除去，把地翻一遍，等种洋芋的季节一到，马上就种。"

"好的，指挥长。另外，我们村的艾蒿之所以长得那么好，是因为前两个月下雨后，梁书记派人给那些艾蒿撒了尿素，那尿素还是他自己花钱买的，所以艾蒿蹿得有一人多高。"

"什么？他还给艾蒿撒化肥？天下哪有人种艾蒿？梁赞是不是有毛病啊！"程军觉得不可思议。

"我也在估摸着，他是不是干了两年多帮扶工作也没让村里脱贫，把自己闷出精神病来了？"

"他会不会想在端午节前叫村民拔艾蒿卖以增加收入？"

"我们彝族没有过端午节的习惯，再说端午节已经过去了。艾蒿在当地一般都被砍来当柴烧。"

"那梁赞为什么要给野艾蒿施肥？"

"我依稀听村支书说，梁赞的女朋友姓艾，叫艾绿，听说她最近要到火源县拍什么写真。当年张艺谋拍《红高粱》，叫人种高粱，现在梁赞为了给女友拍写真，自费给野艾蒿撒化肥，也挺浪漫啊！"

"什么浪漫？把村里弄得像个野兽出没的蛮荒之地，让他赶紧给我砍掉！下周省督导组要到火源县检查！梁赞的手机打不通，你把我的话转达给他！"

挂了电话，程军恨铁不成钢地想：拖觉村这块硬骨头不啃下来，火源县就脱不了贫，全州、全省就脱不了贫！这可是牵一发而动全身的事情。如果梁赞实在不适合担任拖觉村第一书记，等忙过火把节，他就马上把梁赞撤换下来。时间不等人啊！

过了几天，土呷打电话向程军汇报，说梁赞带领村民把拖觉村的艾蒿全部砍光了。在砍艾蒿之前，艾绿来了一趟，梁赞用单反相机给她拍了很多照片，她以一人多高的艾蒿林为背景拍照，拍的照片的确很漂亮。"我专门问了梁赞，为什么那么喜欢艾蒿？他回答："因为女朋友姓艾，看到艾蒿就想起女友，帮扶的日子就没那么单调了……，"

程军被气笑了："没想到援彝干部里还出了个情种贾宝玉！"

不过他现在没时间处理梁赞的事情，他在忙火把节的筹备工作。因为火源县是火把节的发源地，今年他要把火把节搞得格外隆重，以增强全县人民的文化自信，提振精神，激发动力，进一步坚定脱贫攻坚的决心与信心。今年的火把节最大的看点是打破一项扛旗世界纪录——"世界上火把数量最多的火把节"。

在火把节前一周的新闻发布会上，程军代表县委、县政府向各位记者正式宣布了这一消息。很快，各大媒体纷纷报道这一消息，引起了轰动效应，火源县火把节期间所有酒店、旅馆被预订一空。

世界上火把数量最多的火把节，火把数量是多少？三十万把。火源县有二十万人，这就意味着人手一把，另外的十万把是为外地游客准备的。到时三十万把火把齐燃，能把整个大凉山映得通红。

为凑齐三十万把火把，火把节筹委会以每把十元的价格收购火把。可当地老百姓只为自家准备了火把，并没有富余的，即使有也不多。

凑不够三十万把火把，怎么申报"世界上火把数量最多的火把节"扛旗世界纪录？就是申报也通不过。可新闻已发布，各大媒体也已报道，这不是要闹笑话吗？

程军连忙召开紧急会议，要求各乡镇从速准备火把。各乡镇领导都面露难色：申报"世界上火把数量最多的火把节"扛旗世界纪录一事，虽然年初就听说了，可县上并没有给各乡镇下达准备火把的任务，大家以为县上有统一规划，所以也没多问，现在突然叫他们准备火把，怕是来不及了。

程军反问："怎么来不及？现在离火把节开幕还有四天。我刚才问了一下工作人员，大概还差十万把火把。全县有三十个乡镇，一个乡镇还赶不出三千把火把？"

"三千多把火把是能赶出来，但现在赶出来的火把都点不着。"

"为什么？"

"因为火把节的火把都是用艾蒿捆扎的，每把像胳膊一般粗，有一人多高。这几天是阴雨天，现砍艾蒿的话，四天时间根本就晾不干，到时也没法点燃。"

程军愣了一下，他一直以为火把是用竹子做的，现在才想到火源县海拔高，根本没有竹子。"那能不能到周边县收购？"

"也难，周边县包括整个自治州都在举办火把节，哪有多余的火把卖给我们？"

程军正着急，放在会议桌上的手机突然振动了，他一看是火把收购组组长打来的，连忙压低声音说："火把的事，我们正在研究……"

对方高兴道："不用研究了，十万把火把已经运来了！"

"真的？从哪儿运来的？"程军大喜过望。

"从拖觉村。"

是梁赞他们村！程军脑海里闪过了满地艾蒿的情景。宣布散会后，他马上驱车来到火把收购点，看到许多牛车、马车、拖拉机、农用车、大卡车拉来了一车车火把，工作人员正在卸货清点。火把堆积如山，梁赞跑前跑后，忙得一头大汗。看到程军后，他走了过来："报告指挥长，拖觉村十万多把火把已经运到，只多不少！"

程军拿起一把火把仔细看了看，的确是用干透了的、打去了叶子的艾蒿捆扎而成的。据说这种火把燃烧时还会散发出幽幽的清香。

"你小子几个月前给艾蒿撒化肥，就是想让它长高好做火把用？"程军问。

梁赞说："没错！我年初得知县上今年准备申报'世界上火把数量最多的火把节'扛旗世界纪录后，就决定趁机'捞一把'。因为县里到时肯定要收购很多火把，正好我们村满地都是艾蒿，为什么不加以利用？错过了这个村，可就没这个店了。"

程军不悦道："那你上次为什么不跟我明说？"

"你一看到满地艾蒿就发火，我插得上嘴吗？还有，我对你那种不深入了解情况就下命令的工作作风很不满，所以……"

程军沉思了一下，觉得梁赞说得对，自己以后要注意改变工作作风。

"是的，我不该叫你们砍艾蒿、种洋芋。"他检讨说，"我初到彝区，对这里的情况不熟，有时心里一着急，难免指手画脚。"

梁赞说："你叫我们砍艾蒿是对的，那时离火把节只有一个多月，必须砍，这样艾蒿才会晒得焦干，做火把才好。但复耕种洋芋就是瞎指挥了，这里的冬天冷到零下十二摄氏度，秋收后都没法种东西。我打算等明年开春后，在撂荒的土地上撒上草籽，种草，大力发展畜牧业。"

程军问："你哪来的本钱？"

梁赞朝运来的十万把火把一指："十万把火把为我们村挣来了一百万元，现在我们村已经脱贫了。我们要用这一百万元发展畜牧业，巩固脱贫成果。"

这时，一个姑娘走了过来。梁赞向程军介绍说："这是我女朋友艾绿。"程军笑着说："我听土呷说了，上次你到拖觉拍艾蒿写真，效果很好。"

艾绿说："拍写真只是顺便为之。我主要是来看看火源县的艾蒿够不够扎三十万把火把。我来拖觉村看了后才放心了。"

原来，她正是扛旗世界纪录的认证师之一。

（原载《故事林》2020 年第 3 期上半月刊。）

谷堆旁边讲故事

斗　牛

随着火把节的临近，斗牛又成了人们近期的热门话题，而木呷那头体壮角尖的公牛黑旋风，更是成为话题的焦点。黑旋风是去年斗牛比赛的全县冠军，今年再次夺冠应该不成问题。

果然，在全村、全乡、全片区的斗牛比赛中，黑旋风都轻松拿了第一。最后，它与亚军一起参加了今年全县的斗牛比赛。

村民们羡慕道："木呷，你小子哪辈子修来的福气，让一个畜牧高工帮扶你，给你送了一头良种牛。不但脱了贫，还娶了媳妇。没有梁书记，你肯定要打一辈子光棍。"

木呷笑着说："那是那是，感谢党的帮扶政策！"

到镇上来走亲戚的汉子里布看了片区的斗牛比赛后，很不服气："你们村的黑旋风是厉害，但我们村的黑闪电也不差！"

木呷被这话噎了一下，随后反击道："是好牛，最终都要到县上参加决赛，你急什么？孬不孬，斗了便知！"

村民嘲笑里布："什么黑闪电，我看是黑疙瘩第二，准备卖给屠宰场吧。"

去年斗牛，黑旋风和黑疙瘩分别进入了决赛。两头牛此时都斗红了眼，哪里容得下另一头公牛的存在。可一扭头，发现居然还有一头家伙站着，便怒冲冲地朝对方奔去，头顶头，角碰角，铿锵有声，牛眼瞪得比铜铃还大。双方进进退退，脚下飞沙走石。约莫半个钟头后，黑疙瘩体力渐渐不支，节节败退，扭头就跑。黑旋风追上黑疙瘩，一摆头，将尖尖的牛角插进黑疙瘩的腹部，黑疙瘩惨叫一声倒地。

"哼，谁是今年的黑疙瘩，现在还不知道哩！"里布抛下一句话，扬长而去。

木呷听后心里有些打鼓：虽然去年黑闪电连半决赛都没进，但听说今年里布精心饲养，天天喂夜草，黑闪电如今膘肥体壮，力大无穷。里布还经常将黑闪电赶到其他乡镇的草场去跟公牛打架，为的是训练黑闪电的顶斗技巧。里布很早就放出话来："风水轮流转，今年的牛王，非黑闪电莫属！"

木呷想找帮扶他的梁胜咨询一下斗牛克敌制胜的法宝，可一打听，梁胜到县里办事去了。

梁胜是太白县畜牧局的高级工程师。根据省委、省政府的安排部署，太白县对口帮扶彝区的火源县，梁胜到木呷所在的乌科村担任驻村扶贫第一书记。

火源县地处滇北高原，海拔高，气候寒冷，农作物只能种土豆，且产量很低。全县地广人稀，有牧场两百多亩，发展畜牧业不失为一条脱贫致富的好路子。

以前彝族群众养的牛、羊，因山高路远销售难，多是自己食用，养殖规模一直难以扩大，增收困难。太白县对口帮扶后，首先在县城建起屠宰场，大量收购牲畜，解决了当地牲畜销售难的问题。

梁胜更是充分运用自己的专业知识，在良种引进、扩繁、防疫等方面做了大量工作。三年前，在对口帮扶之初，他把一头半大的黑色公牛交给木呷饲养。这头公牛就是后来闻名全县的黑旋风。

根据有关规定，村子要脱贫，必须发展集体经济。梁胜在帮扶村办了个养羊场，聘请木呷当羊倌。木呷在为集体放羊的同时，也养了自家的牛。

随着黑旋风一天天长大，木呷发现，它不但跑得快，还特别喜欢打架，每次在草场看到其他公牛，都主动迎战，而且战无不胜。去年，木呷在梁胜的支持下，报名参加火把节斗牛比赛，夺得了全县冠军，获奖金六万元。木呷一下子脱了贫，娶了老婆，还买了一批羊羔、牛犊，扩大再生产。而他所在的乡村也名气大增，人人都知道那里出了牛王黑旋风。

今年，木呷想让黑旋风再次夺冠，六万元的奖金对他这个刚刚脱贫又"脱光"（脱离光棍）的农民来说，还是很有吸引力的。

比赛那天，木呷一大早割了一篓新鲜的青草，准备带去给黑旋风做口粮，之后把黑旋风牵上了镇上派来的卡车。他没坐副驾驶座，而是跟黑旋风同甘共苦地站在车厢里，一手握住牛笼头，一手扶住车帮。他这样做，是为了防止黑旋风在途中受惊或在车子转弯时摔倒。

两个钟头后，他们到达县城。赛场已是人山人海。

参加比赛的十头公牛，都是黑牛。黑牛是本地特产，属于黄牛的一种，只是皮毛是黑色的。

木呷看到，里布牵着的那头黑牛，牛肚两旁都用白漆喷了两个大字"战神"，两字之间是一个闪电的符号。

黑旋风一看到黑闪电，就跃跃欲试地想上前一比高下，无奈主人紧紧抓住笼头，使它动弹不得，便只朝黑闪电怒吼了一声。黑闪电也毫不示弱。

比赛采取淘汰制。十头公牛的主人抓阄后，公牛根据抽到的结果两两一队在广场上斗。这些牛都是全县五个片区斗牛比赛中的冠亚军，实力相当，所以斗得格外精彩，现场欢声雷动。初赛下来，败北的五头牛个个头破血流，有的牛角都斗断了。余下的五头牛，继续抓阄，继续斗。最后，黑旋风和黑闪电进入了决赛，争夺冠军。

按照惯例，斗牛决赛要等到牛休息够后再进行，因为它们已经连斗了两轮，很累了。赛场在此期间举行赛马的初赛。

木呷和里布都把各自的牛牵出赛场，喂牛吃草，给牛喝水，让牛补充能量。

赛马初赛结束。斗牛总决赛开始！乌科、嘎子两村的村民为各自的"选手"呐喊。

可出人意料的是，两头黑牛被牵到赛场上后，竟和平共处，冷漠地反刍着嘴里的草料，好像是斗累了，不想斗了！尤其是每次都主动攻击的黑旋风竟然也这样，简直不可思议。

不斗怎么决出冠亚军？组委会自有办法。很快，裁判牵来了一头发情的小母牛。黑闪电见状，马上欢快地跑过去。黑旋风见了，不屑地叫了一声。

两位裁判又拿来两件查尔瓦（彝族斗篷），分别蒙在黑旋风和黑闪电的头上，之后把小母牛悄悄牵出场外藏了起来。待揭开查尔瓦，两头公牛同时发现小母牛不见了。黑旋风一副无所谓的样子，黑闪电则怒气冲天，认为对方金屋藏娇，顿时吼叫着用前蹄猛力刨土，瞪视对方，试探虚实，继而猛冲过去，用锋利的牛角顶撞对方。但让人大跌眼镜的是，黑旋风只是象征性地招架了一下，便落荒而逃！

嘎子村的村民狂热地欢呼："黑闪电，新牛王！"

新牛王高昂着头，不断地吼叫示威。里布更是喜不自胜，赶紧将黑闪电牵至领奖台，为它披红挂彩。嘎子村的青年男女在场边弹起大三弦，跳起欢乐的舞蹈，庆祝胜利。

木呷灰头土脸地回到村里。村民们见黑旋风没有夺冠，脸上都失去了笑容。妻子原指望木呷能捧回六万元奖金，谁知却落了空，因此没给他好脸色。

木呷叹了口气，到山坡上放羊去了。

梁胜黑着脸走过来："好呀，木呷，你竟敢暗中做手脚！"

木呷一愣："我做什么手脚啦？"

"你骗得了别人，骗不了我！你给黑旋风喂草时，我其实就坐在旁边的看台上。你给草里掺了倒阳草！你这是故意把冠军让给里布，让给嘎子村！"

木呷赔笑说："书记，我昨天去了一趟嘎子村，本意是想研究一下黑闪电的情况，好知己知彼。可一打听才知道，嘎子村现在还没脱贫，里布也是建档立卡的贫困户，目前光棍一条，跟去年的我一样。我就想，要是黑旋风夺冠了，我得六万元奖金，不过是锦上添花，而黑闪电夺冠了，里布获得六万元的奖金，就能一下子脱贫，是雪中送炭。而且，黑闪电成为今年的牛王，还能鼓舞嘎子村村民的士气，加快脱贫进度，就像去年黑旋风夺冠鼓舞我们乌科村村民一鼓作气甩掉贫困帽子一样！所以，我就……还希望你保密，不然我老婆会更不高兴的。"

梁胜笑着拍拍木呷的肩膀说："这我知道。刚才我是故意吓你的，哈哈！其实黑旋风和黑闪电都是我和县畜牧局的同行培育出来的良种牛。告诉你一个好消息，咱们县的黑牛今天已成功注册国家地理标志商标，黑牛养殖要在全县推广了！"

（原载《民间文学》2021 年第 5 期。）

虫草王

又到了挖虫草的季节。谁是今年的虫草王？村民们边往虫草山走，边议论着。

虫草是冬虫夏草的简称，乃中国传统中药材，近年来价格一路飙升，被誉为"软黄金"，具有补肺肾、益虚损、增精气等功效。虫草生长在海拔三千五百米至五千米的高山上，它既不是虫，也不是草，而是麦角真菌寄生在蝙蝠蛾幼虫体内，吸收幼虫营养致其死亡后幼虫尸体形成的复合体。每年五月份，山上的冰雪开始融化时，虫草的草头就破土而出，并迅速生长，这时就能挖到最好的"头草"。虫草的采挖时间仅有两个月。

"哼，谁是虫草王？肯定又是普布家。猎人的后代就是不一样，站着就能发现虫草。"村里的贫困户索南看了一眼虫草山上的积雪，酸溜溜地说。他是个光棍，贫困的原因是人不够勤快。

一个村民说："那不一定。以前普布家之所以能成为虫草王，是因为他们父子俩一块儿挖。去年下半年，老普布的儿子才仁考上警察，端上了公家饭碗，没空来挖虫草了。单靠老普布一人挖，就算他有三头六臂，想保住'虫草斤王''虫草单王'这两项荣誉，我看也难。"

索南在后边气喘吁吁道："你们不知道，才仁考上警察后，分到了乡上的派出所，虫草采挖季节，派出所会派人专门到虫草山上巡逻。哪个地方虫草多，他不会叫他老爸去挖或亲自挖？我不相信他会放着虫草不挖。"

"唔，这倒是近水楼台先得月。"一个外号叫秀才的人说。

"哼，在虫草山，普布家永远一手遮天！"索南偏激地说。他对这家"暴发户"有些看不惯。普布家靠挖虫草发了家，在村里盖了最漂亮的房子，十分显眼。

"说谁呢？"一个人从大石头后边转出来，他刚小解完。众人一看，正是老普布。"索南，你说我家坏话，看我哪天不收拾你！"

索南噤了声。他虽有仇富心理，可却不敢惹老普布。

不一会儿，一行人来到虫草山的山门。村干部在那儿设了个虫草检查站：凡是进山采挖虫草的人，每人必须交两千元草皮费，因为在挖虫草时，要把虫草周围的草皮一块儿挖起，才不至于损坏虫草。这笔草皮费就用于植草，保护生态环境。

村民们交费后，走了进去。老普布没有交费，就大摇大摆地往里迈，也没人敢阻拦他。索南也想学样，但那根木杆啪地落了下来，横在他面前。

"交费！"守卡的检查员说。

"我是贫困户，没钱！"索南大声道。

检查员反唇相讥："你是贫困户还光荣啦？只要上山挖虫草，都必须交费！保护生态，人人有责！"

"龟儿子说得好听！那老普布为什么没有交费？"索南见"暴发户"已走远，就理直气壮地问。

检查员冷笑："你跟他有法比吗？"

"他有钱有势，儿子又当警察，我当然没法跟他比……哥老倌，我是贫困户，能不能少收点儿？"索南的口气软了下来。

"没办法，两千元，一分也不能少，少了我们要自己掏腰包补上。"

"能不能先让我进去挖虫草？等挖到虫草卖了钱，再交草皮费？"

"不行，先交费，后挖虫草，不能颠倒了。万一你挖不到虫草，岂不是要赖账？这种先例我们以前碰到过。"

索南翻了半天，身上只有一些毛票。他所带的最值钱的东西就是那袋用来充饥的牦牛肉干。"要不我用这袋牦牛肉干做抵押？"

"拉倒吧，我们不收实物。"

索南见检查员油盐不进，只得怒冲冲地高喊："秀才，借我两千块钱，交个'人头费'！"

秀才闻言，只得折返回来，很不情愿地帮他交了钱。两人一块儿上山。索南信誓旦旦道："放心，我一挖到虫草就还你钱。那些检查员都是势利眼，老普布进去，他们连拦也不敢拦一下！"

"世上不公平的事情多着呢！"秀才为了早日收回借款，附和道。

走到半山腰，地势稍微平坦了，这里建了不少木屋。原来虫草山离村庄较远，村民们为了避免来回奔波，把更多的时间用在挖虫草上，纷纷利用农闲在山上建起了临时居所，里面火塘、床铺、电视等一应俱全，有的还在旁边的溪流里安装了小型发电机，满足自家照明需求。一到虫草采挖季节，人们就准备好够两个月消耗的生活物品住进去，如糌粑、酥油等食物及一些御寒衣物，白天全力以赴地挖虫草。头脑灵活的人，还把酒吧、KTV 等开到了山上，白天挖虫草掘金，晚上靠娱乐项目挣钱。

索南边走边看，忽然看到才仁与几名警察从一间卡拉 OK 屋里检查完出来。看到索南，才仁便狠狠地瞪了他几眼。显然，老普布把索南说的坏话告诉了他。

索南装作没看到，继续爬山，心里想：我挖我的虫草，你能奈我何！

终于走到虫草采挖点，那是一片高山草甸。只见许多人趴在草地上，细细地寻找虫草，男女老少都有，甚至还有僧人。原来，只有从低处才能勉强分辨出虫草那与周围的青草不同的褐色的子实体，站着是无法找到的。全村只有普布父子练就了站着寻找虫草的本领。

索南趴着找了半天，哪有虫草的影子？虫草都深埋在土里，只有那根比牙签大不了多少、三五厘米长的褐色草茎露在外面，没有经验的人，即使虫草就在眼皮底下，怕是也发现不了。索南看到秀才连连得手，就凑过去向秀才学习寻找虫草的技巧。秀才本想不予理会的，可一想到对方挖不到虫草，就没钱还自己的借款，只得教他如何观察，才能在遍地绿色中发现虫草那点儿微弱的褐色。索南依据此法，很快发现前面有棵虫草，就兴奋地挥动特制的锄头挖了起来。挖出来的是一根色泽黄棕、肉质肥厚、菌麻短而粗壮的"大草"（优良虫草）！秀才说："这么好的虫草，至少值五六十元！"

旗开得胜，索南挖虫草的积极性大增。到了傍晚，竟挖了十八根虫草。他正嚼着牦牛肉干充饥，一辆缠着防滑链的警车从山下开了上来，停在满是残雪的路上。才仁下车，对索南喊："你对收取草皮费不满是不是？还骂

117

检查员是龟儿子。这是人身攻击，我们队长有话要跟你说。"

索南争辩道："我那是口头禅，不是骂人……"

"把草皮费说成人头费也是口头禅？走，到我们驻地把话说清楚！"

索南只得上了警车。警车朝着山上开去，山顶是警察的驻地。

秀才吐了吐舌头，言多必失呀。晚上，秀才住在表哥的木屋里说起此事。表哥说："索南他也是，他挖他的虫草，惹那些警察干什么？"

秀才不解："警察为什么要进驻虫草山？"

"维持治安呗。你这两年没到山上挖虫草不知道，以前酗酒打架、偷盗虫草、越界采挖等事情时有发生。警察进山后，这些事情就没有了。"

"越界采挖？虫草山的阳面不都属于我们村吗？"

"是，阳面属于我们村，阴面属于红石村。阳面的虫草质量好、产量高，红石村的老百姓就经常跑到阳面来挖。咱们村的人不让，他们就从山顶上扔石头，滚雪球，砸伤了一些人。后来两村谈判，我们村在山顶上划出一块地让红石村的人采挖，加上有警察进驻，纠纷才平息了。"

第二天，秀才没看到索南下来挖虫草，倒看到警车开下山了。到了第三天、第四天，他也没发现索南的踪迹。"难道才仁把索南送到了乡派出所？"秀才揣测。索南虽然发了几句牢骚，但不至于被拘留吧？而且，在采挖季节拘留索南，分明就是不让他挖虫草，让他白交草皮费，有打击报复的嫌疑。

"没想到，才仁这小子人模狗样的，竟这样睚眦必报，等老子挖完虫草，一定匿名举报他！"秀才愤愤地想。之后他便把此事抛到脑后，专心致志地挖虫草。虫草这东西，一破土而出，就迅速生长，此时挖到的叫头草，品质最好；第二天草头长到虫体的一至两倍，叫二草，品质就差了；等疯长三天以上，这种虫草就没用了。

一个月后，老普布中途退场，原来他上了年纪，关节炎发作，没法再坚持下去。其实，挖虫草的人因长时间趴在地上，大都患有风湿病、关节炎等，只是年轻人还能扛得住而已。

两个月后，采挖季节结束，众人纷纷下山。秀才见到了分别多时的索南。"你没被拘留？"秀才惊讶地问。对方丈二和尚——摸不着头脑："什么拘留？我一直在山顶挖虫草。"

秀才看了看索南的背篓，里面装满了虫草，少说也有一千多根，至少值三万元。看样子索南成了今年挖到虫草最多的人，是当之无愧的"虫草王"。

秀才在嫉妒的同时，也称赞他说："你这下把老普布比下去了！"索南高兴道："是呀，我今年也脱贫了！"秀才问："才仁那小子没为难你吧？""他敢！我好歹是他的长辈，他得叫我叔。"

回到家里，索南大吃一惊，原以为两个月不回家，家里的灰尘肯定积得很厚，可现在屋内却窗明几净，井井有条，院子也被打扫得干干净净。这是谁干的？索南不解地走到街上。昔日冷清的街道，此时热闹异常，人来人往，讨价还价，全围着虫草转。饭店、理发店、成衣店……全都成了虫草收购店。商贩见索南的虫草好，就出高价收购，之后对一名正在刷虫草的妇女说："快点儿把这筐虫草刷干净，我好发货。"

妇女扭头说了声"好"。索南一看，正是才仁的母亲，就问："大嫂你在这儿刷虫草？"

"是呀，我风湿病发作了，没法上山挖虫草，只好刷虫草挣些稀饭钱，刷一根，挣一角五分钱。你普布大哥逞强，硬要上山挖虫草，结果只挖了一个月，不得不退回来。"

旁边一个洪亮的声音响起："索南，我上次在山门那儿说'看我哪天不收拾你'，现在你看我把你家收拾得怎么样？"

索南扭头，却是老普布。"敢情我家是你收拾的呀！"

"哪里，我一个大男人，哪会收拾？是我老婆帮你收拾的。"

"大嫂，你为什么要帮我收拾？"

才仁娘笑着说："你脱了贫，家里总要有个脱贫的样儿吧，不能还是狗窝一个。"

索南不好意思地挠挠后脑勺："你怎么知道我一定能脱贫？"

"嘿，他们父子俩不是在山顶发现了一块优质虫草地吗？才仁有意帮你，所以才把你叫到山顶，让你白天挖虫草，晚上住进警察的帐篷，解决你的后顾之忧。不然的话，你只带个破睡袋，肯定会被冻出病来。"

"的确是这样，谢谢才仁大侄儿！"索南由衷地说。

老普布说："谢啥？照顾你也就照顾这么一次，也是不得已——你不脱贫全村就脱不了贫。索南，人只要勤快，就不会贫困。你看你勤快两个月，挣了三万多，有啥不好，连我虫草王的称号也被你抢走了。"

"普布大哥，主要是你只挖了一个月的虫草，采挖时间没我长……哎，只挖一个月，是不是就不用交草皮费了？"

"不是呀，无论长短，一律两千。"

"可我没看到你交费呀，你明明是直接走进去的。"

"嘻，我用的是微信转账！"

（原载《民间文学》2021 年第 12 期。）

第二辑

非遗故事

宣笔世家

一

蒙家是安徽宣笔制作世家，从秦朝先祖传到蒙毫这一代已经传承八十七代。宣笔作为文房四宝之一，其制作技艺被列为第二批国家级非物质文化遗产，年逾花甲的蒙毫则是该项目的代表性传承人，可他却高兴不起来。

蒙毫开会回来，来到堂屋，虔诚地给祖师爷蒙恬的神位上香，拜了几拜，口里说："老祖宗，帮我说服那个不孝儿吧，你一手发明的宣笔，不能到了我这儿就断了啊！"

蒙恬是秦朝名将。据传，公元前223年，蒙恬率军伐楚，行至泾县一带，发现此地兔肥毛长，质地绝佳，就以竹管为笔杆，以兔身上的紫毛为笔头，做了一支毛笔给秦始皇写战报。他感觉这毛笔非常好用，比刻竹简省事多了，此后就一直带在身上。蒙恬灭楚后班师回朝，秦始皇说："爱卿之字向来一般，近日如何变好了？"蒙恬说主要是有了好笔，说着便把毛笔呈给了秦始皇。秦始皇用毛笔写了几个字，果然十分好用，就问此笔叫何名。蒙恬说尚未命名，是在安徽宣城做的。秦始皇说："那就叫宣笔吧，此笔朕就收下了！"

后来，宣城的制笔业很快兴起，蒙恬也被制笔户视为祖师爷。

从蒙恬到蒙毫，制笔绝技已炉火纯青。一支宣笔的诞生要经过一百多道工序，有的工序只能意会不能言传，完全凭手感和经验。可蒙毫唯一的儿子蒙宣却不愿继承祖业，蒙毫能不闹心吗？

蒙毫正对着神位絮絮叨叨，蒙宣从外面回来了："老爸，恭喜你成为宣笔制作技艺代表性传承人！"蒙毫转过身，说："可我该将这绝技传给谁？""传给妹妹呀，她感兴趣。"蒙宣说着，翻看着父亲刚领回来的传承人证书。

蒙毫说："制笔绝技从来传子不传女，传媳不传婿。"蒙宣说："都什么年代了，你还有这观念？就凭这点，毛笔就该完蛋！"这话戳到了蒙毫的痛处，他一下子暴怒起来："毛笔永远不会完蛋！"蒙宣冷笑："随着电脑的普及，现在到处都是无纸化办公，谁还用笔？别说毛笔，钢笔我都好几年没用过了！"

蒙宣这话说得倒没错。钢笔的出现，对毛笔来说是一大打击；圆珠笔的出现，对毛笔又是一大打击；电脑的出现，对毛笔更是致命的打击——那玩意儿不但能打字，还能生成绘画、书法作品，书法字体还十分齐全，街上很多店招就是通过电脑排版打印的。

"可电脑能画国画、写各种风格的书法吗？"蒙毫反驳道。蒙宣说："毛笔也就剩下这么一点儿功能了，不然的话，你的笔庄早就破产了。"

蒙毫的笔庄开了二十多年，生意却越做越差。虽说出售的宣笔质量上乘，可消费群体却日益缩小，基本只剩下画家和书法爱好者。想当初，蒙毫在笔庄开张时立下宏愿，要用赚来的钱在村口修一座宣笔博物馆，现在看来只能当作梦呓。

"老爸，我还是那句话，制笔不如制刷。制刷简单，消费人群广，刷鞋、刷墙、刷油漆不可能用电脑，制刷绝对比制笔赚钱。"接着，蒙宣说明来意，他想开一家刷厂，希望父亲赞助一半的启动资金。

"这简直就是忤逆、不孝！"蒙毫怒道："不去制笔去制刷，蒙家的脸面都让你给丢尽了！"蒙宣说："制刷怎么啦，哪样赚钱干哪样！"蒙毫暴跳如雷："你敢制刷，你就不是蒙家的子孙，我就不认你这个儿子！"跟父亲一样倔强的蒙宣说："这刷子我制定了！瞧，我这脑袋就是一个活动的板刷广告！"

当老子的这才发现，儿子剪了个板寸头，头发根根直立，像是在向他示威。

二

两个月后，刷厂还是在废弃的村小学如期开张，启动资金是蒙宣在信用社贷的款。只要有订单，他什么刷子都做：鞋刷、牙刷、板刷、棺材刷、马桶刷、烤羊肉串刷……生意越做越红火！

蒙毫也倔，果真不认蒙宣这个儿子，蒙宣登门，他视而不见。他当然也不会到儿子的刷厂去。蒙毫后来也想通了，把制笔绝技悉心传授给了女儿，总比将来带进棺材强。可他不去理儿子，儿子却来招惹他，跟他争夺制笔的重要原料之一——猪鬃。

宣笔制作向来以选料严格、精工细作著称，有"千万毛中拣一毫"之说。制作上乘的宣笔必须用秋天捕获的，常年在山涧生活，专吃野竹叶的成年雄兔之毛，而且只能选其脊背上那一小撮黑色的极富弹性的双箭毛。这可以说是少之又少，来之不易。只有这样的兔毛制出来的毛笔才能达到尖、齐、圆、锐的要求，也才能被书画大家视为好笔。

而要让每支宣笔都做到这一点是很难的，也是不可能的，所以蒙毫在实践中不断摸索出代用品，如山兔毛、山羊毛、黄狼尾、石獾针毛、猪鬃等。

猪鬃是宣笔制作的重要原料，多了不行，没有它也不行，毛笔需要添加猪鬃来增加弹性。但猪鬃有油脂，不沾墨，直接添加到毛笔中，会影响毛笔的使用效果。如何解决这个问题，蒙毫想得掉了一大把头发后才茅塞顿开，那就是将猪鬃高温蒸煮一昼夜，这样不但能除去油脂，还能增加猪鬃的硬度，这样制作出来的毛笔既易着力，又便于掌握，刚柔并济，深受人们欢迎。

猪鬃也是制刷的主要原料之一。因刷厂离村口近，对猪鬃的需求量大，供货商图方便，都把猪鬃卖给蒙宣。蒙毫想提高收购价格，可那样笔庄岂不亏得更惨了？他只好忍气吞声地从刷厂匀。当然他自己不出面，而是叫女儿去"进货"。

这倒也罢了，后来儿子以保护野生动物为名，呼吁人们不要再猎杀石獾。这不是要断笔庄的财源吗？石獾笔可是笔庄的主打产品之一。

石獾笔的笔头是用石獾针毛制成的，具有粗壮挺拔、刚强有力、尖锐细长等优点，针毛表面粗糙，含墨量大，吐墨均匀，能显示出多种效果，是画家作松、梅、山水等画的常用画笔。这么多年，笔庄的经营主要靠石獾笔支撑着。

蒙宣这么一倡导，基本没人给蒙毫提供石獾毛了。最后一小撮石獾毛用完后，女儿建议用狗獾毛代替，并说市面上已经出现了用狗獾毛做笔头的"石獾笔"，说着拿出一支给父亲看。蒙毫一瞧，狗獾毛粗壮，不抱拢，易散锋，无法使用，用这种笔冒充石獾笔，石獾笔迟早要完蛋。

"唉，看来蒙宣这小子为了打败我，是想尽了一切办法！他这招釜底抽薪之计实在是阴险！"蒙毫叹过后，决定破釜沉舟，研发一种不用野生动物毛，又跟石獾笔功能相近的毛笔。

然而，代用毛还真不好找，蒙毫把家畜家禽的毛挨个儿试了一遍，都不行。他心里烦闷，就叫老伴到村街去买些小烧回来，他要喝两杯解解闷。

没承想老伴这一去，笔庄竟时来运转。

三

没多久，老伴回来了，说小烧已卖完，只有卤牛耳。牛耳就牛耳，蒙毫已等得不耐烦了，也不切，抓过整只卤牛耳就啃，啃一口牛耳，抿一口酒，叹一声气。可啃了几口后，他停住了。

"咋啦？"老伴凑过来问，却见丈夫正用指甲抠牛耳里的毛。牛耳的耳道深处有一小撮毛，她买时竟没发现。"太不像话了，我现在就去找卖卤肉的理论！"老伴正要往外走，蒙毫却伸出油手将她拉住："你可帮了我的大忙，这只牛耳你吃吧！"说着把啃了几口的卤牛耳塞给老伴，拿着那撮拔下来的牛耳毛，跑到车间去了。

原来，蒙毫天天想石獾毛的代用品，已想得走火入魔。凭着多年的经验，他一眼就看出，牛耳里的毫毛跟石獾毛有几分相像，完全可以用来制笔。他把牛耳毫毛放到弱碱性水里浸泡，除去油脂，之后把毛头理齐，从长到短一根根挑选排列，拈捏、弯曲、拉扯，又用放大镜仔细观察，这更加证实了他的想法。

后来，经过反复试验，终于，一支牛耳毫宣笔诞生了。

这时，那位长期在蒙毫笔庄定做"古法胎毫""梦笔生花""莲蓬斗笔"等珍贵宣笔的画坛泰斗上门来取笔，蒙毫趁机把刚做好的牛耳毫宣笔拿出来让他试用。泰斗欣然命笔，挥毫泼墨，大呼过瘾，并当即买下这支笔！

蒙毫深受鼓舞，他批量生产牛耳毫宣笔，上市后果然受到了广大画家和书法爱好者的欢迎！蒙毫乘胜追击，研发出牛耳毫笔系列共二十多个品种，不但填补了非野生动物毛宣笔的空白，还拓宽了市场。

喜欢书画的人都知道，不同的字体要用不同的笔，写楷书要用狼毫，写草书要用兼毫，写篆书要用羊毫……而牛耳毫笔系列能适配大部分字体，受到青睐也就不难理解。

因牛耳毫笔原料充足，比石獾毛便宜得多，加上国家弘扬传统文化，提倡国学，学习国画和书法的人越来越多，牛耳毫笔的销量越来越大，笔庄的生意越来越兴隆，很快赶超了刷厂。蒙毫以胜利者的姿态步入刷厂，见儿子正在办公室里啃卤牛耳，就忍不住揶揄道："怎么样，有文化跟没文化就是不一样，制笔的生意超过了制刷！"

"是呀，老爸，你赢了，坐下来喝两口吧。"蒙宣拿过一个纸杯，给父亲倒了半杯酒。蒙毫也不客气，吃喝起来。过了一会儿，蒙宣拿出几张纸交给父亲，蒙毫一看，竟是来自韩国、日本和东南亚几个国家的订单，指名道姓要买他的牛耳毫笔系列产品！

"他们咋个晓得我在生产这个？"蒙毫不解地问。牛耳毫笔虽然好卖，但市场还没开拓到省外，外国人又是怎么知道的？

"嘿嘿，互联网时代，老外对笔庄产品的了解或许比咱们邻居了解得还多，这就是电脑的魔力！"蒙宣说着把他建的宣笔网站点开，上面放着笔庄的产品图片及工艺流程介绍，下面附着详细的文字说明。"在世界任何一个角落，只要有电脑、有网络，就能看到产品。"蒙宣说。

蒙毫看了一会儿，疑惑道："可牛耳毫笔研发出来后，你并没来过笔庄啊。"蒙宣说："我敢去吗？我一去你就把我往外轰。"蒙毫脸一红："我是说这些图片你是怎么拍出来的，难道也是用电脑？"

谷堆旁边讲故事

"是呀，我在笔庄安了摄像头，你在笔庄的一举一动我都了如指掌。"见父亲发愣，蒙宣就不再开玩笑："这个'摄像头'，就是妹妹呀。这些照片都是她拍的，然后发送给我的。"

原来，妹妹一心想学制笔，可父亲顽固，传子不传女，偏偏蒙宣性格粗犷，坐不住，叫他学制笔无异于叫张飞绣花。为了让父亲把制笔绝技传给妹妹，蒙宣干脆开起了刷厂，一是断掉父亲让他学制笔绝技的念想，二是挣钱资助笔厂，助力父亲早日修建宣笔博物馆，实现父亲的夙愿。

随着石獾数量的减少，石獾毛越来越难找到，宣笔要发展下去，必须迅速找到新的替代品。一个偶然的机会，蒙宣发现牛耳耳道里的毛很适合制笔。可当时父子关系已闹僵，父亲根本就不见他。叫母亲或妹妹转述吧，自以为是的父亲不一定听得进去，父亲只相信自己的第一感觉。于是蒙宣就跟卖卤肉的师傅串通好，卤了几只没拔毛的牛耳，之后让母亲来买。牛耳毛果然被父亲相中，他随即研发出牛耳毫系列宣笔，笔庄的生意也很快好转。

几年后，笔庄和刷厂各出一半资金，在村口修了一座宣笔博物馆。博物馆的屋顶远看像一支笔头，更像一只牛角。

（原载《民间文学》2020 年第 2 期。2021 年 1 月获得 2020 年度"中国好故事"。）

斗　菜

　　成都东部的沱江流经之地，支流纵横，号称"天府水城"。那里水多鱼多，鱼火锅店自然也多。但不少火锅店都昙花一现，唯独"摆子鱼府"一直兴盛不衰，从改革开放那会儿一直开到现在，不能不说是一个奇迹。

　　摆子鱼府的老板是位年逾花甲的残疾人，姓梁，拄根握得发亮的竹杖，走路左摇右摆，所以被叫作"摆子"。渐渐地，外号代替了本名。摆子也不恼，还用这外号作店名，并注册了商标。在商海大潮中，多少健步如飞的正常人开的店都倒下了，但有腿疾的摆子开的摆子鱼府却屹立不倒，为啥？靠的就是品质和味道。

　　这天摆子看晚报，发现城东开了家"川博鱼庄"，老板任博大搞促销酬宾活动，不禁笑了笑："这种优惠是花钱买吆喝，有啥意思？活动一过，就会无人问津，关门大吉。"

　　然而，活动结束后，川博鱼庄依旧门庭若市。再看看自己的摆子鱼府，食客明显少了些。摆子坐不住了，便叫经理前去看看。

　　经理是他的独生女儿梁丽，年近三十，因一心扑在事业上，至今单身。虽不乏追求者，但梁丽觉得他们都是冲自家的财产来的，一个也看不上。这也成了摆子的一块心病：当年梁丽读大学时曾跟一个技校生谈恋爱，摆子认为两人不在一个层次上，坚决反对两人交往。后来两人分了手，梁丽毕业后到店里帮忙，跟异性接触得少，也就把婚姻大事耽搁了。

　　不久梁丽就回来了，从她用手机拍摄的视频看，川博鱼庄座无虚席，食客如云。有的桌前一拨客人吃完刚起身，后一拨客人就迫不及待地坐下去占位子。她甚至还拍下了食客因抢桌发生争吵，店员连忙过去劝导的画面。这种火爆场面，摆子鱼府只在十几年前出现过，那时，"到摆子鱼府吃鱼摆摆"是成都人的一句口头禅——鱼摆摆是当地人对鱼的爱称。

"他们用的鱼摆摆，也是沱江里的吗？"摆子问。

"对，我还进行了暗访。"梁丽说着把手机上的录音放给父亲听。暗访对象有食客也有店员，店员介绍本店特色，食客则众口一词，说这家鱼火锅店品种丰富，味道不错，吃了还想吃，食客中还有不少是从市中心专门赶过来的回头客。

摆子惊讶了，从市中心到川博鱼庄要经过自己的摆子鱼府，这些人竟舍近求远！好酒不怕巷子深，看来火锅也一样！

"他们为啥不在我们这儿吃？我们摆子鱼府可是正宗的川味！"摆子不解地问。

这个问题梁丽也问了，食客的回答是："摆子鱼府虽说不错，但只有上河帮一种滋味；川博则不同，三个帮派的味道都有。"

原来，川菜从地域上分为上河帮、下河帮、小河帮，其中上河帮指岷江流域成都、乐山一带的川菜，下河帮指川江下游重庆、达州、万州一带的川菜，小河帮指以川南、自贡、宜宾为代表的川菜。

摆子是成都人，当初只学了上河帮川菜的烹调技能，故而摆子鱼府只有上河帮一种味道，火锅以清油梭边鱼火锅为主。川博鱼庄则不一样，三个帮派的火锅都有，任君选择，生意怎能不兴隆？

此前，梁丽也提出过要多弄些火锅品种，但遭到父亲反对：一是自己对其他帮派的川菜不熟，就得请专人来做，这会增加成本；二是品种弄杂了也不好，会把特色埋没。不是有句广告词叫"我们只做专业的"，梁家也只做上河帮的。

没想到，随着生活水平的提高，人们的口味越来越刁，成都人竟然不满足于只吃上河帮川菜了！

"这只是一个方面。另一方面，各地到成都工作、学习、生活的人越来越多，这部分消费者也要求火锅品种多样化。"梁丽分析道。

摆子痛定思痛，他知道要把川博鱼庄比下去，只有增加品种。摆子叫女儿去招聘厨师，也推出了其他帮派的鱼火锅，鱼府的生意一下子好了起来。特别是从市中心过来的食客，有的为了节省汽油，干脆就在摆子鱼府吃。

但这种局面没持续多久，食客又跑到川博鱼庄去了。梁丽前去探个究竟，原来川博在那栋楼的第二层推出了上河帮川菜。这样，客人吃火锅可以，吃中餐也行，尤其是中午时间短，大家多是到二楼点几个菜吃。

"不能让川博独占鳌头，我们也扩大经营范围，将客源抢回来——做上河帮川菜可是我的拿手好戏！"摆子信心百倍地说。

梁丽环顾狭窄的店堂："可我们哪儿还有多余的地方？"

"反正我们鱼府没在主街上，这样吧，购些透明篷布，沿店面搭些帐篷，将一半的火锅桌搬出去，腾出地方来发展中餐。"

梁丽依计而行，摆子亲自下厨，老伴帮忙端菜。出色的菜肴，留住了不少食客，特别是喜欢怀旧的中老年人。

可没过多久，食客又蜂拥到川博去了。原来，川博一口气把三、四、五、六、七层全部开放出来，分别推出下河帮、小河帮川菜和小吃！

摆子目瞪口呆地说："那栋楼原先是空的吗？"他因腿脚不便，很少出门。梁丽说："那是栋新建的九层大楼。""川博租了这么多层，那得花多少钱啊！""听说老板是搞房地产的，那栋楼是他自己的。你想去看一下吗？我开车拉你去，顺便带你品品川博的菜，知己知彼，百战不殆。"

摆子摇摇头。他腿瘸，不爱抛头露面。他拄着竹杖走了几步说："虽然我们在规模上没法跟财大气粗的川博相比，但我们可以扬长避短，精选各个帮派的川菜推出。这样客人一次就能品尝到所有帮派的川菜精髓。你想嘛，人的胃只有那么大，整多了也吃不完。"

因摆子推出的川菜少而精，品种丰富，价廉物美，很快便深受食客青睐。当然，非上河帮川菜，摆子是照着菜谱学做的。虽然帮派不同，但灵魂一样，摆子有做上河帮川菜的雄厚基础，一学就会，多做几次就熟了。他可是厨师中的最高级别——高级技师。

食客中有不少熟人，个个都是自封的美食家。他们吃过之后给摆子提意见："您做的菜虽说不错，但还是没有川博的好吃，感觉总差那么一点点儿。"

"差哪点儿？是配料还是火候？"

"我也说不上来——只可意会，不可言传。"

"我做的上河帮菜也没有他做的好吃？"摆子不服气地问。

食客们点了点头！

摆子郁闷了，傍晚对女儿说："咱们到川博去吃饭。"说着上了车。

父女俩不久就到了。梁丽把车停好，搀着父亲走向川博。川博有两个门，梁丽图近从后门进入。一楼是火锅店。刚进去，一股又麻又辣的花椒味儿迎面扑来。摆子职业性地抽抽鼻子，闻味知香，晓得店里的火锅十分地道。六点钟不到，火锅桌就坐满了。楼内安装有电梯，楼层之间还安装了自动扶梯。摆子走扶梯，打算先到各层看看。

在二楼，摆子细看上河帮的菜品，十分齐全。一些菜肴，连他这个成都本地人都没有吃过，甚至一些只在巴金、李劼人的作品里出现过的川菜，也被成功地制作出来了。

摆子一边逐层看，一边慨叹川菜的博大精深。他年轻时曾有过一个梦想：建一座博物馆，将所有川菜陈列进去。现在川博这样做，不是相当于替自己圆了梦吗？这样一想，他对川博的敌意就减少了很多。

八、九层也开发出来了。第八层为新派川菜：一部分是以海鲜及东部河鲜为原料创制的川味菜肴，如香辣蟹、椒麻桂鱼、泡椒墨鱼仔等；另一部分是以山珍为主的川菜，如白菌炖土鸡、松茸鳕鱼、松茸鸭翅等。摆子看到，新派川菜的做法是以上河帮菜为主。

第九层是体验区，顾客可亲自动手做川菜，有菜谱可以参照，也有厨师在旁边指点，他们吃着自己做出的菜，快乐无比。

参观完，摆子下到二楼吃饭，点了上河帮菜中著名的开水白菜、麻婆豆腐、宫保鸡丁、夫妻肺片、蚂蚁上树、盐煎肉等。细细一品，一菜一格，百菜百味，清鲜醇浓，麻辣辛香，味道是要比自己做的好吃些，于是就叫服务员把厨师叫来。

"老前辈，请多提宝贵意见。"厨师一来，就谦虚地弯腰说。

摆子抬头一看，对方是个三十来岁的年轻人，从戴的帽子看，他已是高级厨师了。这么年轻的高级厨师可不多见。

"你做的菜不错，好就好在辣椒酱。"摆子一下子尝出了亮点所在。

"谢谢老前辈！辣椒是川菜的灵魂，但市场上的辣椒酱多是用机器打出来的，缺少了辣椒的清香。"厨师回答。

"所以你们就用剁椒酱。"

"对，还是手工制作的。"

摆子跟女儿对视了一眼，不再说什么。

饭后，两人从正门出来，摆子回了一下头，看到楼顶招牌上的五个大字在夜空中闪烁：川菜博物馆！

原来"川博"是这么来的呀！

回去后，摆子做菜也全用剁椒酱，但味道还是赶不上川博的。自己用的剁椒酱分粗、中、细三种，炒不同的菜用不同的剁椒酱，咋个味道仍比不过人家？

这天，店里来了一老一少两个客人。年轻人正是川博的那位高级厨师，手里拎着一只小罐子。老者揭开罐盖，一股辣椒酱的清香飘了出来，令人垂涎欲滴。

摆子眼睛一亮，这是他小时候吃过的任氏剁椒酱，后来就消失了。

"任氏剁椒酱一直都在。"老者说，"十几年前，我也曾想放弃，想着去捡垃圾算了。那时我们家穷，儿子在建筑工地打工，孙子初中毕业后在城里读技校，周末返校时带一盒饭和一瓶剁椒酱回去。我担心孙子只吃剁椒酱影响长身体，但看到他身体棒棒的，也就继续做给他吃。前些天才知道，他那时常到你这儿热饭，你不但免费给他把饭热好，还要往他饭盒里舀几勺菜，荤素搭配合理。梁老板啊，你不但帮了我孙子，也帮了我，不然我早就停做剁椒酱了，这一祖传手艺也就荒废了。"

年轻人解释说："任氏剁椒酱现已被评为非物质文化遗产，我爷爷是这一项目的代表性传承人。川博的菜品之所以好吃，最大的秘诀就是我们一直在用任氏剁椒酱。"

原来是这样！

摆子也想起了往事，他问年轻人："你就是当年那个经常来热饭的羊娃子？真认不出来了。"

"羊娃子是我的小名。我叫任博，谢谢伯父当年对我的关照。"

"啊！你就是财大气粗的川博老板？"摆子大吃一惊。

任博笑笑："财大气粗的是我爸。他先在建筑工地打工，后来当小工头、大工头，渐渐搞起了房地产。川博那栋楼就是我爸的。我爸也在川博入了股。至于老板，是另外一个人。"说完，他从手提包里拿出营业执照递给摆子。

摆子一看，眼睛瞪得比灯泡还大，"法定代表人"一栏赫然写着他的名字！

这是怎么回事？

这时梁丽出来了，对父亲说："任博从技校烹饪专业毕业后，为了实现你建立川菜博物馆的梦想，到各地去苦学不同帮派的川菜烹调技能，终于学有所成，建起了世界上唯一可以吃的博物馆，带给食客全新的参观理念，除了用眼和耳，还可以用口和鼻。在互动演示中，食客通过亲自操作，了解川菜制作工艺，感受川菜口味、菜式的无穷魅力。联合国授予的'世界美食之都'称号全球仅有九个，咱们成都就占了一个，所以每个四川人都有弘扬川菜文化的义务。"

摆子恍然大悟，指指任博："他就是当年那个跟你谈恋爱的技校生？"

"是呀，文凭并不代表能力。你反对我们来往，但我们一直都在暗中联系。现在川菜博物馆建起来了，我们的爱情也水到渠成了。"梁丽幸福地说道。

"那还说啥！赶快领本本嚜，我等着抱外孙呢！"

（2022年11月获四川省绵阳市文化广播电视和旅游局、重庆市北碚区文化和旅游发展委员会主办的第二届"向着幸福奋进"优秀文艺作品征集评选活动优秀奖。原载《故事会》2022年冬季增刊。《蒲公英》2023年第1期转载。《传奇·传记文学选刊》2023年第7期转载。）

箍桶之恋

这天，老街上的箍桶铺来了一位清瘦的小伙子，他好奇地看着店里靠墙摆着的各种木器：木盆、木桶、木缸、木钵、托盘、饭蒸、锅盖……

旁边，年逾花甲的店主兼店员梁老箍正娴熟地在一块杉板上推着圆刨，发出哧——哧——的声音，刨花一卷卷地从刨眼里飞出，空气中混合着木头的气味。

与其说是铺子，不如说是梁老箍的工作室。这里很少有顾客进来，他们从门口经过，也顶多往里边瞥一眼，不会停下脚步。是呀，在塑料制品、铝制品、不锈钢制品满天飞的今天，谁还会用笨重的木器？对于铺子生意的冷清，梁老箍也早已习惯，但他坚持天天开店，日日制作，颇有手艺被埋没前的挣扎与不服。

小伙子饶有兴趣地观赏木器，这令梁老箍既意外又感动。他停下手中的活计，站了起来。他不企求对方购买什么木器，只要让对方知道箍桶手艺后继无人，行将消失，哪怕换来一声叹息，他也心满意足了。

"这脚盆多少钱？"小伙子拿起一个小木盆问。梁老箍回答："别说人工费，光材料费就要六十元。"小伙子笑笑说："都可以买六个塑料盆了。"

"是呀，塑料的普及，对箍桶手艺真是致命的打击。"梁老箍慨叹。

"这很正常，就像互联网、智能手机对戏剧、影视、出版业的冲击一样，科学在发展，社会在进步嘛！但再怎么冲击，也不可能把手艺消灭掉。"

"理是这个理儿，可手艺没人学，箍桶不就渐渐没了吗？"

"我愿学！"小伙子突然冒出一句。

"你是……"梁老箍端详对方。

"梁伯，我是七斤啊！您不认识我了？"

原来是铁家小子。上了几年大学，长这么高了，他都认不出来了。梁老箍揉了揉昏花的眼睛。

"梁伯，我在大学里学的是建筑，接触过木工，有一定的基础，想拜您为师学习箍桶手艺，您看怎么样？"七斤说明了来意。

梁老箍见对方不像在开玩笑，禁不住又惊又喜："你上了大学还瞧得起这门手艺？连我儿子八斤都看不上眼哩！"

"八斤最近在忙啥？"七斤跟八斤是同学，所以顺便问候一下。按照当地风俗，小孩出生时要称体重，名字往往就以斤数命名。

"忙啥？忙着挣钱！"梁老箍蹦出一句，不知是赞扬还是讥讽。

七斤只好转移话题："建筑跟木工有千丝万缕的联系。木工分方作、圆作、水作等。方作是普通木工，圆作是箍桶，水作是制造水车——哈哈，我在您面前班门弄斧啦，所有的木工活儿我都想学一下，这对我建筑专业的学习大有好处。"

"可箍桶又苦又累还挣不到钱，用八斤的话来说就是夕阳产业。"

"别忘了，夕阳有时也很美。"

这话说得梁老箍差点儿掉泪："七斤，你要是真想学，我就把手艺毫无保留地传授给你。走，到羊味庄去撮一顿，庆祝我收你为徒！"

七斤一看手机，快中午了，就说："师傅，请受徒儿一拜！"

梁老箍拉上七斤就往外走："现在不兴这一套。收徒饭一吃，你就是我徒弟啦！"

两人到了羊味庄，点了几个菜，吃了起来，其中就有鲜味羊肉汤，这可是羊味庄的特色，不少外地食客经常慕名驱车前来喝羊肉汤。

七斤小时候，遇到打铁生意好时，父亲便带家人过来喝碗羊肉汤补补身子。上了高中后，打铁生意每况愈下，一家人就很少过来喝了。上了大学后，七斤更是一次也没来过，每次寒暑假回村，虽说打工挣了些钱，但七斤不好意思过来喝，因为他喜欢上了"羊味西施"羊丽——羊味庄老板的独生女。

他跟羊丽和八斤都是同学，只是高考时仅他考上了大学，另外两人落了榜。他给羊丽写过求爱信，但羊丽只谈友情。为了追到羊丽，更为了建设家乡，他大学毕业后便回了村。

七斤知道，八斤也在追羊丽，而且比他追得早，高中毕业一回村就追，比他更近水楼台。在他读大学的四年里，两人一起自考了大专文凭，八斤还成了村里的致富能手。不过，羊丽好像还没有答应八斤，所以七斤还有希望，但他也并不占优势。论体格，八斤比七斤强壮，出生时就多了一斤。论经济实力，铁家比不上梁家：八斤当年一回村，就购买了喷水织机发展布艺家纺，后虽因环保问题被取缔，但他那时已赚了个盆满钵满，后来他又承包了土地开办生态农场，还开了个云片糕店。而七斤大学四年，基本都是花家里的钱，只出不进，家里经济日益拮据。

"既然你家经济状况不太好，你为啥不去干些来钱快的营生？学箍桶可挣不到什么钱。"两杯黄酒下肚后，梁老箍坦言道。

"学习传统文化也能挣钱。就好比这鲜味羊肉汤，它之所以这么香，是因为有传统工艺和祖传秘方，经一代代人日臻完善。"七斤说着端起羊肉汤，轻轻呷了一口，五脏六腑顿时被香透了。他在外地读大学期间，这羊肉汤的香味老是和羊丽纠缠在一起，时常出现在他的梦中。

七斤拜师学箍桶一事很快传遍全村，村里人对此褒贬不一。褒议者多是上了年纪的人，认为传统手艺后继有人，可喜可贺；贬论者多是年轻人，认为七斤把大好青春耗在这没落的手艺中，不划算。八斤甚至说："七斤读大学读迂了，竟然学起了箍桶，啧啧！"

这话当爹的不爱听了："箍桶咋啦？没有老子早年箍桶，你小子连稀饭都喝不起！人不能忘本！"

"我没忘你早年箍桶挣钱的荣光，可既然这门手艺衰落了，为啥还要抱残守缺？你每天到店里去制作木器，卖掉了几个？如果把那些时间用来捡垃圾，做无本生意，绝对比你箍桶挣得还多！"

"我不准你诋毁箍桶手艺！我问你，你是不是在追羊丽？"梁老箍忍住怒气问。

八斤一愣："是又咋啦？我都追她好几年了，可她对我总是不冷不热的，是嫌我挣钱还不够多还是咋的？"

"我告诉你，要想追到她，你就得跟我学箍桶！"

八斤笑出声来："你推销箍桶手艺真是不择手段啊！如果她爹是箍桶匠，我还可以考虑；或者她声明要找一个会箍桶的男朋友，我也可以考虑。但都没有嘛！我看你找箍桶匠继承人都入魔了！"

梁老箍叹了口气说："那你就死了追她的心吧！"

八斤可不想轻易撒手，他加大了追求力度，可羊丽还是把他当普通同学看待，这令他十分苦恼。

一晃，一年过去了。羊丽想把她的浴室装修一下。八斤认为献殷勤的机会到了，便请来专业装修队，还从省城买来一只高档大浴缸。

羊家楼房共三层，羊味庄在一楼，羊丽的父母住二楼，她住三楼，浴室各用各的。浴室装修好后，金碧辉煌，十分漂亮，但羊丽只点了点头。那只豪华大浴缸她只用了一次，后来就不用了，洗澡都改成了淋浴。

随着乡村振兴战略的实施，前来观光的游客越来越多，羊味庄的生意火爆。一天忙下来，羊丽疲惫不堪。

这天，七斤用三轮车运来一只椭圆形木桶，对羊丽说："这是我专门为你设计制作的香柏木浴桶，高密度，耐腐蚀，纹理细腻，纯手工制作，既符合人体工学原理，又节约用水，是真正的环保产品。"

羊丽细细瞧了瞧，两眼放光："你才学艺一年，就把木桶箍得这么漂亮了，太有才啦！"

"过奖，我还设计了一把配套浴椅，泡澡时可以放到浴桶内。角度能调节，正坐或仰躺都可以，包你泡得舒服。"

"木桶泡澡跟浴缸泡澡有啥不同？上次装修安的大浴缸，我用了一次就不想用了。"

"木桶保温性能好，泡上二十来分钟，水温还跟刚泡时差不多，所以泡澡过程不需要换水，而浴缸则要不断地往里面添加热水才能保持水温稳定。淋浴如果超过十分钟，用的水会比木桶泡澡更多，所以木桶泡澡省水。更重要的是，木桶泡澡具有保健功效，凭借自然水力的冲击按摩全身，不仅可以增强心肺功能，还可以迅速消除疲劳。如果泡澡时放一些花卉或中

137

药，还有防病、美肤、减肥之功效。"七斤说着，把柠檬消脂浴、排毒减肥浴、玫瑰花瓣浴等的泡澡材料交给了她。

当晚，羊丽洗了人参药浴。温暖的汤液、淡淡的药味、木桶的芳香，令她十分陶醉，一天的疲劳被泡得无影无踪，觉也睡得十分香甜。她心中爱的天平倾斜了。

疲劳消除，白天精力旺盛，羊丽把羊味庄打理得更加井井有条。七斤从中受到启发，把木器拍成照片，标上型号及尺寸，发到网上，同时到城里的酒店、足浴店、美容店推销。因木盆、木桶是纯天然制作的，且有保持水温的效果，所以大受欢迎。随着生态旅游的发展，农家乐也返璞归真，使用柴火煮饭，用木制饭甑蒸饭，用木桶盛饭。崇尚天然与养生的健康理念普及后，不少有钱人还开着豪车上门订购脚盆浴桶……

梁老箍激动道："徒弟呀，没想到你竟能让渐渐没落的箍桶业焕发新生，成为传统行业中少数自谷底再度翻红的佼佼者！你，出师了！"

"谢师傅！"七斤抬起头时，师傅已老泪纵横。

箍桶铺忙不过来，又招了两名小伙子，他们也成了梁老箍的徒弟。材料不够用，梁老箍就叫大徒弟出去购买杉板。

"阁楼上不是还有一摞杉板吗？"七斤不解地问。

师傅说："那是给羊味庄留着的。"

"那些杉板跟其他杉板有啥不同？"

"那是百年杉树的板材，做汤桶必须用它。如果用普通杉板，就没有效果了。"

羊味庄的生意越来越红火，又到箍桶铺订购了两只汤桶。七斤取下那摞百年杉板，精心制作了两只汤桶，运到了羊味庄。庄主细细看后，点了点头，同意了女儿跟七斤的婚事。

原来，羊味庄的羊肉汤之所以独具特色，是因为汤熬好后要舀到杉木桶里，让木板内的杉脑芳香渗到汤里，不但去膻，还使得汤特别滑润可口，回味悠长。

箍桶业没落，羊家父女曾忧心忡忡，因为箍桶铺一旦关门，店里的木桶用烂了后到哪儿去买呀？七斤拜师学艺后，他们的担心便多余了。

七斤其实并不知道这一内情，但他是个有心人，细细对比了羊味庄和其他羊肉馆的汤汁后，发现其他羊肉馆盛汤都用不锈钢桶，唯有羊味庄用杉木桶，所以汤特别好喝……

他学会了传统手艺，也得到了爱情这个无价之宝。

（原载《上海故事》2023 年第 6 期。）

风筝满天

牟彩扎是潍坊风筝艺人，开了一家牟氏彩扎铺，生产各种传统风筝，所以大家都叫他牟彩扎，其真名反而不为人所知了。

传统风筝的骨架一般用轻且韧的竹材，选竹、破竹、削竹成条、扎结竹条。扎法各具千秋，但只要掌握了硬翅风筝、软翅风筝、板式风筝架子的基本扎法，就可以自由变化，扎出各种风筝。

架子扎好后，接下来就是糊风筝。糊风筝用纸、绢、绸等，视不同类型的的风筝而定。如糊蜻蜓风筝用矾绢，因为绢的透明度好，看起来更像活蜻蜓的翅膀；糊鱼风筝，尾部用绸，放飞时迎风飘舞，酷似鱼在摆尾游动；而糊鹰风筝就不能用绢和绸了，因为绢、绸受风易抖动，不像鹰在空中盘旋，必须用皮纸或托裱的防风纸。

下一道工序就是绘，这个过程最能体现地方特色。牟彩扎喜欢用工笔，绘得很慢，是真正的"慢工出细活"。虽然他生产风筝的时间长、成本高，但做出来的个个是精品，在几次风筝大赛中都拿了大奖。可除了获奖外，没有几个人买他的风筝。也是，放风筝就图个乐趣，你绘得那么精美，买了都不忍心放，因为风筝到了天上，大风一吹，时间久了总会破。

为此，儿子牟鸢提出用木板刻画，风筝糊好后，直接印上去就是了，既能缩短制作时间，还能降低成本。可这个提议却遭到父亲的反对："那样的风筝，千人一面，千篇一律，还有什么艺术可言？"

牟鸢说："我们开牟氏彩扎铺就是为了牟利。挣不到钱，再好的艺术也等于零。生存第一，艺术第二，再漂亮的风筝也不能当饭吃。你以为你制作了个活灵活现的鱼风筝就有鱼吃？卖不掉，你还是得吃泡菜喝稀饭！"

牟彩扎听后很生气，可细细一想，儿子的话也有道理。自己生产的精美风筝，因定价太高，有时一个月也卖不出去一只。幸亏铺子是自家的，不用交房租，不然彩扎铺早就关门了。可要他放弃祖传手艺，刻板批量生产风筝，他又不愿意。

　　扎风筝只是牟家的祖传手艺和业余爱好，牟家的主业是种地。因土地都是盐碱滩，作物收成不好，牟鸢就想改良土壤，种植葡萄，却遭到父亲反对，因为牟彩扎早年就试种过，结果葡萄产量极低，还不够鸟儿吃。

　　牟鸢见父亲在风筝制作和农业生产上都跟自己持不同意见，只知道按部就班、循规蹈矩，自己空有理想却无法付诸行动，就提出分家，准备自己单干。

　　看来儿子不撞南墙是不会回头的，那就让他撞撞吧，撞得头破血流了他才知道，空有一腔热血是不够的。牟彩扎与儿子分了家，财产对半分。

　　分家时，离当地一年一度的风筝节举办日期已经很近了。牟鸢决定趁此机会大捞一把，就马上刻版，批量生产风筝。他嫌竹材成本高，就引进低廉的碳素钢细条扎风筝，而糊风筝的，是更便宜的尼龙布。风筝的图案，他是在印刷厂定的。这样生产出来的风筝，成本非常低，价格也很便宜。

　　风筝节如期而至。海滩放飞场上，人山人海，笑声不断，热闹非凡。游客们欣赏了传统风筝展和风筝放飞大赛后，自己也兴致勃勃地买风筝放，人手一只。大多数人都买便宜的，因为不少人都是放风筝的新手，放来玩的，况且风筝到了天上，价格昂贵还是便宜根本就分辨不出来。

　　活动结束后，牟彩扎得意地对儿子说："我制作的这只传统风筝，得了一等奖，还有一万元奖金，而你的那些印刷风筝，连参赛资格都没有。这就是手工制作与批量生产的区别。"

　　牟鸢笑笑："那是。但一个风筝节下来，我的印刷风筝卖了十几万只，赚了二十多万元，收入是你的二十倍。我跟钱可没仇。"

　　牟彩扎被噎了一下，随即冷笑："你也就靠风筝节赚钱，平时卖得掉吗？我们传统风筝就不一样了，那是艺术。民间文艺家协会说了，要到各地举办风筝巡展，把这一传统艺术发扬光大。你那些印刷风筝能吗？"

牟鸢笑道:"不能。但我每年在风筝节把钱赚够,也就心满意足了。"

父子俩又一次不欢而散。

果然,牟鸢此后每年都只在风筝节前几个月生产风筝,其他时间都在地里养护葡萄。他种的巨峰葡萄根系发达,抗盐碱能力强。葡萄藤长起来后,他就把优良品种——贵妃玫瑰葡萄嫁接到巨峰葡萄上。

三年后,葡萄初挂果,牟鸢又开始批量生产风筝,之后将风筝拿到地里去卖。牟彩扎不知他要干什么,几天后下地一看,只见葡萄园上空布满了风筝,尖厉的哨音此起彼伏。原来这小子用风筝驱赶鸟儿!这些风筝都装了哨子,风一吹就响,把鸟儿都吓飞了。

不久,该采收葡萄了。牟鸢种的葡萄个儿大又甜,只是产量不高。牟彩扎为儿子暗暗算了一下账:虽然儿子种植葡萄成功了,可投入跟产出相比,基本上是亏本了,总的来说是失败的,跟自己当年无异。

可牟鸢很快从产量不高中总结出原因,那就是气温问题。他便把历年卖印刷风筝所赚的钱投进去建了大棚。大棚一建起来,情形就不一样了,葡萄不仅提前成熟,提前上市,而且进入了丰产期,一个大棚的纯收入就达十五万元。

乖乖,这下子,牟彩扎总算佩服儿子了。不过,他的传统风筝创作也达到了巅峰。经过风筝大赛、巡展、进校园等活动,牟彩扎的名气大增,加上政府部门的重视与扶持,他的风筝销路走出了低谷,一个喜欢传统风筝的房地产商人还跟他签订合同,要高价购买他制作的各种风筝。

喜讯一个接一个。国际风筝节即将在本地举办,到时,全世界的风筝艺人和爱好者都将在此云集,共睹风筝满天飞舞的盛况。

牟彩扎加紧制作风筝,决定在国际风筝节中大显身手。风筝是中国人发明的,其源头可追溯到春秋战国时期大思想家墨翟制作的第一只木鸢。这里是风筝的故乡,牟彩扎绝不能给家乡丢脸!

很快,国际风筝节在人们的热切期盼中开幕了。在风筝放飞比赛中,来自世界各国的风筝艺人齐放风筝,一决高下。

在满天风筝中,当属牟彩扎的串式龙头蜈蚣最引人注目。这种风筝扎制复杂,对工艺的要求很高。牟彩扎在扎制龙头蜈蚣时更是精益求精,把十根竹条合为一组，用秤称重量，差一点儿都不行。在选料时，他尤为注意竹节的对称及蒙面松紧适度，因此他制作的龙头蜈蚣风筝工艺精巧、彩绘鲜明、起飞高稳、形态优美，赢得了广大游客的喝彩。

牟彩扎正高兴，这时几百米外一个黄头发的外国人放了一只飞机风筝，牟彩扎一看就知是硬翅风筝。那只飞机风筝是平面结构，绘画用了大色块，十分醒目，在众多的动物风筝中独树一帜。人们热烈鼓掌，孩子们更是雀跃不已，欢呼："飞机，飞机……"

牟彩扎不服气，为了镇住对方，他放了一只名叫"天女散花"的风筝。以前的风筝通常是有去无回，而牟彩扎放的风筝却有去有回，"天女"上天散完花后还能返回地面。外国游客从来没见过这个，纷纷鼓起掌来。风筝升到高处，散完花，猛地垂下一条红色飘带，上面写着醒目的白字——"世界人民大团结万岁！"引得在场观众连连叫好。

那个老外不甘心，放了只桶子风筝，风筝的造型就是一只巨大的花瓶，瓶壁上绘满了牡丹！这是立体风筝，比平面风筝更难放飞。果然，花瓶风筝一上天，因为与众不同，让人眼睛一亮，大家纷纷热烈欢呼。

牟彩扎显然是有备而来，一心要把外国人比下去。他拿出最后的绝活：在助手的帮助下，放飞了一只足可申报吉尼斯世界纪录的串式风筝——长达五千米的"圆梦中华龙"。更神奇的是，他给风筝搭配了一个可以拆卸的巨大龙头，在海滩上放飞后，竟能载人飞行，成功将自己放飞到离地面两米多高的空中，震惊了在场所有人。

那个老外不服气，随即放飞了一只名为"金鸡报晓"的集声、光、电为一体的动态风筝。那金鸡一边升空，一边喔喔叫，仿佛天鸡一般，堪称风筝一绝，众人大开眼界，不断喝彩。

牟彩扎带来的三只参赛风筝放完了。跟那个外国人相比，双方的风筝各有千秋。通过比赛，牟彩扎深深感到，传统的东西必须不断改进，加入现代元素，不然总有一天会被时代淘汰，比如老外放的那种动态风筝，自己连想都没有想过。

本着向同行学习的想法，牟彩扎走向那个外国人。走近了仔细一看，却是儿子牟鸢！他在高兴的同时不禁怒道："你咋把头发染黄了？弄得老子以为你是外国人！"

牟鸢笑嘻嘻道："国际风筝节嘛，染黄头发冒充一下老外。咋啦，犯法了？"

牟彩扎气不打一处来："这些风筝都是你做的？"牟鸢用玩味的语气说："出身风筝世家，难道我还会买风筝？我只卖风筝，卖印刷风筝……"牟彩扎打断他说："这些风筝的制作技艺你是跟谁学的？"

"风筝之乡，高手如云，上门请教呗。你以为离开你，我就学不到风筝制作的技艺？告诉你，传统的东西可以传承，但不要墨守成规。你看我制作的动态风筝，把全场都镇住了。"

儿子还教训起老子来了！牟彩扎正要发怒，这时一个年轻人跑过来报告："牟总，风筝大赛后，就要开放风筝博物馆，您要去看看吗？"

牟彩扎大吃一惊："啊，还有风筝博物馆？"

这时来人才发现他："啊，牟老先生也在这儿……"原来对方叫的牟总是指他的儿子！牟鸢说："当然要去看看。"说完，跟来人走了。牟彩扎这才认出来人是某个房地产商的秘书，经常到他的彩扎铺来买风筝。

进了博物馆，里面展出的是古今中外各种各样的风筝，琳琅满目，令人大开眼界。在一个展区，陈列着牟彩扎的许多作品，还有他的个人简介与照片。细细一看，他卖给房地产商的风筝，全都在这里展出。

牟彩扎上前把儿子拉住："你们搞什么名堂？"

事到如今，牟鸢只好如实相告：为了弘扬传统风筝艺术，他跟房地产商合办了风筝博物馆，场地由房地产商出，风筝由他收藏。房地产商从牟彩扎那儿购买风筝的费用，其实是他自己出的，为的是用这种方式接济父母，激发父亲的创作热情。

"没有资金，创作很受局限。像我制作的那种集声、光、电于一体的动态风筝，您就是有这种创作意图也实施不了，因为很费钱。我就不一样了，每年卖印刷风筝和葡萄，都是两笔不小的收入，足以用于风筝的传承、创新与研发。"

牟彩扎听后很有同感："其实印刷风筝也不是一无是处，至少可以用于风筝艺术的普及。"

"是呀，在风筝进校园活动中，印刷风筝就发挥了很大的作用。孩子们放的风筝容易破损，印刷风筝正好可以让他们练习放飞，在潜移默化中爱上风筝这门古老的艺术。"

父子二人走出博物馆，看着满天的风筝，开心地笑了。

（原载《乡土·野马渡》2021 年第 6 期。）

第二辑　非遗故事

蜂医生

这天，黄六叔背上茶篓，准备上山采茶。走出村口，看到万钟戴着草帽，挎着挎包，正在黄家那棵龙眼树那儿架梯子，不禁走了过去。

这棵龙眼树是黄六叔种的优质早熟品种，早年为贡品，个儿大，肉厚，味甜，年年都能卖上好价钱。龙眼现已熟透，黄六叔打算把山上的嫩茶采完后，就把龙眼摘了去卖。没想到万家小子竟敢明目张胆地偷东西！

黄六叔对万钟没好感。万钟为了跳出农门，高中毕业后复读了四次。黄六叔曾用酒名揶揄他：复读一次，是喝"双料"；复读两次，是喝"三花"；复读三次，是喝"四熬"；复读四次，是喝"五加皮"。黄六叔以为他要喝到"十全大补酒"，谁知他终于有了自知之明，喝完"五加皮"就不再喝了，灰溜溜地回了村子。回来后，他不好好当农民，而是搞起了养蜂，人称"万疯（蜂）子"。

万疯子爬上梯子，伸手摘了一颗龙眼，咔嚓咬去皮，随后吐出小小的核儿，嚼了一阵儿，叹道："入口化渣，回味悠长，难怪是贡品……"

"贡品又不是贡你的呀！"黄六叔冷不丁吼道，惊得万钟差点儿从梯子上掉下来。他讪笑道："六叔不睡午觉呀，顶着这么大太阳去采茶。""哼，我睡午觉，好让你偷我家龙眼吗？""嘿嘿，我摘颗尝尝……""如果我不吼，你就摘了一挎包了！"

"这……"万钟张口结舌，"六叔，我是来收蜂的。"说着从挎包里掏出一只漏斗状的用细竹篾编成的蜂斗。黄六叔仔细一看，龙眼树的杈子处，果然附着一个"蜂球"。

原来，蜂箱里育出新的蜂王后，老蜂王就会飞离蜂箱，停在附近的树上，忠实于它的工蜂就会跟着飞来，将它团团围住，形成一个"球"。此

146

时就应该收蜂，把它们弄到空蜂箱里，自成一巢。如果时间拖久了，老蜂王就会率领工蜂远走他乡。

黄六叔没见过收蜂，就站在树下看。只见万钟把撩到草帽顶上的黑纱放下来，从挎包里掏出一双橡胶手套戴上，之后左手拿蜂斗放在蜂球下方，右手轻轻一拨，蜂球就落到蜂斗里了。

原来是这样收蜂的！黄六叔开了眼界，忘了刚才的不快。万钟下了梯子后，黄六叔随口问道："那下一步咋办呢？"

一谈到蜂，万疯子就兴奋起来，滔滔不绝道："打开空蜂箱，用力把蜂斗这么一扣……"

他竟真的一扣，蜂球落地，蜜蜂们嗡地散了。万钟一惊，连忙把边沿垂着黑纱的草帽罩到黄六叔的头上，又扯下橡胶手套给他戴上，可黄六叔此时穿着短裤，光着双腿，很快被蜜蜂蜇倒在地，哎哟直叫。还有蜜蜂想往他宽大的裤腿里钻，黄六叔连忙掖住裤腿。

擒贼先擒王。万钟把蜂王捉到蜂斗里，之后在黄六叔四周晃了几晃，蜜蜂们纷纷飞回蜂斗。万钟因是养蜂人，身上有股蜂蜜味儿，蜜蜂不怎么蜇他。

万钟把黄六叔背回黄家，因为还有事，便匆匆走了。黄六叔怒道："他养的蜜蜂把我双腿蜇成这样，他倒没事人一般！阿娟，你到村诊所叫封医生过来给我看看，医药费我以后再向万家小子要。"

阿娟是黄六叔的独生女，与万钟是同学。她掏出手机给封医生打电话，用的是免提模式。封医生听了她的描述后说："蜜蜂毒性小，不用怕，等肿消了就好了。你爹肠胃不好，最好别吃药。"

阿娟出去后，黄六叔躺在床上，把被蜇前后的事细细想了几遍，越想越觉得疑点大，最后得出结论：万疯子是故意把蜂球扣到地上，好让蜜蜂来蜇我，他这样做，一是报复我嘲笑他喝了"五加皮"，二是他偷果子时被我逮了个正着……

第二天，黄六叔腿上的肿消了，可仍对万钟昨天的所作所为耿耿于怀：他养的蜜蜂把我蜇成这样，非得让他给我道歉不可！

几天后，万钟果然提着礼品过来了："六叔……"

黄六叔内心稍安，就等对方说"对不起"三个字。他闭起眼睛，谁知听到的却是："六叔，我是来提亲的……我喜欢阿娟……"

"啥子？！"黄六叔一下子睁开双眼，"你故意放蜂蜇肿我的双腿，一句道歉的话没有，还想拐走我女儿，做梦去吧！"

"六叔，我是为你好……"

"好个屁，滚！"黄六叔愤怒地拿起桌上的礼品朝万钟砸去。万钟落荒而逃。

原来，在万钟复读期间，一家企业在村里承包土地，建起了百合花种植基地。万钟读完"高七"回来，五千亩百合花怒放。万钟灵机一动，发展起了养蜂业。阿娟见养蜂既轻松，收益又大，也跟着养了十多箱。她怕父亲反对，把蜂箱寄放在万钟家里。两人相处得久了，万钟便对阿娟产生了感情。

黄六叔怒气平息后，细细一想，阿娟年龄大了，的确该寻个婆家了，就叫老伴去把媒婆喊来，帮阿娟物色一个对象。

几天后，媒婆喜滋滋地过来问："村诊所的封医生怎么样？"

封医生家是中医世家，天天坐在诊所里就能挣钱，太阳晒不到，雨水淋不着。"那敢情好！"黄六叔爽快地答应了。招个医生当女婿，就相当于请了个终身家庭医生。他问阿娟，阿娟也同意了。

此后，黄六叔发现，阿娟一有空就往村诊所跑。看来两人热恋起来啦！

这天，阿娟说："爹，封医生说，用针灸治风湿病是他的祖传手艺，叫你到诊所去，他要为你扎针治疗。"

黄六叔挥挥胳膊伸伸腿说："我这风湿好像是随天气发作的。现在腿上和关节一点儿没感觉到痛，只是肩膀这儿还有些不舒服。"

"那就叫封医生帮你扎几针，控制一下病情，不然再过几年就更恼火了。"

黄六叔拗不过女儿，只得跟她来到村诊所。诊所的吊扇转动着，声音很大。封医生还像以前那样，戴着白帽子、白口罩，穿着白大褂。黄六叔脱掉上衣，坐直。封医生用湿毛巾把针灸部位擦拭一遍后，就开始为他针灸。

别看黄六叔年过半百，可仍像小孩一样怕疼，每次抽血或打针都闭上眼睛不敢看。现在扎针也一样。他闭上眼睛，突然感到肩膀那儿传来一阵微痛，扎针开始了。微痛过后，是一阵酥麻，十分舒服，看来是扎到了穴位。黄六叔对未来女婿的高超医术十分满意。

半个多钟头后，针灸结束。阿娟陪父亲回家，并告诉他要连续扎三天针。

第三天，扎针快结束时，停电了。那台吊扇停止转动，诊室里一下子安静下来。闭着眼睛的黄六叔似乎听到有蜜蜂飞动的声音。难道是幻听？他一下子睁开眼睛，却见一只镊子夹着蜜蜂的腰腹，正在蜇他的肩膀。他霍地站起来说："搞啥子名堂？"

"爹，这是万钟摸索出来的蜂疗！"阿娟脱口而出。

"你不是封医生？"黄六叔瞪着眼前的白大褂问。

"我是蜂医生，蜜蜂的蜂。"医生说着摘掉大口罩，原来是万钟。

"封医生呢？"黄六叔问。

"他到镇上发展去了，就把诊所盘给我了。"万钟答。

"你小子非法行医，拿我做试验？放蜂蜇我不算，还夹蜂蜇我！你……"

阿娟拿过一个执照框说："爹，你仔细看看，这是万钟的行医执照。"

黄六叔一看，上面果然写着万钟的名字："不会是假的吧？"

"爹，万钟当年一心想考医科大学，没考上，回来后就一边养蜂，一边自学中医，还拜了一位老中医为师。后来他参加中医医术专长人员医师资格考试，取得了中医专长医师资格证书。"

"你扎针就用蜜蜂蜇？"黄六叔感到不可思议。

万钟说："这是我学来的蜂针疗法。临床实践证明，蜂针对风湿病有显著疗效，它的最大好处是不用吃药，减轻病人肠胃的负担。你肠胃不好，所以我用蜂疗来为你治病。"

这时，媒婆走进来，对万钟说："阿钟，帮我做一下蜂疗，我腿上的关节炎又犯了。"

"好嘞，姨妈。"万钟说。

姨妈？黄六叔这才明白自己上了媒婆的当。不过，万钟脑瓜子好使，点子多，给自己当女婿也不赖。

（原载《民间文学》2022 年第 1 期。）

德孝传家

梁睿是土生土长的崂山人，从山东大学考古专业研究生毕业后，进入青岛市文物局当助理馆员。在共青团青岛市委组织的一次大龄青年相亲会上，他认识了崂山区一家医院的医师魏薇。魏薇是江南美女，毕业于青岛大学医学院，研究生毕业后留在了青岛。

两人学历相当，都是为读研耽搁了婚事，一见钟情后，很快确定了恋爱关系，感情迅速升温，进入谈婚论嫁阶段。

梁睿带魏薇回家，父母对她很满意，有个当医师的儿媳，就相当于请了个免费的家庭医生。

梁睿提出回魏薇的老家看望一下未来的岳父岳母，并征得他们的同意，但魏薇有些犹豫，原因是她家在农村。梁睿说，中国是农业大国，往上推三代，谁家不是农村的？以前的人争着农转非，后来又抢着非转农，农民有属于自己的田地山林，城里人哪有？有个安身的窝就算不错了。

魏薇听后，还是有些举棋不定，不过架不住男朋友的劝说，最终还是带他回了老家。婚姻大事，虽由自己做主，但还是要经父母同意，这是对父母的尊重。另外，父母是过来人，也许能以局外人的视角，从一些言行中更好地了解梁睿，毕竟自己目前处在热恋中，头脑是昏的。更何况自己已有一年多没回过家了，也该回去看看了。

出乎梁睿意料的是，魏薇的父亲是位残疾人，瘸了一条腿，挂着拐杖走路。他猜想也许这就是魏薇不太愿意带他回来的原因。不过梁睿非但没有嫌弃这点，反而上前搀扶他，并嘘寒问暖，伯父长伯父短地叫个不停。他心想魏父以残疾之躯，挣钱供女儿上大学、读研，很不容易，便对他多了一份敬佩。

攀谈中，梁睿了解到，魏父是在女儿读小学时，外出打工期间不慎被汽车撞倒并被碾压，最终失去了一条腿。没法打工后，他就苦学竹编技术，现已成为远近闻名的竹编能手。万变不离其宗，他什么都会编，箩筐、背篓、菜篮、筲箕、簸箕等都不在话下。

魏父自豪地说："现在木工可以用机械，织布可以用机械，唯独竹编必须用手工，所以我永远不会失业。"

谈着谈着，就谈到了青岛和崂山。魏父说："虽然没去过，但我知道青岛是个好地方。崂山，我小时候就晓得了。那时看过一本连环画，叫《崂山道士》，蒲松龄写的，说一个人想学崂山道士的穿墙术，结果怕吃苦，穿墙术没学成，撞墙撞得头破血流。"

梁睿趁机向他发出邀请："那您这次跟我们回去，游游青岛，看看崂山……"

"算喽，我一个农民，又有腿疾，不适合去大城市，再说登山也不方便。"魏父笑道。

"您登山不方便，我可以扶您、背您。崂山真的不错，素有'神仙宅窟''海上名山第一'的美誉，堪称人间仙境。崂山上的北九水有'小关东'之称，是全国有名的避暑疗养胜地。"

魏父笑而不语。过了一会儿，他问："崂山上的明朝道观附近，是不是有个孙昙采药山房？"梁睿吃了一惊："您没去过崂山，怎么知道？"魏父笑笑："我在一本书上看到过。"

梁睿说："这个孙昙，是唐代天宝年间的青岛人。采药山房现在没有了。不过在距明朝道观南约四十米处，有个地名叫柴房，那儿有两块浑圆的大石头，左边那块，上面有带佛光莲座的线刻佛像；右边那块，上头有篆书阴刻'敕孙昙采仙药山房'八个字。由此往西约六十米处，巨石上刻着一篇短文。据清代末年的县志记载，此摩崖共六十九个字，大意是：唐玄宗天宝二年（743年），出身逸士的御医孙昙奉旨到故乡崂山采仙药炼仙丹。孙昙寻遍整座崂山，终于发现仙药，于是遣人驰赴长安报告皇上，等待来命，云云。此摩崖现已漫漶不清，只有'大唐二年三月初六奉敕采仙药孙昙'十五个字尚能辨识。棋盘石下也有一处孙昙刻石，文为'敕采药孙昙逸，祭山海求仙石'……"

伯父笑道："到底是学考古的，不错，不错。"

魏薇也过来劝父母到青岛看看，爬爬崂山，崂山就在青岛市。

魏父盛情难却，只好答应。他答应了，老伴自然也跟着答应了，再说他们从来没有出过远门，正好去见见世面。特别是魏父，自从右腿截肢后，一次也没有出去过，一是经济原因，二是腿疾问题。梁睿和魏薇见老两口答应了，也都很高兴。

在游崂山时，走到较平坦的地方，魏父拄着拐杖自己走；上下坡处，梁睿和魏薇就一人一边扶着他；到了较险处，梁睿就背他。魏父瘦，背着也不重。

游了几天，他们把崂山的各个景点都游完了，老两口很高兴。魏父专门到明道观和"敕孙昙采仙药山房"看了看。他抚摸着那些模糊不清的石刻，感慨万千。

游完崂山，老两口同意了女儿和梁睿的婚事，他们也想早点儿抱外孙。

梁睿很高兴，自己没做什么，魏父都这样欣赏自己。一个人有德、有孝心，不是刻意表现出来的，而是通过日常生活中的点点滴滴体现出来的。一个人只要把德孝常记心中，自然而然就会按照德孝的要求去做事，就会成为一个充满正能量的人……他就因为常怀德孝之心，最终抱得美人归！

魏父拿出一本格子本，交给梁睿。梁睿一看，竟是消失多年的《敕孙昙采仙药山房》摩崖石刻全文。一数，不多不少，正好六十九个字。梁睿惊喜地问："伯父，您这抄本是从哪儿抄来的？"

魏父说："你先看完文章再说。"

梁睿就从头到尾看了一遍。孙昙在崂山之巅发现仙药后，想到了皇上唐玄宗李隆基，也想到了自己年迈的母亲。自古忠孝不能两全，但他就想忠孝两全。他将仙药一分为二，一半给君王，一半给慈母。他母亲服了仙药，活到一百零八岁无疾而终；唐玄宗日理万机，操劳过度，服了仙药后，也活到了七十七岁，这在皇帝当中算是长寿的了。唐玄宗后来知道此事，深为孙昙的孝心所感动，也没有治他的罪。

梁睿恍然大悟，原来孙昙就是一个有德孝之心的人，难怪崂山区的人都这么讲求德孝，万事德为重，百善孝为先……

"伯父，您这篇文章……"

魏父笑道："我们魏家跟崂山有缘哪！我们虽住在江南，但在三百四十多年前，也就是清朝康熙早年，薇薇的高祖父的高祖父的高祖父魏德孝当时在青岛县衙当师爷。1672 年，也就是康熙十一年四月，三十二岁的蒲松龄到崂山游玩，德孝公给他当导游。他看到蒲松龄对'敕孙昊采仙药山房'摩崖石刻大加赞赏，就把全文抄了下来。游玩回来，蒲松龄问崂山有什么故事传说，德孝公就给他讲了有人到崂山道观学穿墙术的故事。蒲松龄略微加工，就成了后来脍炙人口的短篇小说《崂山道士》。德孝公在青岛期间，写了不少游记和随笔，告老还乡后，将其整理成册，一代代传阅，阅后放到装有花椒的罐子里，所以没遭虫蛀。即便这样，魏家每隔三四代就要抄写一次。我呢，高中毕业后回乡务农，也喜欢看书，舍不得花钱买书，就看薇薇的那些课本，课本看完，就到处找书看。我偶尔翻到厨房阁楼上那几个罐子，看到祖先写的文字，十分惊喜，反复阅读，爱不释手……"

梁睿点了点头。魏父说话这么有条理，水平这么高，一看就是一个爱阅读的人。梁睿又一次细看摩崖石刻全文。在该摩崖石刻漫漶多年后，这篇偶然留下来的文章就显得弥足珍贵，称其为崂山的"镇山之宝"也不为过。

后来，梁睿根据失而复得的摩崖石刻全文，从多个角度写了好几篇论文，这些论文在学术界大受好评。跟魏薇结婚一年后，在他们的孩子出生前，梁睿就评上了中级职称，成为局里最年轻的文博馆员。他知道，这是德孝对他的犒赏，他要把这一中华民族的优秀传统文化一代代传承下去。

（原载《乡土·野马渡》2021 年第 10 期。）

养 纸

这天，年过六旬的梁老根接到区文化馆打来的电话，说要把元书纸制作技艺申报为国家级非物质文化遗产，明天区文化馆与电视台的相关人员会过来把元书纸的制作过程全程拍下来，希望他配合一下。

富阳是著名的土纸之乡，传统纸品有竹料纸、草料纸、皮料纸三大类五十多个品种。其中以嫩毛竹手工精制的元书纸最为高级，迄今已有一千多年的历史。元书纸的纸张光洁，色泽白净，不受虫蛀，不会变色，用于写字作画，滋润而悦目。

第二天，文化馆副馆长陪同电视台记者过来拍摄。记者看到纸坊只有老两口时，吃了一惊："就你们两位老人支撑着这古老的纸坊？"梁老根黯然地点了点头。

拍摄开始。梁老根砍下嫩毛竹，斩成三尺来长，劈开，砸裂，之后放进清水池中浸沤。"毛竹是否嫩是决定纸张好坏最关键的因素，小满前的三四天，毛竹刚刚蹿个头，第一节上才冒出第一片蜻蜓叶，这时的毛竹最好；太早，毛竹含水量高，晚了纤维又太老。"梁老根边干边解释。

"要泡多久呢？"记者问。

"三个月。"

"难道三个月后再来拍吗？"

"不用，我还有一池泡好了的。"梁老根说着，走到另一个池里，将腐烂的毛竹原料捞出，浸在石灰水中，过了一会儿再捞起来。

老伴在灶台上放了一口大铁锅，上套一只大木桶。木桶直径两米，高也有两米。梁老根把原料放到锅桶内煮烂，举起又大又重的杵杆往下舂捣，老伴则在一旁用耙子翻捞竹料。才干了一会儿，两人就气喘吁吁了。梁老根解释道："这道工序以往都请人做，可现在请不到人，人大多到城里打工去了。"

"你不是有个儿子吗？他为什么不来帮你？"记者问。

梁老根暴怒道："别提那个败家子！"

而后，老两口把熟纸料放到篾编的淘筅里洗去碱质，在碓房内把淘过的熟纸料春成糊状的纸花，再放到槽缸中搅成乳状的纸浆。梁老根熟练地用竹帘子抄纸：舀起纸浆，摇晃几下，反扣到纸台上，去水后贴壁干燥，纸便做成了。"片纸来之难，过手七十二。要经过七十二道工序哩！"梁老根慨叹道。

在拍同期声时，梁老根对着镜头道："元书纸制作技艺传到我这已是第八十九代，我希望收个徒弟，把这一绝技传下去。"

记者问："你为什么不传给儿子？"

梁老根叹了口气："他学过一段时间，但不感兴趣，跑到城里去了。走时还偷走了家中的宝贝——张大千写给我爹的一幅字。"

原来，国画大师张大千一直喜欢用元书纸写字作画。一次游历富春江，在梁家小憩，看到槽户造纸不易，就挥毫写了"国之瑰宝"四字送给梁老根的父亲。目前这幅真迹已价值数千万，不想却被儿子偷到城里卖掉，梁老根怎能不生气？

送走记者，梁老根看到镇党委书记陪着一个年轻人在村里转悠，就问他们干啥。书记说要招商引资，李总想在村里办纸厂，现在正在选址。

梁老根一听，顿时火冒三丈。元书纸的纸坊之所以越来越少，跟瞎折腾有关。十年前，为了提高造纸效率，村主任组织槽户到造纸厂参观，槽户们看到机器以每分钟九百米长、八米宽的速度在生产线上出纸时，都惊呆了，回来后，就改用蒸锅制浆，效率果然提高了不少。只有梁老根仍坚持用古老的工序造纸，每天出纸十四刀（一百张为一刀），产量被其他槽户远远抛在后头。可不久，区环保局的人来到村里，说蒸锅制浆污染太大，必须整改。镇长老谢见状，就采取集中制浆、统一治污、分户造纸的方法，结果，因运输成本增加，不少槽户停产，元书纸产业一落千丈。为此，梁老根对老谢很有意见。他抽空到镇上去找老谢理论，却得知老谢被调到城里去了。

蒸锅制浆污染大，机器造纸污染更大，绝不能让李总在村里办纸厂！只是碍于外人脸面，梁老根没有当场发作。李总笑笑："老前辈放心，咱们井水不犯河水。"

看样子李总是铁了心要在村里办纸厂了。撇开污染不说，现代化大型纸厂在村里办起来，对古老的纸坊绝对是一个致命的打击，手工能竞争得过机器吗？再说，原料竹子的供应也成问题。

第二天，梁老根专程到镇政府找党委书记详细反映情况，却见书记正拿着一个公文包从镇政府出来，门口停着一辆小轿车。"书记，不能让李总在村里办纸厂，昨天我才拍了申遗片，区上要保护手工造纸技艺。"梁老根开门见山地说。

书记道："李总在我们镇办纸厂是好事，我现在要去招商局汇报一下。"

看着小轿车绝尘而去，梁老根心里满是苍凉：元书纸完了，申遗又有啥用？市场的铁腕还不是把它撕得粉碎！

半个月后，纸厂开工建设，跟梁家隔河相望。劳作之余，梁老根往那边看上一眼，总能看到书记屁颠屁颠地跑前跑后。是呀，那是他招商引资的政绩，能不卖力吗？老谢不就是因为治污得力才被提到城里去的吗？

看着那边工地的热闹场面，梁老根心头升起一种悲壮的使命感：拼了老命也要保护传统手工造纸业！因此他挨家挨户走访村民，要他们别把竹子卖给纸厂，同时找来《中华人民共和国环境保护法》认真学习。就算纸厂从别处购来竹子，生产也必定会造成污染，待那时再将纸厂告到环保局去，哼！

果然，纸厂投产后，村民们都不把竹子卖给它，纸厂只好从外地购买原料。但令梁老根奇怪的是，纸厂投产几个月了，河水还是那么清澈，难道它不用排污？

梁老根装了一瓶河水拿到区水务局化验，发现各项指标都正常。这就蹊跷了！回到家里，梁老根朝纸厂那边看了良久，百思不得其解。他真想过河去瞅瞅，可又拉不下脸。

"爸，你在看啥呢？"梁老根扭头一瞧，儿子梁兵正从竹林里出来，手中拿着一卷纸。梁老根心头一喜，可却黑下脸道："这两年你到哪儿鬼混去了？"

"我不是在城里打工吗？我现在回来了，在家门口打工。"

"什么？你在纸厂打工？"梁老根吃了一惊。

"是呀，纸厂投产之初很忙，所以我一直没时间回来，现在一切步入正轨了，就回家看看。你和妈妈都好吗？"

"好个屁！要造纸，家里不是有个纸坊？放着老板不当，却去做打工仔！"

"我回来就是想两边都兼顾……"

"不需要！"梁老根怒道，"我一个人也干得动！快把字画还给我！"他说着，便把儿子手中的纸卷夺了过来，展开一看，却是白纸。

"这是我们厂的产品……"

梁老根把白纸扔到地上："字画呢？"

"字画以后会还给你的，但现在还不能还。"

梁老根怒不可遏道："滚！"

几天后，梁兵又回来了，身后还跟着一帮人，其中一个很面熟。梁老根定睛一看，竟是老谢！"这是区文化馆的谢馆长。"梁兵说。

老谢笑笑，说："不用介绍，我跟你爸是老熟人。老根叔，国家级非物质文化遗产名录公布了，富阳元书纸制作技艺榜上有名！你是该遗产的代表性传承人，这是你的证书，祝贺！"大家鼓掌。

梁老根接过证书，心潮澎湃，随即问出了心中的疑惑："既然要保护文化遗产，为啥还要在村里办纸厂？"

"那纸厂是镇上招商引资来的。再说，纸厂跟你们没有利益冲突，他们生产的是商业用纸，你们生产的是书画纸，市场不一样。"谢馆长道。

"我说过嘛，井水不犯河水。"李总从人群后面走过来说。

"那，河水为啥没有被污染？"梁老根不解地问。

李总笑道："因为我们根本就没用水！"

这就匪夷所思了，造纸还能不用水？梁老根当即提出要到厂里看看。来到纸厂，哪有半根竹子，料场上全是石头。"这就是我们的造纸原料！"

梁兵自豪地说。

"你们？"梁根又吃了一惊。

"是呀，纸厂是我跟李总合伙办的。我们用张大千那幅字作抵押，贷款办了这个厂子，生产环保低碳的石头纸，李总负责核心技术。"

李总说，石头纸以磨成粉末的石头为主要原料，生产过程不需要水，也不产生废气和其他有害废弃物。这种纸防水坚固，不易燃烧，书写印刷性能好，清晰度高，生产单位耗能也比传统造纸工艺低。最重要的是，它不用砍竹伐木，非常环保。"我们在这儿办厂，就是想把更多的商家引来，进一步提高富阳纸的知名度，同时每年投入资金为纸坊治污，让手工造纸业更加健康地发展！一句话，以纸养纸！"

原来是这样！梁老根豁然开朗："能不能看看你们的产品？"

"你手上的证书就是用石头纸做的。"李总含笑道。

梁老根展开一看，可不，这纸质比一般纸张好太多了！

（2023 年 7 月获长三角地区故事联盟【由《山海经》杂志社、《故事会》杂志社、《上海故事》杂志社、《乡土·野马渡》杂志社四家单位组成】、浙江省杭州市民间文艺家协会、杭州市富阳区文学艺术界联合会、杭州市富阳区富春街道办事处主办的"冲刺双拼迎亚运，建功立业展风采"第二届浙江省青年故事会优秀故事作品。）

燠鸭飘香

　　燠鸭是周市镇的特色美食，也是昆山市的著名特产之一，色、香、味、营养、保健功效俱佳，一家燠煮，满街飘香。周市简直成了燠鸭的代名词。不过，全镇最有名的燠鸭，当数邱老凹的"凹锅燠鸭"。

　　燠鸭在周市已有几百年的历史。相传明朝初年，邱老凹的祖先收留了一个年老的乞丐，乞丐出于感恩，就把燠鸭的制作绝活传给他，原来那乞丐曾是明太祖朱元璋的御厨。慢慢地，燠鸭就在周市及周边流传开了。

　　传说归传说，邱老凹的燠鸭是全镇最好的，这是大家公认的，因为消费者的味蕾是很挑剔的，哪怕味道有一丝不同，也能品尝得出来。邱老凹曾获苏州市农家菜烹饪大赛传承奖等殊荣，得到了官方认可。2007年，周市燠鸭制作技艺被列入昆山市第一批非物质文化遗产名录，邱老凹就成了该项目的代表性传承人之一。

　　为何燠鸭在周市特别盛行？因为周市地处江南水乡，河道纵横，养鸭的农户很多，这就为燠鸭的制作提供了源源不断的食材。

　　燠鸭的制作，说复杂也不复杂：将鸭子宰杀去毛，开肚洗净，先用旺火烧开，再以文火焖煮，最后放到老汤卤汁内浸制。这老汤可有讲究，用丁香、肉桂、山茶、白芷、桂皮、甘草、茴香等十几味香料和中药材，佐以黄酒、醋、姜、葱等调料熬制而成。将焖好的鸭子放到老汤里浸制一段时间，让老汤的浓香牢牢锁住鸭肉的每一个空隙，渗到鸭肉里面，捞出来，就是奇香无比的燠鸭了。燠鸭营养丰富，老少皆宜，吃起来肥而不腻，酥而不软，嫩而不烂，鲜味扑鼻，甘美无比，连骨头缝儿都透着香味，令人馋涎欲滴。

　　燠鸭的制作流程看似简单，但焖煮时间的长短、火力的猛弱、香料和中药材配料的多寡、调料的添加量、在老汤内浸制的时间长短等，这些就靠个人的经验和秘方了。邱老凹能把各个流程把握得最好，所以制作出来的爐鸭也就最好。

有同行不服气，趁凹锅爐鸭店招收员工之机，暗中买通某员工，叫他把相关数据详细记下来，然后照着学，可制作出来的爐鸭还是没有邱老凹的好。凹锅爐鸭店依旧门庭若市，排着长队。不排队不行啊，该店每天只卖三十九只爐鸭，卖完便关门。

众人思来想去，不得要领，后来就把邱家生意兴隆归结到他家的店名上：凹锅，令人想起古色古香的传统工艺；锅本身是凹的，写成"凹锅"，有幽默感，让人一下子便能记住店名。另外，顾客中还有不少外地人。外地人到周市旅游，必尝爐鸭。可很多人认不得"爐"字，不知怎么读，甚至望文生义地将它读成分道扬镳的"镳"。邱老凹这时就指着店名说："读'凹锅'的凹。"其他店铺就没有这种优势。

邱老凹的老婆是四川人，当年到周市打工，吃了爐鸭后，爱上了周市，后来就嫁给邱老凹，生了儿子邱小凹。

邱小凹高中毕业后没考上大学，就回家帮忙。经过父亲几年的精心指导，邱小凹现在已掌握了爐鸭制作的全套绝活。他知道，凹锅爐鸭之所以独树一帜，是因为制作爐鸭的原料——鸭子选购得好。

每次选购鸭子，邱老凹都亲自把关，只选肉肥且嫩的鸭子，太瘦了，口感就柴；太老了，口感就硬。

渐渐地，也有同行看出其中的奥妙，也只选肉肥且嫩的鸭子。可邪门的是，他们制作出来的爐鸭，还是没有邱家的好吃。有个喜欢文学的老板就慨叹："文坛贾平凹，爐鸭邱老凹，不服不行啊！"意思是说，邱老凹在爐鸭领域的名气就和贾平凹在文坛的一样。

可最近，这位爐鸭名人遇到了烦恼，那就是：儿子想扩大生产规模，打破每天生产三十九只爐鸭的祖传规矩。

"既然生意好，为什么不多生产呢？怕钱咬手吗？"邱小凹说。这个问题，早已在他脑海里翻滚了若干年。

邱老凹说："每天生产三十九只爐鸭，是你爷爷在世时定下来的。"

邱小凹冷笑道："二十多年前，人们对燻鸭的需求量少，每天生产三十九只，说得过去；现在大家对燻鸭的需求量增长了，还继续生产三十九只，这就叫墨守成规，食古不化！"

"你！"邱老凹生气道，"你扩大生产，忙得过来吗？现在生产三十九只，都要聘请一名员工……"

"忙不过来，多请几个人不就完了？做生意，何苦事必躬亲？"

邱老凹把儿子拉到后院，推开拔毛房，妻子正戴着老花眼镜，一丝不苟地夹着鸭头上的细毛。

邱老凹说："鸡毛易拔，鸭毛难除。特别是嫩鸭，毛根特别多，光用开水烫，拔不干净。别人制作燻鸭，也买肥而嫩的鸭子，可为什么制作出来的燻鸭却没有我们家的好？就是因为他们在拔毛时，怕麻烦，对拔不干净的细毛和毛根，就用松脂粘。松脂味儿一跑到鸭肉里，制作出来的燻鸭，味道就会大打折扣。如果说我们有什么秘方的话，那就是我们用女人化妆的眉夹拔鸭子身上的细毛。这个，有谁做得到？三十九只鸭子，已经够你妈妈忙一天了。再扩大生产，不得把她的腰杆累断？"

这个情况，其实邱小凹早就知道。他还在几年前说服父亲买了一台电动拔毛机，可以把烫后的鸭子的绝大部分鸭毛快速拔去，以减轻母亲的工作量。

"拔毛这个问题好解决……"邱小凹说。他还是坚持扩大生产规模。

邱老凹只好进一步跟他讲道理："你爷爷当年定下每天生产三十九只燻鸭的规矩，是有道理的。因为做得太多，忙不过来，难免偷工减料，影响品质。把三十九只燻鸭做好做精，卖完关门，给顾客一个念想，明天早些来买，这就相当于打广告，同时也给其他燻鸭店留些生意，让他们有口饭吃。因为燻鸭是咱们周市的，不单单是咱们邱家的。"

"我不管，适者生存！做得好的，就应该扩大规模；做不好的，就应该倒闭！商场如战场，谁还照顾得了谁呀！"

邱老凹见儿子一意孤行，就威胁说："你实在要扩大规模，那我们只好分家！"

"分就分！我干了这么多年，你至少要把卖燻鸭所得收入的一半分给我作为单干的资本。"邱小凹毫不相让。

"分一半可以，但我不准你使用'凹锅爋鸭'这块牌子！我不能让你粗制滥造的爋鸭把祖传的牌子砸了！"邱老凹怒吼道。

"放心，我才不会用你这块土老帽的牌子。"

邱家父子分家一事，一时成为镇上的热门话题。

不久，邱小凹的爋鸭店在镇头开张了。邱老凹听说他挂的牌子也叫凹锅爋鸭，就怒气冲冲地去看个究竟。走近了一看，牌子的字体一样，名字却是"凹哥爋鸭"。音相近，字却不同。这小子就会打擦边球，邱老凹拿他没办法。不过这也说得通，因为年纪相仿的小青年，都爱亲切地管邱小凹叫"凹哥"。有外地人不明就里，就问为什么叫凹哥。邱小凹便侃侃而谈："因为我瘦嘛，肚子是凹的，所以大家叫我凹哥。你看，我天天吃爋鸭，身材都这么苗条，所以你们根本不用担心吃了爋鸭会长胖。"几个还在犹豫的女士听后，马上买了爋鸭。

邱小凹在店前招徕顾客，故意不理父亲，装作没看见他。邱老凹便进店去看儿子的产品，发现儿子一改老店的特色，爋制了不少体形瘦小的小麻鸭，买的人也挺多。原来随着生活水平的提高，不少人都营养过剩，渐渐反感过于油腻的东西，瘦鸭反而比肥鸭更受欢迎。除了鸭子，这小子甚至还爋制鸡和鹅，丰富了爋制品的种类，买的人也不少。

邱老凹到后边的生产作坊去转，看到儿子请来的员工正在杀鸭拔毛。这些员工大多是本地人，认得邱老凹，所以也不介意他看。邱老凹发现，员工杀鸭前，先给鸭子喂几勺白酒；在用将要烧开的水烫鸭子之前，先在水里加些碱。邱老凹就问他们为什么这么做。员工说："这是凹哥最近摸索出来的快速拔毛法。先给鸭子灌酒，使其毛细血管扩张，对脱毛很有效果。鸭子的毛上有很多油脂，在开水里加些碱，可以迅速去掉油脂，使热水立刻浸透鸭毛至鸭皮，这样鸭子便更容易脱毛。"

果然，鸭子经此方法处理后放到脱毛机里再拿出来，毛就基本煺光了。

邱老凹估计了一下，现场至少有上百只鸭子。每天制作上百只爋鸭，卖得完吗？肯定卖不完，到时他只有哭的份儿了！

可令邱老凹惊讶的是，儿子的爋制品不但卖完了，每天还不断增加产量，这说明他不但把生意做起来了，而且生意还很兴隆！

又有一个农户赶着鸭子从凹锅燂鸭店前经过。邱老凹问："你这批鸭子有多少只？"那人答："两百只，但我不卖给你。你每次买鸭子都挑肥拣瘦，不，是挑瘦拣肥，哪像凹哥，肥瘦都要！"

几乎天天都有农户把鸭子赶向凹哥燂鸭店。

凹哥燂鸭店就宛若一个巨口，源源不断地吞进活鸭，又源源不断地吐出燂鸭，且每天都能卖掉！更神奇的是，凹哥燂鸭店开张后，对镇上其他店的燂鸭销量并无影响。凹锅燂鸭店的三十九只肥嫩燂鸭和其他燂鸭店的产品，也是能销售完的。

按理说，儿子开店前，镇上的燂鸭已经饱和了；儿子开店后，每天又生产这么多燂鸭，燂鸭早就过剩了。可事实上却没有。

邱老凹忍不住，又到凹哥燂鸭店去了一趟。该店除了门面、生产作坊外，还有一个包装作坊，因上次关着门，邱老凹没有进去看。

邱小凹正指导工人进行包装。作坊前停着一辆小型货车，燂鸭一包装好，马上装车。

"你们将这些燂鸭销往什么地方？"邱老凹心平气和地问。

邱小凹答："销往的地方多了，昆山、苏州、南京、杭州、上海……周市镇的燂鸭市场饱和了，但周市镇以外的市场远远没有饱和，我主要开拓周市镇以外的市场，并不跟你们抢生意……你只知道盯着周市镇，这叫小农意识。"

话虽是实话，但不中听，邱老凹心头又噌地冒火了，就反唇相讥："可你一添加食品防腐剂，燂鸭的味道就变了。"

"放心，我走的是食品安全的路线，宁可少赚一点儿，也不胡乱添加防腐剂。我们采用高压灭菌真空包装，不但能使燂鸭保持新鲜的口感，营养不流失，还可以久藏远运，携带方便。除了卖给各大超市，我们还搞电商经营模式，在网上也卖了不少。"

两人出来，一名镇干部迎面走来，手里拿着一份文件。"邱总！"他打招呼道。

邱老凹习惯地应道："哎！"那干部说："邱大爷，我是叫小邱老总。

邱总，你把燻鸭店扩大为燻鸭食品厂的规划，市里已经批复了，同意！"

邱老凹吃了一惊："什么，你还要扩大规模？"

邱小凹说："是呀，镇上的燻鸭店如果愿意，可以加盟我们厂。让我们共同努力，把周市燻鸭推向全国，推向世界！"

"好，凹锅燻鸭店，第一个加盟！"邱老凹立马报名了。他想通了，自己作为这项非遗的传承人，不把目光放远些，怎么行呢？

这时，不知哪家燻鸭店开始燻煮了，满街飘香，馥郁得整个镇子都醉了……

（2020年10月获江苏省民间文艺家协会、昆山市文学艺术界联合会、昆山市周市镇人民政府主办的2020"野马渡杯"周市非遗全国故事大赛二等奖，并入选图书《结集野马渡（6）》。）

三百六和三十六

"三百六"是江西省樟树市一位著名的药工。"三百六"不是代号而是外号，且是一个褒扬的外号，就像某姓的外科医生，因手术一流被誉为"某一刀"一样。

三百六真名叫山伯，出身药工世家，他的祖先在三国时就开始摆药摊，到了唐代开了药铺，因为那时整个樟树镇已形成著名的药墟——对，樟树开始只是清江县的一个镇，是清江县治所在地——宋代形成药市，明清时成了全国著名的药码头。赣江这条江西省最大的河流从南到北流经清江县城。一船船中草药就从樟树镇出发，驶进鄱阳湖，进入长江，发往全国各地。渐渐地，这些从事中草药种植、采收、加工、买卖的人，就被称为樟树帮，简称"樟帮"。樟帮与京帮、川帮一起，号称全国三大药帮，樟帮的药品种最多，有"药不到樟树不齐，药不过樟树不灵"之美誉，清江成了公认的"中国药都"。到了1988年，清江撤县设市，不叫清江市，改叫樟树市，因为樟树镇后来居上，名气早就超过了清江县。樟树，就是这么牛的一个地方。

顾名思义，樟树市有很多樟树。山伯的药铺前就有一棵很大的樟树，遮天蔽日，所以他的药铺就叫樟树药铺。他这么一叫，樟树市的其他药店就没法起这个名字了。外地人到樟树来采购药材，导航"樟树药市"，本意是想去樟树市的整个药市，结果，导航直接把客人带到了山伯的药铺前，所以山家的生意特别好，不过山家药铺的品种也十分齐全，为客人所称道。

客人尤为赞叹山家的附子切片，切片呈半透明状，简直比包糖果的糯米纸还薄。这就是山家的炮制绝活，也是山伯外号得来的由来：一寸长的生附子，如果是外行切，最多只能切十几片；普通药工切，也就百八十片；

可山伯切，却能切三百六十片。片片薄如蝉翼。就这样，"三百六"就成了他的绰号，老山也爱听别人这么叫他。

药铺生意兴隆，按说三百六应该高兴，可家家都有一本难念的经：三百六的儿子山药对祖传的中药材炮制工艺不感兴趣。

中草药收上来，大多是生的，弄干净后，切成片状或块状，之后晒干或烘干，这样做一是为了储存，二是方便临床使用，三是减去毒性增加药性。山家的切片是全手工切制的。铡刀起起落落，药片欢蹦乱跳，屋里弥漫着药香。这工作十分机械，所以山药后来气恼地把铡刀一扔，站起来说："古代没电没机器，所以用手工；现在有电有机器，为什么还用手工？"

"不用手工，能叫传统炮制技艺吗？"坐在旁边净制党参的三百六从老花镜上方瞪了儿子一眼。儿子反驳道："您也太迂了，一些中草药，像黄芪、川芎、大黄之类，完全可以用机械切片，提高效率。"

"机器切片哪有手工切的好？用机器打出来的面都没有石磨磨出来的好吃，有股机器味儿。"

"天天压铡刀、滚碾槽、擂舂钵，您看我这胳膊，比健美教练的还粗！"

"既干了活儿，又健了身，有什么不好！"

"我讨厌这种枯燥乏味的工作！还有我的名字山药，大家都以为我是食品或药材！"儿子怒道。

"你姓山，出身药材世家，又从事药材行业，取名山药，名副其实嘛。"

"我不喜欢！我马上到派出所改名山大王！"

三百六一愣："你要落草为寇？"

"不，我要落单！如果您坚持不使用机器，那我们只好分家，您干你的传统手工切片，我干我的机器切片！"

"你用机器，只会败坏山家的名声！"

"哼，别以为您的传统有什么了不起：把附子切成三百六十片跟切成三十六片有什么区别？一样能把药味煎出来！"

这是儿子第一次怀疑他的能力、挑战他的权威！三百六霍地站起来，怒吼道："不求上进的东西，不学便罢，还敢否定老子……分家！"

山药从高中毕业后就在家里干活，到现在已干了十年，所以他提出财产对半分。三百六只有这么一个儿子，以后财产都是儿子的，所以便同意了。

樟帮药材的炮制，无论炒、浸、泡、炙，还是烘、晒、切、藏，均十分考究，独树一帜，所以樟树才能成为南北药材的集散和炮制中心。其制作工序，总的来说分为洗药、润药、切片、干燥四个流程，现在儿子才学到第三个工序就甩手不干了。其实干燥这个阶段更重要，因为药材分黏性、芳香、粉质、油质、色泽、根须、根皮、草叶八类，每一类的干燥法不同，火候各异，如果乱用，不是弄焦药材使其失去药性，就是水分没有根除掉，致使药材发霉变质，成为垃圾。

分家后，三百六沉默了几天。他见儿子不肯学，只好打破"传儿不传女，传媳不传婿"的祖训，把中药材炮制技艺传授给女儿，总比带进棺材强。令三百六高兴的是，女儿也算学徒，政府给他和女儿每月都发补助。

可女儿力弱，像切片这些力气活儿，有些吃不消。三百六只好跟老伴一起上阵。三把铡刀，一天到晚咔嚓咔嚓切个不停，跟比赛似的。

因为赌气，三百六对儿子不闻不问，只依稀听女儿说，儿子真的改名叫山大王了。派出所居然也同意了！山大王在北郊一家破产工厂租了几间厂房，将厂房粉刷一新，购了相关设备，成立了什么"三十六家药铺"，请了一些工人，自己当起了老板，出售的饮片，一律冠以"大王牌"。山大王闲着没事，就刻版画玩——药材、版画、剪纸是樟树市的"三绝"。

自从儿子另立门户后，三百六发现店里的生意不如从前了。外地药商到了樟树市，一般直奔三十六家药铺，因为他们的需求量大，其他药铺满足不了。就算三十六家药铺没有这么多存货，山大王也会大言不惭地拍着胸脯说："要多少有多少！明天一早装货，绝对耽误不了您的事！"夜里，他又是打电话又是发微信，从各家药铺调药，直至把商家所需的药材全部调齐……

时间一长，山大王就因店名得了个绰号"三十六"。三十六的名气渐渐盖过了三百六。在别处，如果有人说三十六大于三百六，听者会以为他是疯子，但在樟树市，那是千真万确的。

三十六脑瓜灵活，开药铺赚到钱后，他见来樟树市的药商多了，就又开了家旅馆。旅馆的名字就叫"七十二家房客",最大特点是:每个房间都配备了影碟机,经典电影《七十二家房客》和电视连续剧《七十二家房客》的碟片供应齐全。影视剧《七十二家房客》里的笑料多,能使住宿者开怀大笑,心情舒畅。有人为了看完长达一千四百七十四集的电视连续剧,不惜续住,所以旅馆的生意格外好。开旅馆成本低,利润比药铺还高。但三十六将旅馆赚到的钱,都投到药铺里去了。如此良性循环,他的药铺就越做越大,还在全国各地设了三十六家分店。

三百六被儿子打败,自然不服气。为了促销,他发挥女儿会剪纸的优势,凡是到樟树药市来进货的,都赠送剪纸。可这一招很快被三十六学去了,三十六宣布,凡是到三十六家药铺购货的,均赠送樟树版画一张。那可是真正的樟树版画。三十六刻的版画,用的都是木质细腻的樟木,有股淡淡的樟脑味。所刻内容,是各种各样的中草药,既可当艺术品欣赏,又可作为中草药的标识,比如栀子版画,往大袋栀子上一挂,就知道这袋是栀子,无须写字,多快好省。

后来三百六的心态渐渐平和,长江后浪推前浪,儿子超过老子,那是必然的,如果一代不如一代,人类怎么发展?不过有一点,三百六始终没有弄明白,那就是:儿子并没有学樟帮药材制作工序的最后一个流程——干燥,那他生产的饮片是如何过关并且畅销的?药材切片,手工也好,机器也罢,你总要把它弄干了,这可是技术的关键,不知这小子是怎么蒙混过关的。

这天傍晚,三百六饭后散步,不知不觉来到三十六家药铺的生产厂区。副厂长认得他,就邀他进来指导。副厂长知道山家父子一直闹别扭,三百六一次也没来过这里。三百六问:"你们厂长呢?""出差了。"

哦,儿子不在,可以到他们车间看看,以解开自己心中的谜团。三百六跟副厂长往里走。穿戴上头罩、口罩、白大褂和鞋套后,他挨个参观了原料仓库、润药车间、洗药车间、切片车间,看到筒形润药机、筛选机、风选机、振动筛、洗药机、切药机、离心旋料式切片机等正在轰鸣着有序作业,效率比手工高多了,而且机器切片,厚薄一致,不像手工,时厚时薄。副厂长介绍,切片的厚度可以调整,根据不同的药材而定。

"不过再怎么调整，一寸长的生附子也难以切到三百六十片，所以还是您老厉害！"副厂长说。三百六一时不知这话是赞扬还是奉承。

三百六谦逊道："切成三百六十片，只是显示刀工和手艺，其实用处不大——切那么薄，熬药时一熬就化了。饮片干燥车间在哪儿？"他最关心的是这个。

"前面请！这个车间是我们的核心车间，技术含量最高，车间也最大，分为炒药和干燥两个班。"

一进该车间，三百六就眼花缭乱，目瞪口呆，只见蒸汽发生器、蒸煮锅、炼蜜锅、煅药锅、炒药机、烘干机、粉碎机、轧扁机等各就各位，奋力工作，忙而不乱，空气中弥漫着甜腻的药香。

在炒药班，一名工人正挥舞着铁铲往电磁炒药机里投放生枳实。旁边的储藏仓堆着刚炒好的枳实，散发出阵阵浓郁的香味。三百六上前，拿起一片枳实细看，黄而不焦，香气回溢，火候把控得恰到好处。

副厂长告诉他，厂里这两年购了不少机器，现在切药、炒药、烘干、包装等多个工序都实现了自动化作业。原本需要四五个人操作的炒药环节，引进炒药机后，只需要一名工人就能操作，而且每天的产量是手工的四十多倍。

"温度怎么控制？"三百六提出了心中的疑问。

"温度是可以调节的。"

"我是说，每种药材的加工、烘干温度是不一样的，山药没在我这儿学过，他是怎么知道的？"三百六还是叫儿子的原名。

副厂长抱歉地笑了笑："山叔，这是我们厂的商业秘密，不便奉告。"

三百六听后有些不悦，但不好发作，就改变话题问："加工后的饮片，你们是怎么保持干燥的？"

"我们在每个车间都装有除湿机，成品一生产出来就立即进行真空包装。"副厂长说完，把三百六引到中药饮片包装机和打包机前参观。

三百六大开眼界，感慨万千。就产量而言，自己的手工作坊是难以跟机械化生产匹敌的，难怪三十六家药铺超过了樟树药铺。

"尽管厂里努力实现机械化，但人工炮制技术永远不会过时。人工炮制的最大优点是可以把关药材的品质，将那些变质腐烂、大小不合适的中药材剔除掉，在蒸煮、煅药阶段，每时每刻都有人看守，什么时候该放什么药，火候多大，都有很严格的讲究，这是机器做不到的。所以我们专门开辟了一个手工炮制车间，那些没法用机械炮制的药材，都需要用手工炮制。"

在该车间，十几名学徒正在老药工的指导下，专心致志地切药、蒸煮、煅药。副厂长告诉三百六，由于学习过程枯燥，从学徒到出师要经历七八年，很多年轻人不愿意干，不少老药工也流失了。不过政府出台政策鼓励企业的老药工带徒传承技术后，情况就好了很多。根据政策，带学徒的老药工每月可领一千八百元的补贴款，学徒每月也能获得一千二百元的补贴款。这样，师徒双方的积极性就大大提高了。

两人出来时，正巧一辆小轿车停到了院子里。山大王三十六从车上下来。副厂长打招呼："厂长回来了？"三十六说："把供销合同一签完，我就提前回来了——厂里事情这么多，我放心不下呀！"

三百六说："回来得正好！我正要问你，那些饮片干燥的核心技术，你是从哪儿学来的？"

因三百六几乎从头遮到脚，三十六一开始没注意，也没认出他来。现在听对方一说话，才知是父亲。三十六笑道："子承父业，肯定是从您那儿学来的。"

"可我并没有教过你。"

"老爸，来，我让您见识一下什么叫远程教学。"三十六说完，把父亲带到办公室，打开电脑，里面马上出现一段炒药的视频：三百六一边炒，一边细心地教女儿翻炒的频率、火候的大小、药材的色泽……

"这是怎么回事？"三百六瞪大了眼睛。

"老爸，事到如今，我都告诉你吧：我分家出来，一是想引进机器扩大生产规模，樟树'中国药都'这块牌子，不但质要上去，量也要跟着上去，没有机器可不行；二是妹妹一直想学中药材炮制工艺，可你在'传媳不传女'的陈腐观念下，硬是不教她。没办法，我只好跟妹妹串通，分家单干，这样一来，你就只好教她了。可我还没出师，怎么办？您平时蒸煮、煅药时，我也看到过。至于其中的核心技术，妹妹学会后讲给我，还有你的教学直播，这跟在现场学没有什么两样。"

三百六恍然大悟："好呀，原来丫头在蒸煮、煅药作坊都安了摄像头！"

三十六笑道："爸，我想聘请您当我们厂的顾问，专门就技术，尤其是手工炮制车间的各种关键技术进行指点，您看……"

"一家人说啥两家话，什么聘不聘的，我过来指导就是了！"

副厂长在一旁打哈哈说："顾问顾问，顾得过来就问，顾不过来就不问。"

三百六认真说道："顾不过来也要问！"

大家一起笑了。

（2021年2月获中共樟树市委宣传部、樟树市文化广电新闻出版和旅游局、樟树市文学艺术界联合会联合主办的全国"樟树中医药文化故事"征文优秀奖。原载《普宁文艺》2022年第2期。）

第三辑

红色故事

神 眼

　　冯侠是象牙微雕大师，在上海市大新路开了家象牙微雕店。店内的微雕作品琳琅满目，包括正流行的象牙表坠、别针、袖扣、领带夹、戒指面等。不少人惊讶于冯侠的精湛技术，称他为"神眼"。

　　这天，好友带来一名二十多岁的小伙子。后生自称梁放，要拜冯侠为师，学习象牙微雕。冯侠上下打量着梁放，见他神情拘谨，不停地摩挲满是硬茧的双手。冯侠看他似乎不是干这一行的料，但碍于好友情面，不便一口回绝，就问："你之前接触过象牙微雕吗？"

　　梁放憨厚一笑，说没有，并说自己一直在银器店当学徒，在银器餐具上刻画图案，银雕只要求形似，没有什么欣赏价值，所以想转行学象牙微雕。"牙雕比银雕有前途，你看这个象牙微雕，只有银币一般大，售价却高达七十大洋！"他指着玻璃柜台里的一个作品说。

　　冯侠笑了："那可是物有所值的。这个牙雕，一面刻有苏东坡《前赤壁赋》五百四十三个字，另一面刻有《夜游赤壁图》，卖七十大洋一点儿也不贵。"

　　好友适时插嘴："小梁就是慕名而来的。他很勤奋，一直以来白天工作，晚上学习画画，有一定的国画基础。他制作出来的银器雕花，都比别人的有立体感。冯大师，你就收下他吧！"

　　冯侠还能再说什么呢？他只好点头答应。

　　第二天，冯侠给梁放制作了一副修表师傅戴的那种眼镜，又制作了几个牙雕工具，就教梁放雕起象牙来。

　　因为象牙很名贵，初学者都是从边角料的象牙米雕起。象牙米有大有小，大的跟米粒差不多，小的只有芝麻一般大。

梁放的大手几乎都拿不住象牙米，不是拈不起，就是常常掉到地上，半天也捡不起来，有时象牙米干脆就卡在他手上的裂纹里。冯侠看了直摇头。

教了几个月，梁放只能在象牙米上雕刻两三个笔画简单的汉字。这哪儿能成呢？想当年，冯侠在梁放这个年纪，已经在米粒大小的象牙上刻出了五十二个字，大大超越了别人。

看来梁放不是雕象牙的料儿，不过他手脚勤快，嘴也甜，会推销，相当于请了个店员，所以冯侠一直让他留在店里。

店里原有一个叫老程的店员，现在有梁放来当帮手，他就轻松多了。没有顾客时，梁放就待在工作台后面苦练微雕。

冯侠发现，自梁放来了之后，经常有各种各样的人来找他，有的是来买象牙微雕，有的则纯粹找他聊天，可见梁放在银器店当学徒时结交了不少朋友。

关于这一点，冯侠并不反对，人们常来，正好可以增添店内的人气。为此，他还根据梁放的建议，在店堂里放置桌椅，订阅《申报》，免费提供茶水，供顾客们休息说事、鉴赏牙雕、洽谈生意。这样一来，店内的人气更旺了，销售额也上了一个台阶。

冯侠见状，就全身心待在工作室内，以超脱的刀法，将人物走兽、花鸟鱼虫等图案镌刻到象牙上，雕出了一批象牙花瓶、花碟、四屏等作品，令人叹为观止。

雕累了，他就到店堂走走，伸一下懒腰，了解一下销售情况。

冯侠发现，店里常来一个留分头的年轻顾客，喜欢用手指敲击桌面，显得很悠闲，有时到玻璃柜台看牙雕，手指也敲个不停。细看那人的手指，细长苍白，右手留较长的指甲，左手的指甲却剪得很短，所以敲出来的声音，右手是"嗑嗑嗑"，左手是"笃笃笃"。有一次冯侠忍不住问："先生是弹钢琴的吗？"那人笑笑说："是呀，但琴声只能听，不能看。你们的微雕，才是真正的艺术品。"冯侠习惯地一拱手："谢谢光临！"

店打烊时，老程向冯侠反映：分头每次来，都要买一个微雕，但买时很挑剔，他推荐的，分头一个也看不上。在分头失望欲走时，梁放及时过来，每次都能说到分头的心里去，让分头愉快地掏钱买上一个微雕。

老程说出他的担心："分头有些像特务，会不会是过来踩点的？"

冯侠也觉得有些蹊跷。按理说，分头既然喜欢微雕，为什么每次只买一件，而且只买梁放推荐的？他忍不住去问梁放。

"因为我推荐时，能根据他的心理，分析象牙的质地、雕刻的纹理、图案的寓意，每次都能说到他的心坎上，所以他一般都会买下来。"梁放说。

"那为什么不多买几件？"冯侠仍有疑问。

梁放笑笑："他那么年轻，哪来那么多钱嘛。要等到有了闲钱后，才敢过来买一个把玩。买时挑三拣四，也就可以理解了。"

冯侠想想也是，就说："管他是什么人，来的都是客，咱们又没做违法的生意，怕什么？"

几天后，店里来了几个形迹可疑的人，也不买东西，而是留意每一位进店的顾客。一会儿，分头进来，照例坐到角落的报架前看报。冯侠恰好在店堂，就仔细观察分头。这次分头没有用双手敲桌面，但他右脚的皮鞋却悠闲地点击地面，左脚的皮鞋还不时碰一下桌腿。冯侠打算向分头推荐一款时兴的象牙领带夹，但他这次没过来买微雕，翻完报纸就出去了。

一会儿，一个光头带了几个人进来，下令对店里进行搜查。冯侠问："你们是……"光头把证件一亮："调查局的。""敝店守法经营，有什么可调查的？""共党五号电台就设在这里！"光头面无表情地说。

一个矮子冷笑："哼，象牙微雕店，表面搞微雕，背后却发微波——暗藏电台！"

"这……这怎么可能，店里就我们仨，电台是方是圆我们都不知道！"冯侠张口结舌。看看老程，脸像纸一样苍白。梁放也被吓坏了，哆嗦得说不出话来。

"搜！"光头一挥手，特务就搜了起来。可他们将店里里外外搜了个遍，连个电台的影子也没有。

出来时，光头逼问矮子："郑二，你他娘的竟敢提供假情报骗我们？"郑二连忙说："队长息怒。我确实听我的上线说过，五号电台就设在大新路的象牙微雕店里。""那上线呢？""跑了。"

"我告诉你，姓郑的，我们用机器监测过，发现这里并没有电波。现在搜查，也一无所获。你如何解释？"光头忍着火气问。

"可、可能有人是走漏了消息，电台提前撤了……"郑二急出了汗。

"骗鬼去吧！"光头骂道。两个特务把郑二架到偏僻处，"砰砰"两枪将其击毙。

此后，冯侠多留了个心眼，难道老程或梁放是共产党？他仔细观察，发现两人谨小慎微，唯唯诺诺，都不像是共产党。特别是梁放，推销之余，他就待在工作台后边练习微雕，一副与世无争的样子。

可奇怪的是，此后敌人经常到店里搜查，也没搜出个所以然来，直到上海解放后。

解放军入城那天，老程跑去看热闹，梁放过来向冯侠告辞："我的最终目标不是搞微雕，电台的使命也完成了，现奉命归队，谢谢冯老板多年来的照顾。"

冯侠大吃一惊："啊，店里真有电台？可我细细看过你的房间，没有哇！"梁放只笑笑，也没多说什么，离开店时，也是打空手走的。

几年后，冯侠在一本文史资料里看到梁放写的回忆文章，才知道他是中共地下党的报务员，潜入象牙微雕店后，代号为"五号电台"。他也用摩尔斯电码，只是不用无线电发报，所以敌人的机器监测不到。那个经常到店里来的分头，是梁放的一个同志，也是发报方面的行家里手。分头用手指敲击桌面，其实是在向梁放发报，"嗑"代表短音"嘀"，"笃"代表长音"嗒"，每五个音组成一个阿拉伯数字，每四个数字代表一个汉字。梁放收到情报后，就将情报刻到象牙米上，交通员过来买微雕时，他就趁机把微雕情报塞到交通员的手里。敌人那次来搜店，分头正好进来，发现没法敲击桌面发报，就假装看报纸，用皮鞋点击地面（"嘀"）和碰撞桌腿（"嗒"）向梁放发报，告诉他郑二叛变。郑二没有直接跟梁放和分头联络过，所以认不出他们。郑二被击毙后，梁放及时把消息传递了出去。

"我从小就接触牙雕，雕刻象牙微雕是我的业余爱好，在象牙米上刻百八十字毫无问题。情报一般都很短，所以，分头那边一发完报，我这边也刻好了。"梁放在回忆录中说："闲来无事，我曾在象牙米上刻过孙中山的遗嘱全文。刻完后，那粒象牙米落到工作台的缝隙里卡住了，我也懒得取出来……"

冯侠跑去看那张工作台，桌缝里果然卡着一粒象牙米。他拿镊子取出象牙米，用放大镜细看，一百五十四个正楷小字刻得秀气且工整。冯侠不禁慨叹："你才是真正的神眼哪！"

（原载《乡土·野马渡》2022 年第 10 期。）

巧打油库

这年夏天，日军占领了华南海滨的一个县城后，在那儿建了一个总油库，把从海上运来的汽油都存在那儿，之后再运至各个据点。

油库说白了，就是在山坡上修一个带盖的水泥大池子，内壁刷一层防渗的涂料。油轮一到，就用管子把汽油抽到池子里。池子下方安有水龙头。油库鬼子的工作，一是守卫，二是把汽油分装到油桶里，再源源不断地运往各个据点。

令鬼子苦恼的是，由于沦陷区军民坚壁清野，钢铁奇缺，能装汽油的铁油桶很少。为了解决这一问题，鬼子少佐龟田把维持会会长二叔公找来，要他带汉奸到老百姓家中搜刮铁器，炼成铁水，制造汽油桶，解决无铁桶装油的问题。

二叔公是当地锡矿的矿主，出任维持会会长是为了保住他的矿山。他以为只是顶个虚名，哪知现在鬼子让他干实事，而且此事还甚为棘手。

从油库回来，二叔公唉声叹气。鬼子说得轻巧，从老百姓家中搜刮铁器，那可是要得罪人的呀，弄不好，自己就成了抗日壮丁团的锄奸对象，可不去做的话，鬼子那一关怎么过？二叔公愁得茶饭不思，一个劲儿地抽水烟斗，头发大把大把地往下掉。

傍晚，家里来了一位不速之客。二叔公一看，吓了一跳，来人便是抗日壮丁团的团长梁云飞。梁云飞说："二叔公，你出任维持会会长，只能糊弄鬼子，不能真干祸害老百姓的事；如有可能，你还要给我们提供鬼子的情报。"

二叔公连忙点头说："我也是中国人，出任这个狗屁会长是为了保住矿山，哪知……我也不想为鬼子做事，可鬼子把事情摊到我头上，我该咋办？"

"鬼子叫你干啥？"梁云飞问。

"鬼子叫我到老百姓家中搜刮铁器，制造汽油桶，因为各个据点的汽油桶大多锈坏了。"二叔公如实相告。

"老百姓家中的铁器就只剩下锄头、菜刀、铁锅，你搜刮了去，他们还怎么生产生活？"梁云飞严肃道。

二叔公苦着脸说："这我也知道。可我在鬼子面前咋个交差呀？"

"你自己想办法，谁叫你当维持会会长！"

二叔公只好唉声叹气。过了一会儿，梁云飞说："你矿上不是有很多锡锭吗？你叫鬼子把各个据点的烂油桶收上来，用白锡焊一下，不就能用了吗？"

二叔公眼睛一亮，这倒是个办法！虽说贴些白锡进去，可总比脑袋搬家强啊。就点头哈腰地说："这主意好，我明天就去向鬼子汇报。"

"我认识几个焊工，到时我叫他们来帮帮忙。"梁云飞说完便告辞了。二叔公心里想：梁云飞无非是想趁机派人来侦察油库。

第二天，二叔公去见龟田，说："本县地瘠民穷，皇军到来是为了'亲善'，如果向老百姓搜刮铁器，必会激起他们反抗，于皇军的统治不利。再说，老百姓的铁器五花八门，锈迹斑斑，质量极差，用这些废铁制成的油桶，也不耐用。"

"那你说该怎么办？"龟田问。

二叔公谄媚道："皇军的油桶，是用贵国上乘的钢铁制造的，质量那叫一个好，只是用的时间长了，磨损了。恰好鄙矿存有一些锡锭，完全可以用锡把那些烂油桶修补一下继续用。"

龟田想了想，觉得这个办法可行，因为即使把老百姓的铁器搜刮上来，还要炼铁与制造，耗工耗时耗财，还是修补烂油桶来得快。就说："那好，从明天起，给各个据点送汽油时，顺便把烂油桶拉回来。你的，负责修补。"

"就在油库修补吗？"二叔公也想为抗日壮丁团做点事。哪知龟田一摆手说："油库重地，闲人免进。修补油桶，就在你的矿上进行。修补好了，我再派人拉进油库就是了。"

二叔公略略失望。

黄昏，梁云飞又到了二叔公家。二叔公如实相告。梁云飞说："不要紧，我派人来纯粹是帮你忙，他们个个都是焊接高手。"

　　第二天，矿山的小广场上堆满了鬼子拉来的烂油桶。焊工们埋头焊接起来。鬼子派兵在旁边监视他们。

　　油桶焊好后，鬼子拉去装汽油，效果非常好。龟田高兴地向二叔公竖起了大拇指。二叔公既没得罪抗日壮丁团，又没得罪鬼子，忍不住沾沾自喜。

　　此后，鬼子从各个据点拉回来的空油桶，无论好坏，都先卸到矿山的小广场，因为他们懒得分类。焊工们因有鬼子在旁边监督，干活都格外卖力，把烂油桶焊得严丝合缝，又把好油桶加固好。二叔公看后有些鄙夷："啥子抗日壮丁团，一群乌合之众——给日本人干活用得着这么认真吗？还骂我是汉奸，哼！"

　　到了秋天，龟田因给各个据点运送汽油有功，被晋升为中佐。油库的鬼子为此庆贺了一番。

　　"秋老虎"过后，天气很快凉了下来。

　　到了冬天，龟田陆续接到各个据点的电话，说那些运来的桶装汽油漏油了。难道油桶没有焊好？龟田跑到油库检查，每个油桶都焊得好好的，装上汽油也一滴不漏。这就奇怪了，在我这儿不漏，运到据点就漏，这明显是各个据点的联队长嫉妒我晋升为中佐！因此各据点再打电话来，龟田一概不予理睬。

　　天气越来越冷，对皇军不利的消息一个接一个传来：北边的据点相继被抗日壮丁团拿下。他们拿下据点的手法千篇一律，都是先打汽油存放点，趁存放点爆炸起火之际，再攻下据点。而他们打汽油存放点的手法也很简单：用"三八大盖"在七八百米外朝汽油存放点打枪，存放点马上就会起火。桶装汽油虽然放在室内，但因为漏油，汽油从门缝流到室外，一着火就燃烧起来……

　　油桶果然漏油了！那为什么从总油库起运时没有漏，运到据点就漏了？维持会会长在搞什么鬼？龟田下令去抓二叔公。可二叔公已不知去向。

　　第二天，龟田起来后，感觉气温又降了些，忍不住打了个喷嚏。有士兵跑过来报告说："那些装满汽油的油桶都在漏油，怎么办？"

181

"漏油？昨天检查还是好好的，怎么会突然漏油？"龟田不信，疾步走过去看，油桶果然在漏油。漏出的汽油流到了屋外，空气中弥漫着浓烈的汽油味儿。

砰！不知从哪里射来一枪，地面上的汽油马上腾地燃烧起来。附近几个鬼子身上着了火，边跑边叫。油库外面响起了炒豆般的枪声。"不好，抗日壮丁团来了！"龟田连忙龟缩进地堡，下令士兵们抵抗。

很快，那些桶装汽油接连爆炸，声音震耳欲聋。最后，汽油池子也爆炸了，那声音更是如山崩海啸一般。龟田被震得昏了过去。等他醒来时，已经成了俘虏。看看总油库，已是烈焰冲天，大火映红了半边天。

龟田看到二叔公就在旁边，忍不住咆哮道："你的良心大大地坏，焊接时做了什么手脚，油桶看着好好的，为什么突然漏油？"

二叔公习惯性地畏惧地说："又不是我焊的，我怎么知道。"

梁云飞说："其实那些焊工焊接得很好，没做任何手脚。要说做手脚，仅仅是把好油桶暗暗凿穿，再用白锡焊上。焊接技术是没有丝毫问题的。"

"那为什么说漏油就漏油？"龟田喘着粗气问。

"这跟天气有关。"梁云飞淡淡地说。

"天气？"在场的人，包括二叔公在内，都愣住了。

梁云飞说，锡有两种晶体，在13.2℃以上，锡就是普通的白锡，但在13.2℃以下，它就会变成灰锡。灰锡是粉末状的。油桶上的白锡一旦变成灰锡，油桶就开始漏油。开始时，为什么只在各据点漏？因为各据点都在总油库的北边，冬天到来，那里最先降温。

二叔公这个锡矿矿主都听得目瞪口呆，更别说龟田了。龟田不服气地问梁云飞："这些知识，你一个农民是怎么知道的？我一个高中毕业生都没有听说过！"

梁云飞鄙夷道："我是东京大学化学系的留学生，抗战爆发后，我就回国了。没想到，在作战时，我还把学到的化学知识用上了！"

龟田一听，像只泄了气的皮球，一下子瘫软在地。

（原载《故事会》2020年第12期下半月刊。）

铁　炮

一、河豚

梁春帆家是开铁矿的，他到日本下关学习爆破技术时，喜欢上了该国第一菜——河豚。他家在浙江沿海，此前也吃过河豚，但没有日本人做得这么精致。

吃完后，梁春帆去跟大厨说自己想学习河豚的烹饪技术。大厨告诉他，教可以，但一条河豚的加工程序多达三十道，要通过政府的河豚处理资格考试后才能上岗。这考试很难考，每年有一半以上报名的人考不过。

原来，河豚虽细嫩鲜美，却有毒，尤其是其肝脏、卵巢、眼球、胆、血液，毒性更强，而且毒性发作迅速，没有解药。但日本人喜欢猎奇，抵挡不住河豚的美味，明知有毒，还是要吃。甚至有一位诗人写过俳句："没有勇气吃河豚的人，也就没有资格看富士山。"政府只好制定河豚加工烹饪条例，使食用河豚有法可依。

梁春帆发现，跟大厨学河豚烹调的人还不少，当然中国人只有他一个。在日本学员中，有一个叫坳底的，来自东京，是个话痨，一说起河豚，常常眉飞色舞道："河豚是鱼中极品，在世界各国禁吃河豚的时候，我们日本就已把河豚吃出了花样。"

梁春帆说："中国古代也有食用河豚的记载，还流传下来一句俗语：拼死吃河豚……"

"说到吃河豚，我们谁也不服！日本是世界上第一个吃河豚的国家！"坳底来劲儿了。

"有史料记载吗？"梁春帆心平气和地问。

"这……"坳底语塞，之后改变了话题，"我们日本之所以热衷吃河豚，还因为这是一种祈福行为，'河豚'和'福'在日语中发音相同。每年十月到次年三月，都是日本吃河豚的最佳时候，这段时间的河豚肉质紧实鲜美。"

梁春帆笑笑说："在我老家绿荫城，一年四季都可以吃河豚，这没啥稀奇的。"

"不可能吧。三月份以后，河豚进入繁殖期，这个时候的河豚毒性最强，就不能再吃了。"

"对于勤劳勇敢的中国人来说，没有什么是不可能的。"

"那你跑我们这儿来学河豚加工干什么？"坳底怒道。

"美味是没有国界的。"

后来考试，只有三分之一的人通过了，梁春帆得分最高。坳底没有过关，只好继续学。

梁春帆在下关待了两年。回国前，当地举办河豚烹饪比赛，梁春帆为了试一试自己的技艺，报名参加，结果荣获冠军，因为他在烹调中融进了中国元素，令评委啧啧称赞。

二、乌狼鲞

回国后，梁春帆把爆破技术传授给矿上的工人，就向父亲要了一笔钱，在绿荫城开了家名为"铁炮"的餐馆，主打菜便是河豚。

为什么把店名叫铁炮？众人问他，他笑而不答。大家猜测，众说纷纭。铁炮一炮打响，食客一天比一天多，因为该店的河豚的确鲜美异常。到铁炮吃河豚，成了人们请客吃饭的首选。

梁春帆当时对坳底说绿荫城一年四季都可以吃河豚，一点儿不假。只是四月至九月是吃河豚干，当地叫乌狼鲞。秋冬季节，渔民捕上来河豚，如果新鲜的卖不完，就把内脏去掉，洗干净泡在盐水里腌，之后晒干，便成了乌狼鲞。这乌狼鲞无论清蒸还是红烧，都非常美味。日本人没有这种吃法，所以他们要断炊半年。

给梁春帆供货的渔民主要是他小时候的玩伴白石。白家制作的乌狼鲞质量最好。他们根据长期积累的经验，处理时从河豚背部剖开，去除有毒的部分。如果从其他地方下刀，都有可能把毒腺弄破，污染了鱼肉。之后反复清洗，撒上海盐，先在烈日下暴晒，再置于炭火上烘烤，就制成了坚硬如树皮的乌狼鲞。

没几年，梁春帆靠卖河豚赚了个盆满钵满。有人说，他的铁炮挣得比他爹的铁矿还多。

梁春帆在绿荫城的黄金地段修了栋高大坚固的碉楼，一至三层全部用于营业，扩大了河豚的经营规模。渐渐地，此楼便成了绿荫城的标志性建筑，人们管它叫铁炮楼。

正当梁春帆打算到周边城市开设分店的时候，日本人攻了进来。铁炮楼搬不走，梁春帆只得留下来看看风向再说。为了防止意外，他把家小都转到了乡下。

"春帆君，别来无恙？"这天，梁春帆正在清点库存的乌狼鲞，一个鬼子军官带着几个士兵闯了进来，用日语问话。梁春帆定睛一看，来人竟是坳底，他已是上尉军衔，趾高气扬。

"你开河豚店，我早已派人侦查过，这次绿荫城行动，我向大队长提出，由我前来，为的就是跟梁老板一晤。自从上次离别，我们也有十二三年没见面了吧？"坳底边说边打量四周。

梁春帆冷冷道："时间是不短了，没想到你改行了。"

坳底摇摇头："没有改行。那个河豚处理资格考试，我考了五年都没过，后来就去当了屠夫，前年应征入伍，现任中队长。此次到绿荫城，除了公务，还有一件私事，就是想尝尝你做的河豚。"

"我要是不做呢？"

"你说过的，美味没有国界。现在是四月份，日本早已没有河豚吃了。你曾说绿荫城一年四季都可以吃河豚，我倒要看看是真是假。"

梁春帆把一只乌狼鲞抛给坳底。坳底接住，睁大眼睛看了半天才认出来："这是河豚干？河豚还能制成干货？"

"这种吃法，你们日本没有吧？"

"这干得像树皮，还会有鲜味吗？"坳底嗅了嗅手中的乌狼鲞。

恰好店里有一盆已用水发好了的河豚干，梁春帆就给坳底做了一碗乌狼鲞红烧五花肉。他端上来时，坳底示意他先吃。梁春帆笑笑，夹了几块吃了起来。坳底这才开始吃，边吃边点头："哟西，虽说没有新鲜河豚那么肥美，但味道也不错。等战争结束，我要把这道菜带回日本。"

"为什么要等到战争结束，你们现在就撤回去不行吗？"

"不行，我们要建立'大东亚共荣圈'。"

"共荣共荣，你们一来，人都跑光了，我这生意都没法做了！"

"那就给我们做，我们照样给钱。本来，我准备把你这栋碉楼征做炮楼用的，现在，美味让我改变了主意。"

果然，鬼子征集民夫在路口另修了座炮楼，兵营则设在旁边的小学里。梁春帆和厨师们想跑，但已经跑不脱了，到处都是鬼子的哨卡，他们只好为敌人服务。梁春帆做菜时，坳底派了三个火头军过来帮忙，名为帮忙，其实是监督，怕他投毒。鬼子到店里吃饭，倒也付钱，因为知道老板跟中队长是旧识。付钱时，随军记者拍了照片，并登到汉奸报纸上，宣扬沦陷区的"歌舞升平"。

因为坐吃山空，乌狼鲞的库存很快就要见底了。这天白石进城，梁春帆叫他快运些乌狼鲞救急。白石不满道："你咋个为鬼子服务？"梁春帆唉声叹气道："没办法，鬼子军官是我当年学河豚厨艺时的同学。"

"那又咋样？他既然打上门来，就是咱们的死敌！"

"他们吃饭也给钱。"

"那还不是抢来的！你这是变相发国难财！"

梁春帆生气了："那我怎么办，跑又跑不脱……"

"鬼子攻城前，我就劝你走，你又舍不得你的家产！"

梁春帆见白石不肯帮忙，只好派人到处购买乌狼鲞，收上来的勉强够鬼子们吃。

一个月后，白石突然运来了一船优质乌狼鲞，梁春帆喜出望外。白石叹了口气："我们渔家就靠这个过日子，不卖出去，连买米的钱都没有。兵荒马乱的，大家都不容易，能保住性命就算不错了。"

可收了白石那船乌狼鲞后，梁春帆仍然派人到处收购乌狼鲞。难道他想扩大规模？

鬼子们吃了河豚干，感觉好像回到了家乡，不少人叽里呱啦地唱起了民谣，外出"扫荡"也屡屡得手。

三、盂兰盆节

很快到了农历七月。坳底决定在盂兰盆节那天举行聚餐，进一步提振士气。这个节在日本是倭人安慰祖先亡灵的，现在坳底决定用来安慰士兵的亡灵。

聚餐就少不了河豚，虽然现在鲜河豚还没上市，但乌狼鲞也可以。做菜自然是在梁春帆的店里，坳底派十个士兵前去帮忙，同时也是为了监督。乌狼鲞系列菜肴一做好，士兵们就用大盆子端到小学来。鬼子们把学生桌凳搬到操场上，坐好，横排和竖排都整齐，很有气势。端菜的士兵把菜分到每个人的饭盒里。一时香气扑鼻，鬼子们馋涎欲滴，可长官还在训话，便只得咽口水。坳底话一讲完，鬼子们就端起饭盒狼吞虎咽，只有那几个当官的还在你来我往地相互敬酒。

一会儿，鬼子们的饭盒就见了底，个个心满意足地吃完了。可没过多久，他们就感到口唇麻木，胃部不适，恶心腹痛，四肢乏力，呼吸困难。鬼子们言语不清地啊啊乱叫，想吐又吐不出，不少人倒在地上。刚才还整齐划一的方阵，一下子变得歪七扭八。

坳底大惊：中毒了！

坳底把那几个端菜的士兵叫来："你们没有全程监督做菜过程吗？"

端菜的士兵因为分菜，最后才吃，吃得不多，因而中毒较轻。"监督了，包括我们那三个学艺的火头军，做菜的过程跟平时一样。"士兵回道。

"快叫医官！"坳底大喊。

可医官的心跳已骤停，尸体正在慢慢变凉。

"快去抓住梁春帆，良心大大地坏！"

十几个幸存的鬼子端起枪直奔铁炮楼，但整栋楼已空空如也。再到哨卡去看，放哨的士兵也倒在了地上，旁边放着半盆没有吃完的清蒸乌狼鲞。

"快追！"坳底挥动指挥刀。

鬼子们追了一阵，毒性发作，虽然量少不致命，但也全身乏力，跑不动了。

坳底只好悻悻回来。路过铁炮楼时，他驻足看了一会儿店名，喃喃道："真是铁炮呀，一般打不准，一旦打准，那就要命……"

原来，铁炮是东京人对河豚的戏称。

那为什么梁春帆以前做的乌狼鲞无毒，这次聚餐就有毒了呢？原来他这次用的是白石新近给他运的那一船乌狼鲞。

白石那次见劝梁春帆无效后，十分气愤，就想要他好看，便故意在河豚毒素最强的季节捕来一船河豚。之后，他戴上胶手套，把河豚剖开，将有毒的肝脏、卵巢、眼球、鱼胆、血液等在石臼里捣成浆，再抹到鱼肉上，让毒素渗进去。略略晒干后，就运给梁春帆。

梁春帆跟河豚打了多年交道，自然一眼便看出其中的端倪了。他知道这是好友对他为鬼子做菜的愤慨，所以没有声张，收下后放到一边，仍派人四处购买无毒的乌狼鲞做给鬼子吃，因为他知道，一旦发生中毒事件，他和厨师们都跑不了。直到坳底准备聚餐，他才下定决心，因为前几天鬼子袭击矿山，把他父亲和厨师们的家人都打死了，他们决定豁出去为亲人报仇。鬼子来中国前从未接触过乌狼鲞，无法从食材上分辨出有毒无毒，因而当了亡灵。

（原载《故事会》2022 年第 8 期下半月刊。）

海岛棉

鬼子侵占海南岛后，当地的海岛棉也进入了收获期。因此，军部命令侵琼混成旅团征集棉花，为侵桂日军制作御寒的棉衣。

海岛棉纤维细长，富有丝光，强力高，是棉花中最好的一种。鬼子混成旅团旅团长洞井得令，马上加大征棉力度，可没有一个棉农主动前来交棉。征不到就抢。洞井带兵来到棉田，可棉农早跑光了，连个人影也没找到。洞井真恨不得一把火烧了棉田，可这样一来，征棉任务就没法完成，便只好叫士兵去摘。可鬼子哪干过这个？摘得笨手笨脚。游击队趁机偷袭，鬼子摘下来的棉花还不够他们堵伤口用。

更令洞井恼火的是，他第二天再到棉田时，发现地里的棉花已全部被摘完，原来游击队组织棉农连夜摘了棉花。

为保卫棉花，许多村庄组织起了游击队。其中，战功最卓著的是都结率领的那支游击队。

都结早年在广州上大学，抗战爆发后投笔从戎。海南岛沦陷不久，他便来到黎母岭一带打游击，不想却在守善村邂逅了当年的导师冠岩。

师生相聚，格外高兴。都结一问才知道，原来广州沦陷后，冠岩知道海南岛也难保了，就辞去教职，回家乡组织民众自救。果不其然，海南岛很快落入敌手。为了不让鬼子征集棉花，冠岩天天带领民众抢收棉花，之后坚壁清野，鬼子几次进村烧杀，都一无所获。现在都结的游击队开进这个村子，鬼子更是别想从这里抢走一朵棉花！

"冠教授，你尽管组织大伙儿抢收棉花，打鬼子这事有我们！"都结信心百倍地说。

这天，游击队得到情报，鬼子又要进村抢棉花。都结马上带领队员埋伏在村口的椰林中，待鬼子一进入伏击区，就一齐开枪。半个时辰后，被全部消灭了！

此后，鬼子又来偷袭了几次，但都被游击队消灭了。很快，这支神勇的游击队就在附近几个村子被传为佳话。

这天，都结对冠岩说："抢收棉花的工作已基本结束，这些打包好的棉花如果老藏在地道里容易捂坏，琼崖纵队司令部指示我们，把棉花集中起来，连夜运过北部湾，从广西输往第四战区。"

冠岩说："可是没有船只，许多木船都被鬼子烧掉了。"都结说："沦陷前，我们在后水湾藏了一些木船，正好派上用场！目前鬼子的兵力主要集中在海口，西海岸的巡逻相对薄弱，我们正好可以利用这个空子。"

说干就干。夜里星光灿烂，海涛阵阵。冠岩指挥村民把一捆捆棉花装上木船。装毕，都结握着冠岩的手说："冠教授，谢谢！咱们村里的棉花装得差不多了。你明天到附近几个村子活动，叫群众把棉花送到这儿来，依旧藏好，我们后天夜里就可以返航过来运，争取在鬼子发现前，多运一些出去！"说完便扬帆出海了。

冠岩在当地威信很高，到各村一说，群众纷纷在晚上把棉花送到守善村藏好。第三天夜里，都结的木船顺利返航，停在海边继续装棉花。

如此运了一个月。这天夜里，棉花装好后，起风了。冠岩试了试风向："糟糕，是西南风。"都结说："西南风好啊，一吹就吹到了。"

第三天夜里，都结又过来装棉花，却没了以前的热闹场面。出了什么事？他机警地拔出手枪，带领队员朝隐蔽的地道走去。

敲开地道口所在的那间小屋的门，都结看到屋里只有冠岩一人。"冠教授，今晚怎么没人来装棉花？"他奇怪地问。

"因为无棉花可装，附近几个村子都不肯交棉花了。"冠岩打开地道的门，"就只剩下三十个棉捆，看你们要不要？"

"当然要！"都结叫队员去扛，之后问村民为什么不肯交棉花。冠岩说："因为你们把棉花运给了鬼子！"

"胡说！"都结用枪口对准冠岩。

冠岩冷笑道："我亲眼看到的，还会有错？你到底是什么人！"

"游击队长，你的学生……"

冠岩不屑地哼了一声。

原来，前天夜里装好棉花后，刮起了西南风，跟北部湾的航向背道而驰，不宜马上开船，可都结还是扬帆出海，还说漏了嘴："西南风好啊，一吹就吹到了。"可见他们的航向不是西北，而是东北。东北是海口，是鬼子据点所在地。冠岩觉得此事蹊跷，立即装扮成商人，骑马抄近道来到海口。第二天，果然看到都结的船只驶进了海口港，之后都结叫人把棉花背进鬼子据点。

都结见事情败露，无耻地笑了笑："冠教授，你很聪明。你既然知道了，我也就不用再演戏了。告诉你吧，我是皇军保安队队长，手下的人都是保安队队员。洞井司令为了完成征棉任务，不得已想出了这个办法。"

"可我记得你当时参加的是国民党军。"冠岩说。都结叹了口气："一言难尽。我在一次打仗时被皇军俘虏，就转投过来了。其实，给日本人干更自由。"

"是呀，可以为所欲为。"冠岩讥讽道，"这么说，你们以前打的鬼子是假的？"

"不，是真鬼子，不过是伤病员和反战分子。"都结说，"冠教授，现在摆在你面前的路有两条：一条是跟我们走，洞井司令很看重你，你是华南大学化学系的著名教授，皇军很需要这样的人才，他们目前正在研究一种化学武器，希望你能助他们一臂之力……"

冠岩问："第二条路呢？"

"就是杀掉你！这是弑师，我不希望是这个结果。不过，洞井司令你是知道的，他什么事都干得出来。"见冠岩犹豫，都结进一步诱导，"冠教授，我们在你的帮助下，征棉任务已完成一半，剩下的一半，诉诸武力估计也不难完成。先前的一半可是通过你的威望收集过来的，你不是罪人现在也成了罪人，跳进南海也洗不清！琼崖纵队会放过你吗？冠教授，识时务者为俊杰，你就过来吧，日本的科研环境比中国的不知道强到哪儿去了。"

冠岩看了眼黑洞洞的枪口，叹了口气说："好吧，我跟你们走！"

都结细细搜查了冠岩的全身，见他没带武器，就把他押上了船。

第二天中午，木船抵达了海口。装卸人员吃饭去了。冠岩说："反正才三十个棉捆，又不重，我们正好三十个人，一人背一捆。"

都结觉得这主意不错，正好可以在日本人面前展示一下自己的"辛苦"，就跟冠岩和手下人一起背棉捆上岸。据点岗哨见是保安队的人，就给他们放行，只是拦了冠岩一下，都结马上过来说他是洞井司令请来的客人。哨兵见状，就挥手让他们进去。

据点里，鬼子正在吃饭，乱哄哄的。不少鬼子端着饭盒，三五成群地坐在堆积如山的棉捆四周，边吃边用日语聊天。保安队的人不敢打扰他们，就到鬼子比较稀疏的地方放棉捆。冠岩看到中间有块空地，就招呼众人把棉捆放到那儿。

保安队队员早已饥肠辘辘，把棉捆一扔就去吃饭了。冠岩把那些棉捆一一码好。都结站在旁边监视他的一举一动。码完后，都结说："走吧，吃饭去！"

冠岩说："你先走吧，我系一下鞋带。"都结当然不会先走，他看了一眼冠岩的鞋子，鞋带的确松了。

冠岩弯腰系鞋带，觉得不顺手，就转了一下身子，把脚搁在棉捆上系。这样一来，都结就看不到他手上的动作了。冠岩迅速从鞋底里抠出一盒火柴，哧地划燃，往跟前的棉捆上一点——

轰！一声惊天巨响，大地都震颤了一下。

事后，洞井带兵过来察看，棉花仓库被炸出一个水塘一般大的坑，房顶被掀翻，四周的房子被震塌，现场全是肉末和碎布，竟然找不到一具完好的尸体。

爆炸威力这么大，得用多少炸药啊？可据点有重重岗哨看守，外人根本不可能把这么多炸药运进来。那这大爆炸又是怎么回事？洞井百思不得其解。

其实，炸药就是最后运进来的三十个棉捆。那保安队的人怎么没有发现？因为他们都是肉眼凡胎，发现不了——炸药跟棉花一样，不，它本身就是棉花，叫棉花炸药。

原来，那天冠岩到海口看到都结把棉花运往鬼子据点后，知道上当了，为了阻止鬼子把这批骗来的棉花运走，他就去买了几桶浓硝酸和浓硫酸。回村后，他把这两种酸按一定的比例倒到大缸里混合，之后把棉花放进去浸泡，再捞出来晾干，制成了威力无比的火棉。

火棉的燃烧速度非常惊人，可以在几万分之一秒内完全燃烧，并放出大量的热和气体，从而引发剧烈爆炸。爆炸时的体积会在瞬间增大四十七倍，威力比黑色火药大三倍，把鬼子的仓库和食堂炸成齑粉也就不足为怪了。

冠岩教授用他的知识跟敌人做了最后一搏！

（原载《乡土·野马渡》2023 年第 1 期。）

第三辑 红色故事

铝谷奇兵

铝谷本是抗战时期驼峰航线上喜马拉雅山脉的一个无名山谷，因盟军不少运输机在此失事，晴天从空中都能看到飞机残骸的铝片闪闪发光，故得此名。

由于自然条件恶劣，当地不少人都搬走了，但藏族汉子多吉仍住在这里，靠放羊为生。没事时，他就数一下铝谷里坠毁的飞机，已达四百多架，原因是此谷气候多变，一会儿晴空万里，一会儿风雨大作，最要命的是谷口常刮强劲的横风，许多飞机都栽在横风上。但这是驼峰航线的必经之路，不走不行。

这天，铝谷里来了八个人。领队的国字脸对多吉说，他们是华侨，在中国空军美国志愿援华航空队当机械师，专门负责修理飞机。由于日寇封锁，飞机零部件奇缺，他们只好到铝谷拆卸残骸上的零部件。那人说着，拿出证件给多吉看。多吉不识字，只淡淡地问："你们的祖籍是哪里？"

国字脸说："我们都是广东台山的。我姓王，叫我老王好了。"

多吉听救援队长说过，美国援华航空队的飞行员百分之九十五都是华侨，且以台山的居多，因为台山是中国华侨第一县。他上次救援的那个台山籍机长说，当初招募飞行员时，不少华侨踊跃报名参军。因报名人数太多，最后只好以抽签的方式决定谁入选。

"你们大概要待多久？"多吉问老王，他好帮助他们。

老王说："可能要待一周。虽然我们带了干粮，但顿顿吃干粮也腻，所以午餐还是想吃顿热饭，麻烦您帮忙煮一下，到时费用一起结算。"

多吉说没问题。机械师们把帐篷搭好后，多吉就带他们到铝谷看残骸。老王边看边拍照，其余的人则不时发出惊叹声。铝谷中部有一座小山头，上面搁着一架完好的飞机，那是当初飞行员迫降时落到那儿的，远看就像一架飞机模型放在土堆上。这时，山谷里吹进了一阵强风，那架飞机竟然缓缓地转动起来。机械师们纷纷在飞机前照相，多是一人或两人合影。有时多吉也兴致勃勃地加进去合影，但必有一人走开。多吉说："难得来一趟，一块儿照个相嘛！"走开的那人谦逊地说："你们两个照就行了。"

看过残骸后，机械师们就开始叮叮当当地拆卸飞机上的零部件，变废为宝。多吉帮不上忙，一是没工具，二是不知道他们需要哪些零部件。他看了一会儿，就回去煮饭了。

因为海拔高，水不到一百摄氏度就开了，饭不易煮熟，肉也不易煮烂，必须煮久些才行。煮到中午，饭菜才勉强煮好。往日他都是吃夹生饭菜，今天为照顾客人，算是煮得够久的了。

多吉拿出八个平时很少用的宝莲铜碗，把每碗饭都舀得冒尖，因为他想机械师们工作了一上午，肯定饿坏了。之后就去喊他们回来吃饭。

老王他们进来一看，都愣住了。良久，其中一人问："没有别的碗了吗？铜碗太名贵。"多吉笑道："名贵啥哟，藏区的炊具大多是铜的。"其他人想回去拿饭盒，被老王制止了。不过饭舀得太多，他们都将一半倒回锅里了。多吉说："你们干了一上午的活儿，难道一碗饭也吃不完？"机械师们不说话，坐下来吃饭，吃完后又添饭。多吉想，原来城里人讲斯文，每次都只舀半碗饭。

因条件有限，多吉只做了一荤一素两道菜——炖羊肉和炒土豆丝。机械师们都只吃素菜，不吃荤菜。老王动了一下炖羊肉，说了声"啃不动"，后来不再动了。

那羊是昨天才杀的，肉很新鲜，虽然炖得不够烂，但味道还是很不错的。多吉决定再炖一炖。可午饭后，老王告诉多吉，他们晚上吃干粮，就不麻烦他了。

第二天，机械师们把饭盒拿来放到小屋里。老王告诉多吉，中午叫他们回来吃饭就是了，饭由他们自己舀，因为各人的饭量不一样，舀多了吃不完。到了中午，那锅昨晚炖了一夜的羊肉已经很烂了，香气扑鼻，但机械师们还是不动筷子，包括老王在内。多吉只好自己吃了。

此后，机械师们早晚两顿都吃干粮，为的是方便，只有中午那顿在多吉处吃。

一个星期后，机械师们每人都卸了满满一背包零部件，没有一百斤也有几十斤。老王结完账，跟多吉告辞。

多吉说："背包太重，太难背，我去给你们找个马帮驮运。"老王感动道："如果是这样，那就太好了！都说藏民豪爽，现在我是切身感受到了。"

走出山谷，六匹马迎面而来。"马帮来了。"多吉说。之后解释道："这儿是马帮常走的路线，容易遇到马帮。"

机械师们早已被沉重的背包压得汗流浃背。这里海拔高，他们每走一步都觉得气不够用，一看到马帮，便纷纷放下背包。

赶马帮的是个青年人，见他们要驮运东西，谈好价格后，就将两个背包的背带系到一起，之后放到马背上。驮完东西后，还剩两匹马，他本人骑一匹，也请老王骑一匹。老王也不客气，跨腿上马。其他人虽然没有马骑，但是空手走路，比刚才轻松多了。多吉说要到镇上买些盐巴，便继续跟他走。

一个钟头后，一行人来到一个村落边。多吉突然一阵小跑，跃上那个青年的马背。众人一愣，继而想：他大概走累了，所以要跟马帮主人合骑一匹马……

多吉一上来，青年人就把手指塞到嘴里，打了一个响亮的呼哨。六匹马一听，顿时狂奔起来。老王骑的那匹马跑得最快，冲到了最前头。那些走路的机械师大惊，半天才反应过来："哎呀，怎么回事嘛！""糟了，遇到劫匪了，他们要抢我们辛辛苦苦卸下来的零部件！"众人急忙追赶。可两条腿哪里跑得过四条腿？眼看马帮就要消失在视野里，机械师们纷纷拔出手枪射击。战时，他们都配备了武器。

马帮冲进一条石头巷子后，机械师们正欲追进去，围墙上突然冒出许多带叉子的藏式土枪，乒乒乓乓地冲他们放。机械师们受伤了。围墙里的藏民一拥而出，把机械师们捆了个严严实实。有机械师抗议："你们破坏抗日，我要告你们！"也许是语言不通，藏民们没有理会他们。

这时，青年人和多吉合骑一匹马返回来了。多吉跳下马。一个机械师怒问："这是怎么回事？"多吉说："我是收破铜烂铁的，你们卸下的零部件，我全部收下了。"

机械师还要说什么，青年人把手指塞到嘴里，打了一个曲里拐弯的呼哨，那些狂奔的马掉头跑了回来。老王骑的那匹马绕村一周后，也跑回来了。老王头发凌乱，衣衫不整，紧紧抓着马鞍前面的扶手，生怕掉下来，样子十分狼狈。马停下来后，他才惊魂未定地跳下来。他还没站稳，就被多吉逮住了，腰间的枪也被缴了。

老王愕然："多吉，有这样对待抗日朋友的吗？我们可是远渡重洋的华侨……"

多吉冷笑："日本佬，你就别装了！"

"山本正雄！"青年人亮出一张照片，"你们也该现形了！"

化名"老王"的山本正雄一看，顿时像霜打的茄子——蔫了。

原来，在飞虎队的打击下，日本空军损失惨重，不少飞机被打坏。由于多年穷兵黩武和盟国的经济封锁，日本十分缺少修理飞机的零部件。日本特务山本正雄就想了个点子，带领七名汉语说得溜的机械师到铝谷去卸飞机零部件。他们伪造证件，化装前行，一路畅通无阻，顺利到达铝谷。

开始时，多吉对他们的身份深信不疑，因为此前曾有华侨机械师来卸过飞机的零部件，他接触过。可这次来的，跟上次来的说话口音不一样，根本没带广东腔，却说祖籍是广东台山，他就留了心。在飞机前合影时，那些人死活不愿意三个人一起照相，多吉就怀疑他们是日本人，因为只有日本人才有这种禁忌。多吉的侄儿几年前从东洋留学归来，给他讲了很多日本的风俗和忌讳。为了进一步证实自己的猜测，多吉故意拿出印有荷花图案的铜碗来盛饭。荷花是纯洁高雅的象征，在中国处处受欢迎，也是文人墨客歌咏绘画的题材之一，可在日本却是死亡之花，日本人十分忌讳。盛饭也忌讳盛得太满，并且很多日本人不吃羊肉。他们说晚饭吃干粮，可多吉细细观察，发现他们晚上根本不吃东西，这也是日本人的习俗——过午不食。综合种种蛛丝马迹，多吉判断他们是日本人。

多吉其实是铝谷的守候者，除放羊外，还在偏僻处养了十几只信鸽。他只要一发现盟军飞机失事，便马上施救，同时放鸽子报信，县里很快就会派出救援队前来抢救伤员、搬运物资。

多吉放鸽子告知救援队：有鬼子跑到铝谷来偷卸飞机零部件。救援队队长本想在鬼子偷卸时袭击，可想到鬼子会以飞机残骸为掩体进行抵抗，如此一来，就会破坏飞机残骸中有用的零部件，遂改变主意，借鬼子之手把零部件卸下，在半路上截取，并把鬼子人货分离，同时让鬼子头目骑上那匹烈马。烈马只要一听到队长吹呼哨，就会狂奔不止，鬼子头目一离去，鬼子群龙无首，更易降伏。

队长出发前，得到我方情报：日本特务山本正雄带领七名机械师潜往铝谷作案，务必捉拿山本正雄。并附特务头子的照片一张。队长一遇到老王，马上对号入座。

这位队长不是别人，正是多吉的侄子。侄儿在日本留学多年，抗日战争一爆发，就回国投身抗日洪流。

"侄儿，多亏你给我讲了日本的很多风俗和忌讳，不然我还真被他们骗了。"多吉见众人把日本特务押下去后，对青年人说。

青年人笑笑："你是多年的猎人，再狡猾的狐狸也逃不过猎人的眼睛。"

（原载《传奇·传记文学选刊》2022 年第 6 期。）

闯　滩

一、仇人之子

从四川宜宾到湖北宜昌的这两千里长江，俗称川江。重庆成为陪都后，所需军粮大增。军粮主要从宜宾等地用木帆船运来。

这天天刚亮，前驾长兼号工梁老十就来到码头边。他吃水上饭已有二十多年，经验丰富，只要船上有他，就能平安到达目的地，途中顶多有惊无险。

淡淡江雾中，码头已泊着好几只满载粮食的木船。为节省时间，米行一般都在晚上装货，这样船只就能在一大早出发。当然，木船也是米行的，船工只是出卖劳动力，运一趟大米到重庆，再运一船中药材回来，挣些辛苦费糊口。作为核心的前驾长工资要高些，那些船工也是他招的。

梁老十手搭凉棚看了看，自己上次驾的那只新造的冬瓜船空着。这时，长盛米行襄理（副经理）丁祀手里提着一只绑了腿的公鸡走过来，身后跟着一个背着棕包的年轻人。

丁祀正值壮年，每次都负责押船，充当领江（船长），杀鸡祭船等仪式也多由他来完成。

"领江……"梁老十本能地弯腰行礼。

"不，这次运粮你是领江。冬瓜船被县署征去运兵，叫我负责。今天你们开舵龙子。"丁祀说着把手中的公鸡递给梁老十。

舵龙子是一艘长二十五米、宽四米二的旧木船，乃民国初年老掌柜花七百两银子从重庆购来的，因前桅上刻有一条龙，故得此名。

梁老十颇感意外："这次运多少？"

"老规矩，六舱粮。"

舵龙子一共有七个船舱，除了脚舱，其余各舱都码满袋装大米，每舱可装十吨，加起来就是六十吨。

梁老十抓着公鸡的翅根正要登船，丁祀把身后的年轻人拉上前说："这是黄阿三的儿子大安，也想吃水上饭。老规矩，就让他从杂工干起吧。"

黄阿三？梁老十一下子想起了屈辱的往事。年轻时，他曾爱上一个姑娘。可姑娘的爹妈嫌他穷，不同意这门婚事。家境比梁老十好的黄阿三趁机叫媒婆去提亲。姑娘的爹妈同意了，但姑娘不同意。黄阿三就趁姑娘去扯猪草时，霸王硬上弓。姑娘见木已成舟，只好嫁给了他。生下儿子后，姑娘郁郁寡欢，不久便辞世了。黄阿三很快续弦，又生了好几个女儿。梁老十看破红尘，离开村庄，在川江上讨生活。

梁老十瞅了大安一眼，活脱脱就是当年的黄阿三。他感到很厌恶，但碍于襄理的面子，没说什么。

二、兆头不妙

船工们背着棕包，陆陆续续从码头边的草棚里出来，登上舵龙子。棕包里是用棕垫卷着的铺盖，船工们白天行船，晚上停泊后，将棕垫往脚舱里一铺，就能睡觉了。

因下行要划桡，逆水要拉纤，像舵龙子这种大型木船都雇有十几个船工，又按工种分为划桡的桡工、喊号子的号工、协助前后驾长做事的篙工等。

"快去烧水！"梁老十对新来的杂工大安发号施令，之后拿刀在公鸡脖子上慢慢一划。刀两边都必须见血，血要一下子涌出来，一条线地滴在船头上。公鸡挣扎着叫了一声。梁老十赶紧用手指捏住尖尖的喙，不让它再发声，谁知指头出汗滑溜，公鸡使劲儿将喙挣脱，又叫了两声。梁老十顿时脸色大变，因为川江行船宰鸡占卜有"一声福，二声祸，三声四声船要破"的说法。梁老十气恼地把死鸡扔到甲板上。

船工们听到公鸡叫了三声，个个面色凝重，但觉得有梁老十在，不会出事的，便放了一小挂鞭炮，出发了。

众人一齐划桡。那桡长十米，仿佛两排伸向江里的手。"嘿咗，嘿咗，嗨哟咗，哟耐呵……哟——嗬——嗬——哟——嗬……一声号子一身汗，一声号子一身胆。哥老倌们齐用力呀，众人划桡开大船……"梁老十领唱由弱到强的莫约号子。待木船放流后，他就改唱激越高昂的四平腔数板。

过了一会儿，江上起风，众人扯起八米高的风帆。舵龙子顺风顺水地行驶在宽阔的江面上。

大安提来一桶开水，梁老十用手指一探，骂道："烫鸡哪用得着把水烧滚？"大安就到旁边的水缸里舀水来兑进去降温。梁老十又骂："水缸里的水是用来做饭的，等会儿你用啥来煮饭？木脑壳！"

大安接连被骂，眼泪就掉了下来。几个桡工见风平浪静，暂时没事干，就过来帮忙烫鸡拔毛。他们当然不知道梁老十跟黄阿三的过节，所以都向着大安："孩子小，才来，不熟悉船上的活儿，你龟儿子骂啥子嘛。当了领江就了不得？不是我们给你扎起（帮衬），你还不是光杆司令一个。"

"少来这一套，你们不帮我，也同样是庙前的旗杆——光棍一条！"

的确如此，因川江滩多险恶，船工多是无牵无挂的单身汉。

梁老十去检查粮舱，舱门都锁着，这是米行在不派人押运时的常规做法，为的是防止粮食在途中失窃。船到重庆后，接收方自有一套钥匙把锁打开。

炖在鼎罐里的整鸡飘出香味后，大伙都要求提前吃午饭。

"也好，吃饱饭后好闯滩。"梁老十同意了，落帆靠边停泊。

三、接连闯滩

从宜宾到重庆有三大险滩——牛头滩、马面滩、阎王滩，一个比一个险。

众人围过来，将香喷喷的整鸡从罐内捞出，划成八大块，前驾长兼号工梁老十吃鸡头，为的是号子要喊得像公鸡打鸣一样高昂；鸡屁股留给后驾长，好掌握全船的平衡；翅膀分给各桡工，好奋力在船舷两边划动大桡；鸡肠子、鸡爪子派给头纤和纤工，纤绳长长不断，纤工的脚趾如鸡爪般深扎在沙滩上，一步一稳……

午饭后，众人稍事休息，舵龙子继续向前。桡工们严阵以待，因为木船进入了险恶的江段。

很快，梁老十领唱起雄壮有力的懒大桡号子。内行人一听，就知道马上要闯滩了。

大安第一次行船，更多的是好奇。远远地，他看到前面有一个一泻千里的险滩，溅珠碎玉，雷霆万钧，訇訇的声音仿佛无数困兽在低吼。险滩下面是一面狰狞的石壁，木船如果不加控制，就会一头撞过去，粉身碎骨。

闯滩！梁老十领唱复桡号子！船工们和着号子，劲儿往一处使，奋力推桡，以逐渐改变航向，避免木船向石壁撞去。舵龙子虽载重六十吨，但因激流汹涌，仿佛一叶扁舟，剧烈颠簸。大安被晃倒在甲板上，没人理会他。

水流越来越猛，木船犹如脱缰的野马，疾驰而下。梁老十改唱复桡数板，唱腔越来越高亢。舵龙子头平尾翘，两舷突出，拦水板高，尽管如此，高高的水浪夹击船身时，还是哗地猛泼上来，把船上的人浇了个透湿。此时是夏天，船工们都打着赤膊，水浇到古铜色的身上倒也凉快，只有大安成了落汤鸡，显得很狼狈。

正在掌舵的梁老十发现木船吃水线变深了，四处一看，原来底舱进了一尺多深的水，连忙对大安吼道："还愣着干啥？快去舀水！"

大安跌跌撞撞地跑过去，拿个脸盆，顶着接连不断泼进来的水浪，一盆一盆地往外舀。

这时，闯滩号子变成了急剧的鸡啄米号子，宛如密集的战鼓，紧张地敲在人们的心坎上。众人随着鼓点，加快推桡的频率与力度，只见一片黄色的桡影在白浪中勇猛翻飞，活像一只力挽狂澜的巨手。

终于，船头改变方向，唰——船身擦着石壁前的一丛灌木，冲了过去……

闯过牛头滩后，又是一段平静的江面。船工们湿漉漉地坐在船头喘气。

后驾长笑问大安："第一次闯滩，感觉咋样？"大安心有余悸地说："太吓人了！"

后驾长说这跟三峡相比不值一提，从重庆到宜昌六百六十公里的航道就有险滩三百多处，像青滩、泄滩、崆岭滩这些有名的鬼门关就有三十七处，稍有不慎，就会船毁人亡，葬身江底。"你是黄家的独苗，最好别吃水上饭。"

大安不语。自从爹娶了后娘，他就像是多余的，打骂更是家常便饭，他去跟表叔丁祀一说，丁祀就让他到船上干活去了。只是领江太严厉了。唉，被领江骂也比被继母打强，他决心好好干……

第二天闯马面滩时，大安奋力舀槽，但底舱进的水还是很多，梁老十只好叫篙工来帮忙。

过了合江后，因支流不断汇合，加之上游下暴雨，川江陡涨，行船更为艰险。

四、粉身碎骨

这天傍晚，木船停泊后，梁老十一反常态，请众人上岸吃火锅，说大家这几天辛苦了，要犒劳一下大伙。不过他安排大安留下来看船。后驾长建议把大安也叫上。梁老十说："船上不能没人，我等会儿来换他。"

到了火锅庄，船工们放开肚皮吃喝，有人还划起了拳。梁老十吃了些东西，就急匆匆返回船上，叫大安去吃饭。

众人吃饱喝足，已是后半夜，个个醉醺醺地回来，打算上船睡觉，却发现舵龙子不见了，吓得酒都醒了。这么大一艘木船，还满载六十吨大米，咋就凭空消失了？难道是梁老十开走了？就算他浑身是胆也不敢哪！前面就是阎王滩，别说夜里，就是白天，没有众船工奋力划桡改变航向，木船绝对会在石壁上撞成齑粉。

夜空中挂着半边月亮，后驾长带领大家翻山越岭往下游走。天快亮时来到阎王滩，看到几只红色小船正像几片赤叶一般在宽阔的江面上划动。

红船是当时的救生船，因为鬼怕红，所以船身、桡桨都漆成红色，水手也头裹红帕，身穿红衣红裤，连吃饭的碗筷都是红色的。过滩船只遇险后，红船马上划过去搭救落水人员，工钱由官府造册发放。被救的船工、乘客若身无分文，官府便发给他们回家的盘缠。

红船靠岸后，后驾长问其首领桡胡子。桡胡子说，从清代起，他家祖祖辈辈就在阎王滩上划红船，还从未碰到过夜闯阎王滩的。更奇怪的是，他们忙了大半夜，除了捞到几根断木头，连个人影也没见到。

后驾长仔细一看，断木头中有一根上面刻着一条龙，便知是舵龙子的前桅。他把昨晚之事一说，桡胡子更不懂了："难道你们领江跟米行有仇，故意撞沉米船同归于尽？"

后驾长想想梁老十平时的为人，摇头说："也不像啊。"

这时来了一艘上行船，是往宜宾一家酒厂运高粱的。后驾长跟船老大说明了缘故，并要求帮忙拉纤，不要工钱，只要坐他的船回宜宾。船老大答应了。

回到长盛米行，掌柜听说舵龙子在阎王滩出事，跺足道："我的船哪，我的大米呀，足足六十吨哪……"

丁祀叹了口气："幸亏我买了中央信托局保险部的运输险和运输工具险，不然就亏大了。"

不久，理赔到位。掌柜慨叹丁祀会办事，欲把他擢拔为经理，丁祀却辞职了。很快，附近新开了一家米行，店主正是丁祀。

船工们跟梁老十搭档多年，见梁老十落得这般下场，也不再吃水上饭，大安更是如此，一伙人便都去当了搬运工。

几年后，宜安解放了。长盛米行转为公私合营，丁记米行却被完全没收了。丁祀叫屈，说人民政府办事不公，便到军管会去说理。军管会一位副主任过来见他，他一时吓得魂飞魄散——对方竟是失踪多年的梁老十！

五、真相大白

"您……您没死？"丁祀失声道。

"哼，你放心，国民党已垮台，他们给你的赔偿金不会让你退还的，但我们要没收。"说到这儿，梁老十厉声道，"你当年为了发财，竟拿舵龙子全体船工当殉葬品，你的良心让狗吃了！"

"您说啥子呢，他们不是好好的吗？"丁祀赔笑道。

"如果不是我及时发现，至少有一半人要在阎王滩葬身鱼腹！"

"您又不是没闯过阎王滩，以您的技术，过滩不成问题……"

"如果船上运的是大米，的确不成问题。但是丁老板，船上装的是大米吗？"

"怎、怎么不是大米？"

"你骗得了米行掌柜，却骗不了我。我也差点儿被你骗过去，但闯了牛头滩后，我就知道真相了。"

梁老十在川江航运多年，对吃水线很熟悉。那天他见舵龙子的吃水线很深，便知载量不止六十吨，至少有上百吨。不过他也只以为丁祀多运少报，跟重庆那边的米贩子同坑长盛米行，黑吃黑，所以也没点破。过了牛头滩后，大安的上衣被水浪打湿了，晾在前桅的绳子上。上衣被风吹落，梁老十捡起，发现口袋里有张纸条，掏出一看，是丁祀为大安买的人身保险。

"襄理说，川江行船有风险，所以他给我们每个人都买了保险。他人真好！"大安对梁老十说。

梁老十皱眉，这事他咋不晓得？他挨个儿去问船工，他们也都说不知道，甚至有人都没听说过"保险"这个词儿。

再看船体，吃水线变深了。就算底舱进了一些水，底层的大米被泡湿增重，吃水线也不会这么深哪！闯马面滩，底舱进水更多，虽然都舀了出去，但吃水线变得更深，底舱那些残留的水浑浊不堪。

梁老十拿上一只削尖的小竹筒，到头舱侧壁，那儿有一条较大的裂缝。他把竹筒伸进去，扎到印着"长盛米行"字样的麻袋里。竹筒里流出来的不是大米，而是沙子。难怪这么重！

梁老十明白了，丁祀与心腹一道用长盛米行的口袋装了一船沙运至码头，搬上舵龙子，再将长盛米行的六十吨大米装上沙船运走。那些大米，后来就成了丁祀开米行的本钱。

沙子的比重是大米的一倍，舵龙子的六个舱载满袋装沙子，重量就达一百二十吨，严重超载，闯滩时再进些水就更重了，因为沙子吸水能力强。到了阎王滩，木船会百分百倾覆，再高超的驾驶技术也没用。到那时，船沉到几十米的江底，不是米也是米了，谁有本事下到江底取样啊？见表侄大安来找工作，丁祀干脆一不做二不休，给大安和其他船工都买了一份人身保险，每人只需花一块钱，只要他们船毁人亡，他就能从每人那拿到一万元，真正的一本万利！

那晚回到船上叫大安去吃饭后，梁老十用铁棍撬开各舱门逐一检查，里面码的全是沙袋！怎么办？

把真相告诉大伙？自己人微言轻，谁会相信？装作不知情继续运，即使侥幸闯过阎王滩，顺利到达重庆，咋个交差？神通广大的丁祀肯定会反咬他们一口，说船工们半途调包，到时他们就是跳进长江也洗不清，倾家荡产也赔不起。只有将船撞沉，才能如其所愿！

舵龙子向阎王滩冲去时，梁老十在月色中跳入水中。他几经周折，后来到华蓥山参加了游击队，又随解放大军一起打回了家乡。

（原载《故事会》2023 年第 11 期下半月刊。）

"哑巴"船工

"哑巴"是赣江上一个年轻的船工，他并不是不会说话，而是不爱说话，有时几天都不说一句话，因此得了这个外号。哑巴虽不说话，但水性和撑船技术却是一流的，因为他一生下来就没了娘，老爹只好把他拴在船上照看。风里来，雨里去，他就渐渐长大了。有老爹的言传身教，哑巴的水性和撑船技术均比老爹技高一筹：每年夏季赣江发洪水，其他船都销声匿迹了，唯独他的船仍出没在波涛里。

平时没事，哑巴就在江边的浅水地带用石头砸鱼，一砸一个准。鱼被砸昏后，他便捡到腰间的小篓里，装满一小篓，就拿到镇上去卖。

解放战争时期，国民党军撤出丰城，乘坐哑巴等渔民的船西渡赣江逃窜。过完江后，即命令船工们把船凿沉，以防被解放军利用。哑巴老爹说："我们没田没地，就靠在赣江上打鱼摆渡为生，船凿沉了，我们靠啥子生活？"敌人蛮横地说："不管！你不凿，我们就用手榴弹炸！"老爹还要再说什么，哑巴已经把船凿沉了。其他船工见状，也只好挥泪沉船。

老爹很生气："没了船，我们咋过江去？我们都住在东岸！"敌人狞笑道："那正好当兵噻。走，吃军粮去，我们正缺挑夫！"说完就拿绳索把他们捆起来当壮丁。船工们纷纷挣脱，跳到江里潜水逃走。敌人气恼地往江面上开了一阵枪，走了。

哑巴浮出水面，见敌人已走，又游回西岸。老爹喊："你要干啥？"他对儿子主动沉船的行为很生气，觉得他真是个软蛋，敌人一恐吓就乖乖就范。那船可是他的全部家当和饭碗，儿子竟然一点儿都不心疼！

哑巴游到沉船的地方，潜下去，不一会儿就把船拖了上来。原来，他凿船时，就悄悄把锚索钩到水中的木桩上，所以船沉后没被水冲走。

他把船拖上东岸，翻过来，到江边的小屋里找了块木板将凿的洞钉上，船又可以用了。

其他船工醒悟过来，纷纷潜到江里找船。因他们凿船时没留心眼，船早不知被冲到哪儿去了。哑巴自告奋勇帮他们找，最后在下游把所有沉船都找到并拖上岸。船工们找来木板钉住凿出的洞后，推下水，船又可以在江面上行驶了。

老爹见状很欣慰，别看儿子不爱说话，模样也愣头愣脑，可关键时候会想点子：如果不主动凿船，敌人会用手榴弹把船炸成碎片，那样就没法用了。

尽管船修好了，但大家对敌人的愤恨一点也没减：好端端的船，被凿了个洞。"这些狗杂种，我们一趟一趟把他们拉过江，他们一分钱不给，不仅要我们沉船，还想把我们捆去当炮灰！等解放军一到，他们一个也跑不了！"

解放军解放县城后，决定西渡赣江，追歼逃敌。

敌人先是有一个团，后来增加到一个军。他们把镇上的店铺民房墙壁打通，拆下门窗修筑工事，企图守住龙头山、曲江镇和仙姑岭一线。

当地群众积极支援解放军渡江，把所有船找来，还扎了不少竹排。哑巴等船工踊跃参战，以报仇雪恨。解放军给每只船都编了号，并登记船工的姓名和住址。登记到哑巴时，解放军问他叫什么名字，哑巴没吭声。旁边有人说："他叫哑巴。"解放军真以为他是聋哑人，就朝他伸出大拇指，之后在登记簿上写下"哑巴"二字。

后半夜，解放军在夜幕的掩护下坐船过江。因船太多，过了江心后，还是被西岸的敌人发现了。敌人开火，解放军还击。一时间，江面上枪林弹雨密密交织，水柱一浪高过一浪，有船被炸，有人落水，但更多的船仍顽强渡江。哑巴的船冲在最前头，在波峰浪谷间前进。船上的战士打哑了敌人滩头阵地的机枪后，冲上岸去，撕开了一个缺口。

哑巴和老爹迅速把空船摇回去，父子俩虽然没说一句话，但配合得十分默契。一靠近东岸，战士们纷纷跳上船。船又在枪林弹雨中朝西岸划去。

到了天亮，解放军已全部过江，攻下了敌人的岸上阵地。敌人溃退，最后龟缩到易守难攻的仙姑岭。

仙姑岭背后是刀削斧砍般的绝壁，莫说是人，就是老鹰也飞不上去。解放军曾想从绝壁爬上去奇袭敌人，当地向导说不可能，因为从来没有人爬上去过。解放军只好从其他三面仰攻，无奈敌人居高临下，火力又猛，收效甚微。解放军便准备围到敌人弹尽粮绝时再战。

哑巴等船工把解放军渡完后，又把支前民工和军用物资运过江。等一切运完，船工们就扛上弹药箱，将其送往解放军阵地。哑巴孔武有力，两个肩膀各扛一箱。

围到第三天，估计困在仙姑岭上的敌人饿得差不多了，解放军决定于黄昏发起总攻。可就在这天下午，几架敌机飞来了，给山顶上的敌人空投了物资。白色降落伞吊着一箱箱饼干和罐头徐徐飘下，天空仿佛落下了许多蘑菇。解放军开炮射击，有的饼干木箱被打中，碎屑漫天飞舞，但更多的是打中其上的伞包或绳索，因为有风，炮弹偏离了弹道。伞包一破或绳索一断，食物就像秤砣一般掉到了敌人的阵地上，之后敌人便如饿狗抢食。

敌机对山脚下的解放军阵地疯狂投弹轰炸，解放军还击，但没有击中敌机。支前民工虽然及时疏散卧倒，但还是有人被炸死、炸伤。哑巴见状，吓得把肩上那箱手榴弹往灌木丛里一扔，撒腿就跑。

"你到哪儿去？"老爹喝道。但哑巴早没了踪影。唉，儿子从没上过前线，一动真格的就吓破了胆，竟然临阵脱逃！

旁边一个船工不解："可那天晚上运解放军过江，他为啥又那么镇定？"另一个船工反问："当时黑咕隆咚的，你咋晓得他镇定？说不定那时他就吓坏了，现在看到有人死伤，就更受不了啦。""哑巴幸亏不是正儿八经的军人，不然……"

老爹听了这些议论，真恨不得找条地缝钻进去。

因山顶敌人的给养得到了补充，解放军只好取消黄昏总攻计划，继续围困敌人。可如果敌机三天两头来空投，这要围到什么时候啊？

解放军很快侦察得知，敌军司令部设在高安。种种迹象表明，仙姑岭上的敌人跟司令部有联系，但解放军却没发现他们之间有无线电联系。这说明他们使用的是有线电话。仙姑岭三面被解放军包围，敌人唯一架设电话线的地方是后面的绝壁。不是说绝壁无法上去吗？敌人是如何把电话线架上去的？解放军决定派个侦察班去侦察一下。

尖刀班正要出发，却见一个青年民工押着两个鼻青脸肿的敌人进来了。从装束上看，那两个敌人是电话兵。两人被五花大绑着，捆绑他们的不是绳索，而是电话线！那个民工手里握着一把锃亮的铁锹。

首长很高兴，问民工："在哪儿捉到的？你叫什么名字？"

民工只是嘿嘿傻笑，不说话。旁边那个几天前登记船工姓名的文书认得他，对首长说："他是个哑巴。"

首长就审问那两个敌人。敌人承认他们在仙姑岭后面架有电话线，上次空投，就是山顶守敌说没吃的了，要求支援，司令部这才派飞机过来。首长很惊奇地说："那你们是怎么爬上去的？"俘虏说："我们不是爬上去的，是架电话线时从山顶缒下来的。今天发现电话线断了，就从司令部过来查线……"

原来，前两天哑巴到仙姑岭后面给受伤的船工找草药，发现有几个敌人从山顶上缒下来，以为是开小差的，也没在意。因敌众我寡，他也不敢轻举妄动。今天敌机来空投并轰炸，他就想：敌机咋个晓得山顶上的敌人没东西吃？可见山顶上的敌人跟司令部有联系。他联想到那天碰见敌人开小差，豁然开朗：那不是开小差，因为他们不可能找到那么长的绳子，他们是从上往下架设电话线！

急性子的哑巴马上把肩上的弹药箱往灌木丛里一扔，就直奔岭后的悬崖。经过细细寻找，果然发现架设得十分隐蔽的电话线。他抽出腰间的柴刀，把电话线砍断。为防止敌人重新接上，他砍去老长一截，并卷起来拿在手上。正要往回走，那两个电话兵来查线了。哑巴拾起拳头大的石块朝他们砸去。砸昏两条"大鱼"后，哑巴就用砍来的电话线将他们捆了个结结实实……

解放军迅速派出一个排到悬崖后面设伏。敌人司令部不见那两个电话兵回来，就派了接线员过来，结果又被解放军活捉了。围困三天后，山顶上陆陆续续有敌人顺着电话线缒下来。这回他们真的是开小差了。他们双脚一着地，就成了俘虏。

在敌人饿得两眼昏花、四肢无力时，解放军发起总攻，全歼山顶残敌。

丰城全境解放后，哑巴参加了解放军，并且比以前爱说话了。因为首长让他当通信兵，进出都得喊"报告"。那一声声响亮的"报告"，渐渐把他生锈的话匣子打开了。

（原载《乡土·野马渡》2023 年第 9 期。）

第三辑　红色故事

割　脂

　　故事发生在解放战争时期。这天，财主陈泗赶圩归来，对华龙说："从明天起，你给我割松脂吧，镇上在收购呢。"

　　华龙年幼时，父母被土匪杀害。陈泗见其可怜，就收留了他，让他天天为陈家放牛。华龙跟普通人不同，他从来不用睡觉，据说有这种特异功能的人全世界只有几个。由于这个缘故，陈泗要他夜夜点松明干活。

　　华龙专职割松脂后，很快练就了飞刀割脂的绝活。别人割脂是从松树够得着的地方割起，华龙则从够不着的地方割起，用的就是飞刀。唰！唰！他把手一扬，铲式割脂刀就在松树的"Y"形割口处削出两道新痕，松脂喷涌而出。

　　每隔五天，他就把收集上来的松脂倒到木桶里，挑回陈家的松脂池。积满一池后，陈泗就叫人把松脂舀到汽油桶里，用马车拉到镇上去卖。

　　华龙见每天进山出山很麻烦，就对东家说自己住到山里算了，这样不但可以有更多的时间割脂，还可以巡山看守松脂，因为山里已经出现了偷盗松脂的现象，有的地方连接松脂的竹筒都被偷走了。

　　陈泗同意了。华龙就在松林里搭了个小木屋住下来。

　　离开陈家后，华龙每天晚上不必再为东家无偿干活了，因此感到很愉快。有时他闲得发慌，就到林子里转悠，发现不少动物在呼呼大睡。许多白天十分机灵的动物，一到晚上就变得蠢笨十足，华龙不需借助任何工具就能将它们擒来。

　　这天清晨雾很大，几步之外白茫茫一片。但华龙对山上的松树很熟悉，便有条不紊地割起来。割到月垌时，他发现两棵松树上的接松脂的竹筒被偷走了。

不久，他看到雾里有一抹淡淡的红影，走过去一看，是一个摘稔子的姑娘。她看到华龙，友好地笑了笑。

华龙往她的背篓里看了一下，嘲讽地说："收获不小嘛，这么早就摘了半篓了。"他看到稔子下面垫着一张芭蕉叶，芭蕉叶下搁着东西，肯定是两筒松脂，不过他不想揭穿她。穷人拿两筒松脂当灯油点，没什么。

"哎哟！"华龙正在前面割脂，突然听到姑娘叫了一声，连忙问："怎么啦？"姑娘惊恐地说："我被蛇咬了，呜呜……"

华龙跑回来一看，姑娘的脚背上有一个三角形的伤口，一看就是被毒蛇咬的。他解下裤带，勒到姑娘的小腿上，阻止毒液继续扩散。之后，他捧起那条小腿，猛吸伤口，吸一口，吐一口，直到把发黑的毒血吸完，他才站起来说："你先坐着，我去给你找点儿药。"

一会儿，华龙回来了，嘴里不停地咀嚼着。他把嚼烂的草药敷到姑娘的伤口上，用一片大树叶裹住，又扯了根野藤包扎好。

姑娘感激地说："你还懂医术？"华龙说："以前放牛时跟一位牛倌学的，懂些皮毛。"他把裤带从姑娘的小腿上解下，扶她起来。姑娘感到那条受伤的腿十分酸软，站都站不稳，更别说走路了。华龙想了想，就把姑娘背回小木屋，让她休息，之后继续割脂。

中午，华龙一回来就闻到了一股香味。进屋一看，桌上摆满了饭菜。姑娘正笑吟吟地坐在桌边等他呢："饿坏了吧，快坐下来吃饭。"

闲谈中，华龙知道姑娘叫六莪，是村口艾铁匠的女儿。他那四把割脂刀就是在艾铁匠那儿打的。饭后，华龙问："那些松脂是不是你偷的？"六莪说："没错，我是为了帮你。"

"帮我？"华龙不解地问。六莪说："我不偷，陈泗会放你走吗？他恨不得你日夜不停地给他干活。"

原来，六莪早对"不睡觉的奇人"有所耳闻。华龙到铁匠铺来打割脂刀时，她就喜欢上了他。她看到华龙白天进山割脂累得半死，晚上回来还要继续给陈家干活，就心生一计，偷走一些松脂，让陈泗放华龙进山看守松脂……

很快，两人相爱了。他们决定，好好挣钱，待冬闲时成婚。为此，华龙晚上到山林里逮野物逮得更勤了，天亮后就把野物交给六裁，由她卖给镇上的酒楼饭店。

这天，华龙挑着满满两桶松脂回陈府，听陈家儿子说："目前形势吃紧，所以李（宗仁）代总统不惜血本买来一批美式卡宾枪武装桂系。党国能否实现反攻，就看我们广西这个最后的堡垒了。红石是共军从粤西进攻广西的要冲，所以白（崇禧）长官要我在这儿组建一支'救国军'，配合国军阻击共军入桂。我争取到了一百支卡宾枪，乱世出英雄，举贤不避亲，老爸你就亲任司令吧！"

"好！明天我就试试这种新式武器！"陈泗说。第二天，陈泗在华龙的带领下上山打猎。因行动迟缓，他连根野物的毛都没看到，直至傍晚才见一头野猪出来觅食。砰！陈泗扣动扳机，打中了野猪的一只耳朵。野猪被激怒了，嚎叫着朝两人冲来！

陈泗连忙躲到华龙身后。野猪张开血盆大口朝华龙扑来。华龙把手里的镰式割脂刀朝野猪嘴里一捅，之后猛地往上一提，野猪就被钩住上颚提了起来。陈泗见状，把枪口抵在野猪的眉心打了一梭子弹，野猪毙命。

"华龙，现在天快黑了，下山不安全，我今晚住你的小木屋，你夜里多给我捉些野物回来，我要专打眉心。打死后，把这些野物扛回去，让团总瞧瞧本司令的枪法！"

回到小木屋，吃罢烤野兔，陈泗从背包里拿出睡袋，在松针上铺开，钻进去休息。华龙吹灭松明，拉上门，到林子里逮野物去了。

忙了一夜，华龙逮了十几只野兔、野羊什么的，关到小木屋后面的栅栏里。天亮时，华龙听到小木屋里依旧鼾声如雷，就没进去打扰，拿上割脂刀到松林里割脂去了。

中午，华龙回来，看到栅栏里的野物还在活蹦乱跳。奇怪，东家不是说要专打眉心吗？华龙转到小木屋，看到门还关着。莫非东家还在睡觉？华龙推门进去，因在太阳底下晒得太久，一时还没有适应屋里的昏暗，眼前一片漆黑。

突然，他听到漆黑中传来哭声，有些像六裁的声音。果然是六裁扑了过来！他定睛一看，只见六裁头发凌乱，上面沾满松针，对襟衫的扣子已被扯掉，无法遮掩身体……

"六茭，你怎么啦？"华龙大惊失色。

"陈泗那个杀千刀的……"六茭说了声，倒入华龙的怀里。

原来，今天早上华龙刚走，六茭就来到了小木屋。她有要事相告。进了屋，她看到地上躺着一个人。咦，华龙不是不睡觉的吗？怎么……她好奇地蹲下身去看。这时陈泗突然睁开眼睛，见是六茭，就伸手去抓她。

六茭见状，起身就跑，可她腿上的蛇伤还没好利索，以致被陈泗抓住一只脚，使劲一拉，便摔倒在地上。陈泗如饿狼一般扑了过来……

"华龙，你要为我报仇，为你父母报仇！"六茭艰难地说，"你父母是被陈泗勾结民团杀害的，昨晚我爹无意中听团总说出了真相……"

原来，华龙六岁那年，陈泗看到华龙确有不用睡觉的特异功能后，就想把他弄到手，别的不说，养大后可以为自己日夜不停地干活，比雇长工划算到哪儿去了。为此，陈泗勾结团总，在华龙父母赶圩的路上绑架了他们，送到县里以"赤匪"之名处死。这样，陈泗既霸占了华龙，又立了大功。团总见好处全被陈泗一人占了，非常生气。近来看到华龙源源不断地把松脂割回来，松树变成了陈家的摇钱树，他更是气上加气，就站在自家的庭院里叫骂，恰好被前来给团总送新打的宝剑的艾铁匠听到。六茭就一大早进山就是去告诉华龙这事……

父母惨死的真相把华龙击蒙了，现在看到六茭又奄奄一息，他更是惊上加惊："六茭，你怎么啦？"

六茭无力地说："我刚才吃了大量苦蔓子（当地一种剧毒野果）……"没多久，她在华龙的怀里闭上了眼睛。

"六茭——"华龙撕心裂肺地叫了一声。

华龙揩去眼泪，在裤腰里插上四把割脂刀，如猛虎一般扑下山。

再说陈泗，干了坏事，心里还是很虚。虽说他是主子，手里也有枪，但此地不比村里，在这深山老林里，华龙要弄死他易如反掌。所以他要赶在华龙割脂回来之前下山。因为慌张，他很快迷了路，等听到身后传来脚步声时，华龙已站在离他几米远的地方。

"别过来！"陈泗端起卡宾枪，色厉内荏地喝道。

华龙冷冷一笑："东家，你这是怎么啦？你不是一直想看我飞刀割脂的绝技吗？"陈泗眼睛一转，莫非这小子还没回小木屋，现在只是在路上碰到他？他垂下枪口说："想看！看完后，你送我下山，我迷路了。"

华龙抽出两把割脂刀："东家你看，这是铲式割脂刀，锋利无比，可以用来飞割那些长在悬崖峭壁上的松树。你随便指棵松树，我表演给你看。"陈泗心不在焉地往旁边那棵松树一指："这棵吧。"

"好，东家请看！"华龙说着嗖嗖放了两把割脂刀。

陈泗感到两道寒光从脖子两边飞过，不一会儿，有温热的东西流了下来，一摸，满手的血！陈泗大惊，连忙抬枪，可还没等他扣动扳机，两把镰式割脂刀就飞过来扎到了他的手臂上！陈泗惨叫一声，枪掉到了地上。

华龙上前，踩住卡宾枪，从陈泗手臂上拔下那两把割脂刀："东家，你刚才欣赏的是推式割脂，我再为你表演一下拉式割脂。"说着，他把两把割脂刀架到了陈泗的脖子两侧。

"不！"陈泗惊恐地靠在一棵树上，"别杀我，我是你爹！亲爹！"

"呸！"华龙愤怒地把一口浓痰吐到陈泗的脸上。

"是真的，"陈泗哭丧着脸说，"二十多年前，你母亲是我家一个使女，后来我悄悄摸进她的房间……她有了身孕后，我爹就把她许给你父亲，不久她就生下了你……"

华龙双目喷火："就算这是真的，你也休想让我放过你！更休想让我认你作爹！你害死了我的父母，害死了六蒺！这三条人命，你必须用你的狗命偿还！"说完，他猛地把手中的割脂刀一拉，陈泗霎时黑血喷涌，倒地身亡。

夜里，陈家的松脂仓库燃起了熊熊大火！陈家的儿子连忙组织家丁灭火。家丁拧开高压水龙头朝大火喷射，可火越喷越大！松脂含有油分，浮到水面上，随水四处漫流，不一会儿，整座陈府就成了一片火海。

陈家儿子喊："不能用水喷！快到附近挖泥沙灭火！"家丁们忙了半夜，才把火灭掉，可搁在后院的那批卡宾枪不见了！

几天后，粤桂边区纵队第一支队成立。不久，支队配合刚打完广东战役的解放军翻越两广屏障云开大山，发起南线大追歼的最后一役。

很快，解放军中盛传支队有位民兵从来不用睡觉，打夜战、摸岗哨、抓舌头、放飞刀，样样手到擒来。因他是个人才，不久便被调到四野当侦察兵。战役结束后，这位奇人随部队乘船进攻海南岛，不幸中弹落水，长眠于大海……

（原载《传奇·传记文学选刊》2020 年第 11 期。）

女兵椰子

一

椰子是海南岛澄迈县的渔家姑娘，因外婆生病，到广西容县来照顾外婆。邻居们赞扬说："椰子真有孝心！"

外婆病好后，椰子正要回海南岛时，桂东南成了广西战役的主战场。当时敌人兵力达二十万，熟悉地形，负隅顽抗，解放军伤亡较大，救护队忙不过来时，当地支前委员会就组织担架队帮忙抢运伤员。

担架队里就有椰子，但她一般不用担架，而是背起伤员，猫着腰就跑。椰子长得壮实有力，人又灵活，尽管敌人的轰炸不断，可她总能借着烟幕在弹坑里来回躲闪，所以她抢救的伤员生还率很高。战地记者采访椰子时，把她喻为"战地小鹿"。椰子听后不悦道："我姓马好不好？琼剧中演秦二世时，奸臣赵高指鹿为马，没想到现在有人倒过来了——指马为鹿！"记者连忙解释说："把你喻为'战地小鹿'，是形容你动作矫健。"椰子不依不饶道："可小鹿有我力气大吗？小鹿要真到了战场上，枪炮一响，早吓跑了，我有那么胆小吗？""那……那把你喻为什么才好呢？""什么也不用，你到前面去采访指战员们吧。"记者一走，椰子就得意地掩口窃笑。

战斗结束后，首长问椰子："想当兵吗？"椰子笑着说："还可以吧。"首长就把自己的帽子往她头上一扣。这样，椰子就成了一名卫生员。一有空，她就向同志们学习医护技能，提高业务水平。

敌人兵败如山倒，一路南窜。解放军勇猛追歼，在过大桥时，遭到敌机轰炸，高高的水柱接连不断地溅上桥面，把战士们浇得湿透了。时值初冬，南方的天气还是有些冷。战士们哆嗦着举起高射机枪还击。一架低飞的敌机中弹起火，拖着滚滚黑烟栽到了江里，其余四架敌机仓皇逃窜。

战士们整顿队伍，正要往前赶，这时后面传来一阵惊呼，大伙纷纷避让。原来是一匹驮着药品的战马受了惊，一路狂奔而来。眼看就要踩到前面几名躺在担架上的重伤员，在这千钧一发之际，一名战士奋不顾身地冲上前去，一把抓住马背上捆着药品的绳索，打算制服惊马，可那惊马却长嘶一声，前蹄一跃，跨过桥栏跳了下去。那名战士来不及松手，也被带了下去。

大伙惊得目瞪口呆，一齐扑到桥栏边，只见战马、战士、药品分成三部分，先后落到了宽阔的江面上。战士们大多来自东北，不谙水性，只好眼睁睁地看着战友被湍急的江水卷走……

"呼——"这时有人跃上桥栏，跳了下去。众人一声惊叫。跳到半途，那人的帽子被江风吹走，齐耳的头发往上飞。"哎呀，是个女兵！"众人齐喊。

当女兵落到江面上时，先前落水的那名战士刚好被一个浪头淹没。女兵锁定目标，飞快地游了过去，潜入水里寻找目标。

江面上空空如也，显得愈加辽阔。桥上的战士们都屏住声息，紧紧盯着江面，四周一下子没了声音，只有彼此咚咚的心跳声。

"哇，出来了！"眼尖的战士欢呼起来。只见两个小小的黑脑袋在江面的波浪间起伏，两人朝岸边游去。救护队长回过神来，背上药箱，跑过大桥，奔下桥堍，朝江边跑去。

队长奔到江边时，那女兵正在给落水的战士做人工呼吸。队长说："椰子，辛苦了，我来吧！"椰子不答，依旧做着人工呼吸。几分钟后，那名战士终于苏醒了。

这时，椰子站起来说："队长，你照看他一下，我去把那箱药品找回来，那是我们刚从敌人手里缴获的，对治疗枪伤有特效。"队长说："江水这么急，药品早不知被冲到哪儿去了。算了，椰子，你把人救上来就非常不错了，我要给你请功，药品就不要去找了啊！"可椰子不听他的话，又跳到江里去了。

那箱药品还没开过封，纸箱表面有一层塑料薄膜，因此落水后不会沉到江里，只要顺着水流往下游找，就一定能找到。椰子一边在江面上扫视，一边飞快地朝下游游去。约莫半个小时后，她终于在江边一丛簕竹那儿发现了那箱药品……

椰子的事迹很快在全军传开。大伙听后，纷纷竖起大拇指说："到底是在海边长大的姑娘，水性就是不一般！"

那名被椰子救起的战士叫石和，也在救护队工作，他的任务是运送药品和医疗器械。石和本来就对椰子有好感，被她救起后，更是深深地爱上了她。椰子呢，也为石和冒死拦住惊马抢救重伤员的英勇行为所感动。两人很快便相爱了。可后来发生的一件事，又使两人的感情出现了裂痕。

二

战事继续向南推进。救护队在边境打扫战场时，一个受伤的敌军军官苏醒过来，摸枪朝椰子开了一枪。说时迟，那时快，在旁边担任警戒的石和大吼一声"卧倒"，猛地朝椰子扑去。石和中弹受伤，但他顽强地射出一梭子弹，把那个打黑枪的敌军军官击毙了。

石和的伤势很重，只好转到后方医院治疗，三个月后才痊愈。石和重返部队时，广西早已全境解放，除剿匪外，十万大军在海边集结休整，准备进攻海南岛。石和没回救护队，而是要求到前线参战。

椰子跑去看石和，可石和对她很冷淡，这使椰子大惑不解。三个月不见，她多么想念他呀。到最后，石和摊牌说："椰子，这三个月我细细想了一下，觉得我们不合适，还是继续做革命同志吧。我来自东北，你来自海南，我们在生活习惯上有很多不同。等仗打完，我还是想回东北老家种地……"

椰子说："生活习惯真有那么重要吗？如果需要，我可以跟你一块儿回东北。我长这么大，还没见过雪呢。我喜欢东北的冰天雪地。"石和听后愣了一下，又说："这只是其一。其二，我发现我并不爱你……"椰子听到这儿，有些不相信自己的耳朵。石和心虚，垂着眼皮继续说："我只是对你有好感，但好感并不等同于爱。我以前说爱你只是出于感激，因为你救了我，我欠了你的恩情，可后来我也救了你，还为你负了伤，所以咱们算两清了，互不相欠……"

"是吗？"椰子冷笑道，"我倒想听听其三。"石和犹豫了一下，还是开了口："其三，你既然想听，那我就直说了：我在后方医院治疗时爱上了一位护士，她是东北人，我们谈得来，有共同语言。"说着，他拿出一张照片给椰子看。椰子没接，只瞟了一眼，照片中的女孩文静而漂亮。

至此，椰子终于明白，石和离开她是因为她没有那位东北护士漂亮。不错，她相貌平平，除了水性好和力气大也没有什么别的特长，从事战地医护工作也是半路出家，可她对他一片痴心哪！

椰子流着泪，愤怒地喊了一句："石和，我希望在攻打海南岛的阵亡名单上看到你的名字！"

三

海南岛跟大陆之间隔着琼州海峡，海峡最窄处仅十海里。战争的阴云越来越浓重。当时，敌我双方兵力相当，都是十万多人，但敌方除陆军外，还有一个海军舰队，四个空军大队，而我方只有一些来之不易的木帆船。所以，我方决定，先派敢死队趁夜里潜渡海峡，然后内外夹击，配合大部队强渡海峡。

出乎救护队意料的是，椰子报名参加了敢死队。椰子的理由是：她是海南人，熟悉地形，水性好，会行船，可以当向导。她的请求得到了部队首长的批准。

只有救护队队长知道，椰子心里很痛苦，她想借此机会寻求解脱。

那年惊蛰前的一天夜里，海雾弥漫，我方潜渡的木帆船悄悄出发了。海风劲吹，椰子扬起白色风帆，木帆船就在白色海雾的掩护下迅速朝南驶去。可到了海峡中部后，海雾渐渐散去，越往南，海雾就越淡，到后来，竟是圆月当空（当夜是农历正月十七），木帆船完全暴露在敌人的火力射程之内。

"共军的木帆船过来了，打！"

敌人的火力全部朝这边压来，船上的风帆很快被打烂了。椰子"哎呀"一声，落到了海里……

令敌人惊讶的是，解放军竟没有还击，而且船帆被打烂后，木帆船依然匀速地朝他们驶来。

"加大火力！绝不能让共军的木帆船靠岸登陆！"敌人的火力一齐朝白帆船倾泻。

几分钟后，不远处响起了密集的枪声。敌人腹背受敌。这是怎么回事？敌人连忙掉转枪口射击，可我军居高临下，火力猛烈，敌人抵挡不住，死伤无数，只好丢弃滩头阵地往岛上撤，边撤边想：这些共军是怎么上来的？他们的木帆船不是还在海上吗？

敢死队猛打猛冲，很快占领了敌人的海边阵地。

原来，解放军采纳了椰子的建议，声东击西，派出白帆和黑帆两艘木帆船。黑帆船是荷枪实弹的敢死队员，白帆船则只有椰子一人，其余全是稻草人，目的是故意暴露给敌人看，吸引敌人的火力，转移敌人的注意力，掩护黑帆船潜渡登陆。椰子在海边长大，熟悉这里的天气，知道这夜必定皓月当空，敌人会放松警惕，而在月光下，白帆醒目，黑帆则不显眼……

敢死队控制滩头阵地后，一名队员看到白帆船还没靠岸，就划上一只小舢板过去看个究竟。只见白帆船已被打得破烂不堪，上面没有一个人。"椰子，椰子……"那名敢死队员边搜索边喊叫。

"在这儿……"从船头旁边传来微弱的声音。

敢死队队员过去一看，只见椰子待在海水里，只露出一个头，左手扶着船舷，嘴唇发紫，全身发抖，快被冻僵了。原来，敌人的枪声一响，椰子就跳到海里，一手扶住船舷，一手划水，使白帆船继续前进。可在海水里待久了，就渐渐支撑不住了。海南虽地处热带，可初春夜里的海水还是很刺骨的。

敢死队队员俯身一把将椰子拉上小舢板，朝岸边划去。

上了岸，敢死队队员把椰子抱进敌人遗弃的指挥部。他看到椰子的手脚已被冻僵，犹豫了一下，就帮她把湿漉漉的衣服脱下来，之后从墙上拿过一件敌人的军大衣给她裹上，见椰子还在发抖，就又给她找来一条棉被。过了好一会儿，椰子才缓过劲来，虚弱地问："石和，你们敢死队的其他队员没事吧？"

石和说："没事。在你的掩护下，我们的潜渡很顺利！敌人只顾打你的白帆船，根本没发现我们。我们一上岸就从背后包抄，很快占领了敌人的滩头阵地。"

椰子听后，欣慰地点了点头："我们现在只是潜渡成功，恶仗还没开始。石和，打仗时小心些，好好活着。等打下海口后，到我家做客。"石和高兴地说："好！"

在敢死队和琼崖纵队的配合下，解放军大部队很快强渡琼州海峡，并重创敌军主力。在攻占海口时，石和被流弹击中牺牲。

椰子听到这一消息后，哭得死去活来。

原来，在战役打响前，椰子到后方医院出差，这才了解到真相：石和给她出示的那张"东北护士"照片其实是他的妹妹；石和在镇南关受伤时伤到了要害，他不想连累她，就提出分手，为了达到分手的目的，违心地说了一些狠话。

椰子了解真相后十分感动。得知石和参加了敢死队，她也报名参加，并声东击西地掩护他们潜渡。

椰风阵阵，海涛声声。石和牺牲后，椰子把他埋在自己老家门前的一棵椰树下。椰子退伍后，仍回老家打鱼。每年清明，她都要到那棵椰树下点上一炷香。

（原载《民间文学》2023 年第 11 期。）

扬 程

唐山解放前夕，各矿纷纷成立工人纠察队保卫矿山。开滦煤矿的工人更是加班加点地挖煤，以实际行动迎接解放。

随着矿井巷道不断向地下延伸，渗水现象越来越严重，各泵房的压力也越来越大。这天夜里，林西电厂给开座煤矿支援了一批大功率水泵，用卡车将水泵运到矿上，安装工人也随车过来。煤矿电台编辑部主任邢夫闻讯，便兴致勃勃地赶来采访。

押车工人说："因为明天一早电厂要用这辆卡车运电线，所以今夜要把车上的二十台水泵全部卸下来，并安装好。"邢夫说："没问题，全矿的泵房我都很熟悉，我带你们去，只是辛苦你们要熬夜了。"工人们谦虚地说："为了迎接解放，我们辛苦点儿不算什么。"

邢夫感动地跟他们握了握手。

为了降低吸水高度，泵房都设在地下。邢夫因经常下井采访，所以对各个泵房的位置了如指掌。

首先来到一号泵房。卡车停在井口，工人们除留两人看车外，其余的人合力把一台巨型水泵卸下车，去掉捆在上面的绳索，将其抬进罐笼，下了井，再搬到硐室安装。泵房的值班工人帮忙，并对电厂的无私支援表示感谢。

水泵安好后，工人们说："天亮后再接电线，再安水管，并统一调试。今夜主要是把泵送到各泵房安装好，将卡车腾出来，因为明早电厂要用车。"

邢夫表示理解，并高兴道："这种新水泵启用后，地下涌水现象将得到彻底解决，工人们可以甩开膀子，采出更多的煤炭迎接解放！"

一号泵房安装完毕，邢夫又把工人们带到下一个泵房。

激情燃烧的岁月，不仅邢夫他们加班，矿上很多人也在加班，因为临近解放，大家都兴奋得夜不能寐，干脆起来工作。

电台编辑梁磊编完《凌晨新闻》，已是夜里十一点。以往这个时候，主任邢夫就会到办公室来审稿，之后签字，再交给播音员播报，这样，下晚班和上早班的工人就能在路上听到矿区的《凌晨新闻》了。可今晚邢主任却迟迟未到，梁磊想，他可能有事耽搁了，就把编好的文稿放到主任的桌子上，走出电台回宿舍休息去了。

迈出矿区时，门口值班的纠察队员小赵问他："你没跟你老师一起去采访？"

梁磊一愣："采访？晚上能有什么新闻？"

"嘿，你不是说新闻无时无刻不在发生吗？"小赵是综掘队的爆破工，平时爱写广播稿，报道队里的好人好事，他将稿子交给梁磊后，梁磊每次都会耐心修改，如此一来他进步就很快。

梁磊笑笑："理论上是这样说的，可今晚矿上能有什么新闻？"

"嘿，不仅有新闻，还是大新闻——林西电厂支援咱们煤矿一卡车水泵，并连夜安装。那些水泵都是才出厂的，还飘着油漆味儿呢！"

作为编辑，梁磊马上意识到：这条新闻对于煤矿来说，的确是大新闻，应该编到《凌晨新闻》里。他马上转身，朝泵房走去。路过电台办公室时，顺便把编好的文稿带上，好让主任签字。

以前，他跟小赵一样，也在下边当工人，因喜爱看书写稿，后在邢夫的帮助下，慢慢成了矿上的笔杆子，去年被调到电台当编辑。矿上很多人都认为邢夫是他的老师。事实上，梁磊在采访和编稿中遇到什么问题，也经常向邢夫请教。

梁磊来到一号泵房，看到那儿安着一台大水泵，散发着油漆和机油的气味。他绕着水泵看了看，啧啧称赞。问值班工人，工人说是两小时前安装的。

安这样的水泵，至少要半个钟头。因此梁磊从一号泵房出来，就径直去五号泵房。

五号泵房的入口处果然停着一辆卡车，车厢上载着很多崭新的水泵。一高、一矮两名工人立在车边，戴着藤条安全帽，所穿的工装衣襟上都印着"林电"二字。

"我是煤矿电台的，感谢你们对煤矿的无私支援。"梁磊走上前，握着工人的手说。矮个子点点头："哦，跟邢主任是同事。"高个子笑道："谢什么，都是工人阶级嘛，这是我们应该做的。"

梁磊掏出采访本问："这些水泵的扬程是多少？"被访者一愣，没有回答。高个子笑笑说："我们都是大老粗，资本家剥夺了我们学文化的权利，所以我们只负责装卸，对这个不太清楚。"

"那我下去看看。"梁磊说着走进罐笼。高个子上前说："井下硐室狭窄，你就不用下去了吧，邢主任已在下面采访了。"

梁磊扬了扬手中那沓用铁夹子夹着的文稿说："正好，我要请他签字，播出《凌晨新闻》。"

梁磊下到五号泵房，看到工人们正在热火朝天地安装水泵。邢夫看到他，愣了一下，说："你怎么来了？"

"听说电厂支援咱们水泵，我特地来看看。哦，《凌晨新闻》还等你签字播出呢。"梁磊说着把编好的文稿递给邢主任。

邢夫这才想起自己的职责，拿过文稿翻了翻就签了字。梁磊饶有兴趣地问安装工人："你们支援的水泵，扬程是多少？"工人们埋头干活，没人回答他。只有一人嘟囔道："我们当中没有姓杨的。"

签完字后的邢夫笑了笑："小梁是问这些水泵的抽水高度能达多少米？"一个工人说："这矿井深入地下七八百米，要把那里的水抽干，这水泵的抽水高度至少也要上千米吧。"

"上千米？"梁磊重复了一遍。工人说："是呀，抽两千米都没有问题，这是大功率水泵。有了它，巷道涌水现象可以彻底解决。"

"好啦，快把文稿拿给播音员播报吧，这期《凌晨新闻》编得不错。"邢夫把签了字的文稿交给梁磊。梁磊问："电厂支援咱们水泵的新闻不加进去？"

"这条新闻放到明天，现在才安装了五台，照这个进度，零点之前安装不完。等安装完调试成功后，再做报道，放明天的头条。"

梁磊不再说什么，拿着文稿出了矿井。

邢夫他们安装完五号泵房，马不停蹄地来到六号泵房。入口处的路灯坏了，漆黑一片。两名工人卸下一台水泵，去掉捆在上面的绳索，正要抬进罐笼，煤堆后面突然蹿出一帮杂乱的黑影，猛虎一般朝他们扑来。

邢夫大惊，马上划燃火柴，火光映亮了他惊慌而扭曲的脸庞。他哆嗦着点燃车斗上那些捆绑水泵的绳索头儿，绳索马上发出嘶嘶的响声，空气中弥漫着硝烟的气味。邢夫正要转身跑掉，一柄斧头背猛地敲到他的脑袋上，他立马昏倒在地。与此同时，黑影踩着邢夫的身子蹿上车斗，挥斧把那些着火的绳索砍断了。斧刃与水泵的铁壳相击，铿锵有声，火星四溅。这时路灯亮了。持斧人是梁磊！

梁磊砍断了着火的绳索，捡起来细看，竟是伪装过的导火索。他站在车斗上俯视下面，邢夫和安装工人，包括卡车司机在内，都被煤矿工人纠察队捆成了粽子，纠察队从他们身上均搜出了手枪。原来，他们根本就不是林西电厂的工人，而是国民党潜伏的特务。

纠察队拆开那台已搬到地上的水泵，跟一号泵房里新安装的水泵一样，铁壳内包裹着的不是叶轮和电机，而是被做成圆形的 TNT 烈性炸药和一个起定时点火作用的无声小钟。小钟上的时间指向早上七点。

特务们此次行动的目的，是把煤矿的各要害泵房炸掉，让旁边的出口连带垮塌。这样不但使煤矿无煤可出，还让困在地下的采煤工人被越升越高的地下水淹死，造成重大社会影响。

卡车晚上八点半开进矿区，九点钟到一号泵房安装，按此进度，明早六点半即可把二十台"水泵"全部安装完，之后他们用半个钟头撤出矿区，就能听到接连不断的爆炸声，那是送给上峰的最好的报喜之声。可现在，爆竹却哑了：所有水泵被拆开，小钟被卸下，二十枚定时炸弹不会再在矿区响起。作为这次行动的头目，苏醒过来的邢夫，不知问题到底出在哪儿，因为他们伪装得很像，连门岗都被蒙骗过去了，至于泵房的值班工人，更是没有一个看出其中的猫腻。

邢夫把脑壳想痛了，终于想到了梁磊。一定是这小子报的警！因为整个过程，除了门岗和值班工人，只有他知道。

的确如此。那梁磊为什么怀疑他们呢？一是梁磊在调到电台当编辑之前，长期在综合工区当泵工，对水泵很熟悉；二是他遇事喜欢思考，当听到林西电厂支援水泵时，他就想电厂又不用水泵，他们哪来的水泵支援？就算到市场买来水泵，也应该在白天运至，让自己的人安装，怎么会连夜由他们安装呢？而且像这么大的事，早该传遍矿区了，但自己作为电台编辑，竟然不知道！因为此事疑点多，他就决定到现场去看看。

到了五号泵房的井口，车边留两名工人看守。梁磊想：这么重的水泵，难道还会被人偷走吗？就是看守，留一个司机便足够了。这说明车上的水泵不一般。下到硐室，梁磊问安装工人水泵的扬程是多少？对方居然听不懂，可见是外行。一个工人甚至说抽水高度可达一千多米甚至两千米，这简直是瞎说。内行人都知道，由于大气压的存在，水泵的最大扬程也就一千米，超过一千米，就必须启用多级水泵。

梁磊出了五号泵房后，马上向保卫处报告。保卫处打电话询问林西电厂，对方说并无此事。梁磊到一号泵房把新安装的水泵拆开来，里面竟是狰狞的线路和黄色炸药……

水泵身上之所以要绑上伪装的导火索，是出于应急需要。如果事情败露，特务就点燃导火索，做最后的挣扎。至于那五台已经安装到泵房里的水泵，在安装之前，他们已经拔掉了导火索，让小钟来定时引爆。

后经审讯，邢夫是化名，他本姓段，因在潘家峪大屠杀中带路有功，被日本人送到无线电学校学习技术，之后打入开滦煤矿电台内部搜集情报。日本投降后，他投靠国民党，妄图在新中国成立前夕炸掉矿山，为升官发财铺平道路，没想到，他的如意算盘打错了。

（原载《乡土·野马渡》2022年第8期。）

大买卖

大梁，姓大名梁。他这姓氏可不多见，因此当初朋友介绍他到杏林药铺来当学徒时，掌柜便毫不犹豫地把他收下了。是呀，买卖人都希望把生意做大，现在有姓大的人参与其中，这不是好兆头吗？掌柜干脆给他取了个外号"大买卖"，以博取口彩。

大买卖从抓药学起。他手脚勤快，喜欢钻研，悟性很高。右手提戥子，左手抓饮片，几两几钱，多去少补。半年后，他就达到了"一抓准"的境界，不再用秤了。这是不简单的，因为药材种类多，质地轻重不一，需要有非常好的手感。

为此，同行们对他称赞不已，掌柜也给他加了薪。到杏林药铺去看大买卖抓药，甚至成了成都人闲时的一大乐趣。

"大买卖，抓药。"患者把处方递上。

大买卖接过处方，放到柜台上，铺开一张包药的纸，看一眼处方："当归二钱半，川芎一钱，羌活半钱，柴胡两钱，生黄芪八钱……"只见他一边嘴里念念有词，一边两手抓药，将药放到纸上。抓完后，对照药方检查一下。确认抓全后，把药包起来，用菅草十字交叉一绑，递给患者："您慢走！"

也有患者质疑："分量抓够了没有哇？"大买卖笑问："您觉得哪味药没抓够？"患者指出后，大买卖就拿过戥子一称，不多不少，毫厘不差。"这药呀，不同于其他商品，分量不足固然不好，分量多了也不行，不多不少就最好。"大买卖说。患者点头，脸红道谢而去。

由于大买卖抓药既准又快效率高，不少药店都想聘请他，但他哪儿也不去，就在杏林药铺待着，以感谢掌柜的知遇之恩。掌柜是省政府某官员的表弟，也没人敢硬抢。

杏林药铺的药最齐全，在成都的名声也最好。大买卖是个有心人，每味药每月消耗多少，他都有一本明细账，月底交给掌柜，以便掌柜知晓该及时进哪些药。后来老板干脆把进药之事也交给大买卖，他已视大买卖为心腹。

大买卖觉得只做中药材生意过于单一，于是提出兼营西药。掌柜同意。从此，杏林药铺的生意越做越大，成了真正的大买卖。

这天，掌柜从省政府回来，悄悄跟大买卖密议："眼看战争在即，一旦开战，不知这生意还能不能做？"

大买卖眼睛一亮："怎么不能做？还可以趁机大捞一笔！"见掌柜疑惑，他又说："若是开战，就会有很多伤兵。咱们去进一批治疗创伤的药品回来，绝对好销！"

掌柜点头，随即又顾虑重重地说："可云南那边也战云密布，路途不靖……"

"这有何难？只要您叫您表哥开张特别通行证，谁敢阻拦？"

掌柜想想也是，第二天就到省政府去找表哥。表哥不但给他开了特别通行证，还叫他多买些。

掌柜大喜，拿出所有积蓄交给大买卖，叫他速去昆明进货。事不宜迟，大买卖连夜出发。家住名山县的坐堂医生因母亲生病，也请假回家。

有了特别通行证，通行、购货、运货都十分顺利。可运输药品的马帮到达名山县时，被共产党领导的川康边人民游击纵队截获，大买卖下落不明。掌柜听后，跌足叹息："这次买卖亏惨了，血本无归呀！唉，乱世做生意不确定因素太多了……"

几天后，坐堂医生回来，告诉掌柜一个惊人的消息："那批药品根本不是被截获，而是大买卖拱手送给游击纵队的，因为他本身就是一名共产党，是纵队下面一个支队的支队长！"

掌柜听后目瞪口呆："你怎么知道的？"

坐堂医生说："我家住在名山县公署旁边，游击纵队攻下县城后，各支队在公署大院召开誓师大会。我透过窗口看热闹。忽然，纵队长说：'下面请第三支队支队长大梁讲话！'我以为是同名同姓的人，仔细一看，果然是我们药铺的大买卖——大梁，没想到吧？"

"这么说，他到我们药铺来是做卧底的？现在卧底任务结束了，就顺便拐走我一大笔钱？"

"知人知面不知心哪！我说呢，自打他来了之后，药铺的生意一下子兴隆起来，买药的人多，前来看他抓药的闲人也不少。我敢说，那些闲人和买药的人中，就有不少共产党的交通员，他们通过药包的形式传递情报，药铺成了他们的交通站！"

掌柜听后，倒吸了一口凉气。

没错，大梁当初潜伏到杏林药铺，就是看中掌柜是政府官员的表弟。通过掌柜，他可获取成都国民党高层的更多情报，同时把药铺开辟成一个地下交通站，特务们查药店，不可能查官员表弟的药铺，这叫作"灯下黑"。任务完成后，他奉命归队，顺便给部队购买一批药品，以备成都战役打响后救治伤病员所需。

各支队在名山誓师后，即向邛崃、大邑等地进发，以阻断敌人的退路，配合我军解放川西。大梁说："很遗憾我们晚了四天，让老蒋飞往台湾了，不然可以干一笔大买卖！"纵队长笑道："到底在药铺待过一段时间，时刻都想干大买卖！""那是，有大买卖为啥不干呢？如果老蒋被我捉到，我也名垂青史了。"

战争打响后，被解放军堵在双流、新津、邛崃一线的国民党军纷纷折向邛崃、大邑山区逃窜，意欲绕道逃往西康、云南，致使新津、邛崃、大邑、崇庆（今崇州）相连地带到处都是成股的国民党军队。游击队主动与解放军联系，全力配合解放军打空当、堵口子、抓俘虏、清扫外围、运送军用物资、筹集粮草等。

大梁率第三支队追击一股国民党残军时，对方已饿成皮包骨，跟乞丐一样。一个驴脸军官很不服气道："抓住我们不算好汉，有本事去捉老蒋的警卫团！"

大梁一愣："蒋介石跑时没带走警卫团吗？"

"警卫团那么多人，老蒋的飞机咋坐得下嘛！"

原来，蒋介石坐飞机逃往台北时，从广州空运过来的警卫团无法带走，便想了一个安抚的办法，把警卫团扩编为师，并给了他们一批黄金，让他们上山打游击。警卫团作为蒋介石的御林军，是清一色的浙江人，个个都是高小以上的文化程度，享受优厚待遇，全团穿黄呢子军服，也就是军官的服装。装备也不同于国民党的其他部队，每人配备一支美国卡宾枪，一支德国造的二十响驳壳枪。

"警卫团现在在哪儿？"大梁问俘虏。

驴脸说："现在是警卫师啦，师长姓张。前几天，因待遇太悬殊，我们跟他们发生火并。他们并不恋战，带着黄金逃往石板滩了！"

大梁安置好俘虏后，马上派通讯员把这一消息告诉附近的解放军，之后对队员们说："蒋介石的警卫团带着大批黄金逃窜，这可是笔大买卖！这是他们搜刮的民脂民膏，绝不能让他们拿走！目标：石板滩！急行军，追击！"

队员们听后，顾不上休息，跑步前进，气不够就口鼻并用，有人跑着跑着就栽倒了，后面的人继续跟上。

虽然是冬天，可大家跑到石板滩时，个个都热得大汗淋漓，解开了上衣的扣子，衣摆飞起像两扇翅膀。他们远远地看到，警卫师背着几个沉重的麻袋，正在艰难地爬山。

"站住！"游击队员们一边往山上追去，一边射击。

敌军军官回头看了看："这是游击队，不怕的。你们抵挡住，我们来分金条，见者有份。这样化整为零，每人揣几根，目标不明显，也好带些……"

军官们分完金条时，解放军赶到，与游击队合力进攻，警卫师只好投降，黄金全部被没收。

成都解放后，大梁回了一趟杏林药铺，笑对掌柜说："我追击老蒋的警卫团，得了一批金条，有钱还您的药费了。——解放军征了您的药品，但费用还是要给您的。"

掌柜连忙说："不不不，那批药品就算我支援解放事业了。你把药铺开作交通站，我多少也被赤化了嘛。"

"哈哈哈……"大家都开心地笑了起来。

（原载《传奇·传记文学选刊》2021 年第 12 期。）

剿匪文家寨

新中国成立之初，江津匪患严重，国民党溃兵和地主武装组成"反共救国军"，不断暴动，抢粮劫财，杀害工农干部和共产党员，袭击解放军征粮队。为保卫新生政权，解放军某部一营负责剿匪。

激战后，匪徒们纷纷逃往四面山，集结在地势险要的文家寨，伺机反扑。

一营一路跟踪追击到了文家寨。

文家寨的城墙修得又厚又高，各种附属设施一应俱全。附近一有风吹草动，士绅们就携带家眷细软进去躲避，向来万无一失。现在寨子被土匪占据，成为剿匪中的一块硬骨头。

营长梁晟举起望远镜观察，文家寨围墙外面十几米处的树木全被土匪砍光，视野十分开阔。如此一来，解放军还没冲到文家寨脚下，就会被城墙上的土匪发现。而土匪一旦居高临下倾泻弹药，解放军便难以抵挡了，更别说架云梯攻寨了。

雷连长提议："我去把迫击炮排调来，看能不能把城墙轰垮。即使轰不垮，也往寨子中轰上一气，先把土匪的阵脚打乱再说。"

梁晟说："寨子中除了土匪外，还有部分居民。而且土匪没有集中的住处，都是分散住在居民家中。你乱轰一气，不是玉石俱焚吗？"

"既要消灭土匪，又要保护居民，这匪没法剿。"雷连长气呼呼地说。

"剿匪的目的是安民，安民和剿匪并不相悖嘛。别急，这文家寨只能智取，不能强攻。"

梁晟在树林里绕着文家寨走了一圈，发现寨子的饮水由山后的竹笕供应，就叫战士们把竹笕拆了，断其水源，不出三日，匪巢必乱。

夜幕很快降临。战士们吃过炊事班送来的美味饭菜后，分散在文家寨周围的树林里严阵以待。借着天光，城墙上一有土匪的脑袋晃动，马上"啪"地一枪打过去，百发百中。匪徒们还击，可四周都是茫茫林海，加之黑灯瞎火啥也看不到，只好乱打一气。战士们以大树为掩体，根本就不会被打到，一夜下来，倒是打得土匪们不敢冒头。

雷连长趁机带领几个战士扛着竹梯冲到城墙下。梯子一架好，战士们就噌噌噌往上爬，企图撕开一个缺口。可战士的脑袋在城头上一冒，马上就被土匪打了下来，原来土匪在城墙上用砍伐的树木构筑了工事。梁晟只好集中火力，掩护雷连长他们撤回来。可见，强攻根本行不通。

断水三日后，匪巢并没乱。一问当地向导，才知道原来文家寨内有备用水井。这可怎么办？

"只好继续围，我们进不去，匪徒们也别想出来。就算他们有水喝，可囤积的食物总有一定的数量吧。围到他们把东西吃完，就得出来找食物，到那时再迎头痛击。"梁晟说。

围到第五天，一小队土匪打开厚厚的铁寨门，打算出来抢粮。可他们一出来，就被埋伏在树林两边的解放军一阵猛打，只剩下横七竖八躺着的尸体。

"反共救国军西南游击司令部"司令何光头啃着一个来之不易的发芽的空心红苕，急得像热锅上的蚂蚁。共军再这样围下去，手下人没吃的，这仗还怎么打？参谋长独眼龙献策说："抢粮不成，咱们就购粮……"

"关键是怎么出去？共军围得跟铁桶一般。"何光头嚼着空心红苕说。

独眼龙得意道："我自有妙计。"

第二天，城楼上出现一根竹竿挑着一件白衣服晃了晃。"咦，敌人投降了！"雷连长惊喜道。梁晟一把将他摁住。城楼上随即响起喊话声："解放军老总们，别开枪！我们是居住在文家寨的山民，向来与世无争。你们围城六日，我们已经没吃的了，要出去买些粮食回来充饥……"话音刚落，一个留平头的中年汉子出现在城头。

梁晟在望远镜中观察一阵儿后，喊道："如果是寨中山民，可以出来购买粮食，但不得携带任何武器。""谢谢老总，我们是本分的山民，没有武器。"

一会儿，铁寨门打开了一条缝儿，十几个山民模样的人背着背篓、提着米袋走了出来。

雷连长不满道："就算他们是普通山民，可他们买粮回来，还不是被土匪抢去吃了？那我们围城有什么意义？""可也不能让寨子里的山民们饿死呀！"

山民们出来后，拐了个弯，梁晟把他们叫到树林里，逐一询问寨子中的情形，然后问："你们出来买粮，土匪们不怕你们跑了？"带队的平头说："不怕，我们全家人的性命都攥在他们手里，如果我们跑了或买不回粮食，他们就会把我们全家杀掉！"

土匪这一计真狠毒哇，解放军只好让山民们买回粮食运进寨子。

何光头吃上香喷喷的米饭后，对独眼龙大加称赞："你真是诸葛亮再世呀，这计谋好，明天再派山民出去买粮，多多益善。寨中有粮，心中不慌，共军再围多久我们也不怕了。"

"今天派山民们出去买粮，只是试探。从明天起，出去买粮的山民中，就有一半是咱们的士兵装扮的……"

何光头不解："可共军不准携带武器，他们出去又有什么用？"

"何司令，您忘啦，我们在老龙洞藏有一批卡宾枪，那些化装出去的士兵，就用那批武器来装备。分五批出城，每批十人，这样出去的士兵就有一个加强排了，由军统卢专员带队，从背后偷袭共军。等共军阵脚一乱，我们马上冲出寨子，前后夹击，打他们个措手不及！"

何光头听后，点了点头。

一连几天，化了装的土匪跟山民们一块儿出寨子买粮，都非常顺利。当然，买了粮后回到文家寨的，只有山民。解放军问："怎么回来的人变少了？"山民们回答："那些人还没有买到粮食，要过几天才能回来。"

可几天后，解放军后方突然响起了密集的枪声。有人惊叫："不好了，土匪从背后包抄过来了！快打！"

独眼龙在城墙上听得真切，大喜，马上打开铁寨门，带领土匪们嗷嗷叫着冲了出去，企图与外围土匪夹击解放军。可他们一冲出寨门前的空旷

235

地带，解放军马上调转枪口猛扫。因为毫无遮拦，土匪们如被割倒的草一般倒下。独眼龙大惊，正要返回寨子，可寨门却奇怪地被关上了！"开门！开门！何司令快开门！"他边擂边吼。一梭子弹打过去，他就像死狗一样倒在了门边。

在城墙上督战的何光头见状，感到纳闷：是谁把寨门关了？他带上几名亲兵疾步下去看个究竟。

何光头一出现在门洞那儿，大门后边的掩体工事里马上降下一阵手榴弹之雨。何光头连忙趴下，爆炸声此起彼伏。他看清楚了，竟是那几个平头山民。可是，他们的手榴弹是从哪儿来的？

何光头正要爬起来射击，这时山民们把铁寨门打开，解放军如排山倒海般冲了进来。何光头只好举手投降。

原来，第一天山民们出去买粮时，就答应配合剿匪部队做好内应，拿下土匪。可他们不会打枪怎么办？那就用手榴弹做武器，因为手榴弹操作简单，只需揭盖拉导火索扔出去。梁晟就叫战士们在山民装发霉玉米的布袋底部塞上了几颗手榴弹。粮食买回来后，土匪只要大米，不要发霉的玉米。今天，独眼龙率众一冲出寨门，平头他们马上背上背篓奔过去，背篓里装着半篓手榴弹。他们用手榴弹击昏寨门后工事里的门岗后，迅速把大门关上，让出去的土匪无法进来，被打死在门前的开阔地，然后再打开寨门，把解放军放进来……

至于那些化装出城的土匪，出去多少，就被解放军活捉了多少，因为行到隐蔽处被解放军盘问时，山民们都一一指认了他们。他们没有武器，只好束手就擒。

最后，梁晟将计就计，在剿匪部队后边放了几串鞭炮，引独眼龙上钩，把文家寨的土匪一锅端掉了……

（原载《民间文学》2022 年第 3 期。）

后　记

文学之母·口耳相传·薪火互续

何谓文学之母？

有人说是诗歌，因为其他文学体裁都是在诗歌的基础上逐渐演变发展形成的。

有人说是神话，神话与文学的关系就像《山海经》中盘古与日月江海的关系：盘古死后，身体化为五岳，眼睛化为日月，脂膏化为江海，毛发化为草木。盘古虽死，但日月江海等世间万物都有盘古的影子。神话转换为其他文学形式后，其本身的意义虽消失了，却作为艺术的冲击力量活跃起来。

诗歌派认为，《诗经》成书于西周至春秋时期，比成书于战国中后期到汉代初中期的《山海经》更为古老，所以诗歌是文学之母。

神话派认为，先秦文学的南北两大代表《诗经》与《楚辞》都有古神话的痕迹，尤其是《楚辞》中保存了非常多的古神话。中国最古老的皇室文集、中国第一部上古历史文件和部分追述古代事迹的著作的汇编《尚书》也吸取了神话而加以历史化，可见神话是文学之母。

让我们暂搁争议，让思绪穿越时空，回到原始社会，想象一下原始人的生活。原始人在共同的劳动和斗争中产生了语言，但还没有文字。人们遇到一件事情总要叙述一下它的前因后果，叙述就少不了情节，有的情节还相当复杂，这就是最早的故事。

可见，故事随着语言的产生而产生，比神话和诗歌都古老（神话其实也是故事的一种）。故事才是当之无愧的文学之母。试想如果没有故事情节，小说、戏剧、影视作品还能看吗？

有语言、有生活，就有故事。我们生活在故事中，一如生活在空气里。

每位读者都经历过婴幼儿时期，牙牙学语、还未识字的婴幼儿，喜欢听人们讲故事而不是诗歌。可见故事不但是文学之母，还是一个人认识世界的起点。

我就是在听故事中长大的。

我出生在两广交界的广西壮族自治区玉林市容县，小时候最爱听大人们讲故事。夏夜，繁星满天，蛙声如潮，流萤沉浮，劳作了一天的人们饭后到晒场上乘凉，千奇百怪的故事就竞相开始了。

玉林古称郁林州（1956年3月才更名玉林），有"千年古州，岭南都会"的美誉，两千多年的厚重历史，使这里形成了独具特色的岭南文化、侨乡文化、客家文化、玉商文化。容县古名容州，唐代文学家元结曾任容州都督，充本管经略守促使，政绩颇丰，故此地又被唤作元容州。该县是广西最大侨乡（旅居海外的华侨华人和港澳台同胞七十多万人，而容县的总人口为六十六万人，相当于有另一个容县在海外），是"柚中之王"沙田柚的原产地，也是杨贵妃故里（《全唐文》收有许子真《容州普宁县杨妃碑记》载"杨妃，容州杨冲人也，离城一十里。小名玉娘，父维，母叶氏"），这里有"江南四大名楼"之一的真武阁（唯一未重修过的）等各级文物保护单位一百多处，还有中国国家地理标志产品沙田柚、霞烟鸡等。悠久的历史、深厚的文化、拼搏的精神、尚武的习俗、丰富的物产、闯南洋的血泪、背井离乡的海外生活使各种奇闻逸事比比皆是。在口耳相传中，人们将这些奇闻轶事不断加工完善，最后成了一个个引人入胜、令人拍案叫绝的故事。

我祖母知道的故事就有很多，她一边摇着蒲葵扇，一边开合着凹陷的嘴巴，那些跌宕起伏、惊心动魄的故事就源源不断地涌出来，在晒场上弥漫开，像磁铁一样把越来越多的小孩吸引过来。

祖母不识字，为何能讲出这么多故事？因为她娘家在场镇附近，年轻时经常赶圩听说书或看粤剧、壮剧、木偶戏、采茶戏，她记性好，听后看后就记到了脑海里。

祖母命途多舛，祖父过世得早，我父亲是遗腹子。祖母经历了两次日寇入侵广西（1938年和1944年），生活颠沛流离，她的故事中有很多是当地民众奋起抗日的题材。

是什么支撑着祖母度过了那段苦难的岁月？想必是故事的力量。

若干年后，我看《史记》，发现祖母在我们小时候讲的尧舜故事，竟跟佶屈聱牙的《五帝本纪》里写的惊人地一致，哪怕是其中的细节！

父亲同祖母一样爱讲故事。那时我和弟弟都跟父亲睡，每天睡觉前，父亲都要讲上一段故事，其中有不少都是他现编现讲的，有时候我们听出他在影射我们，就一起闹起来。作为报复，我们也以那个故事为蓝本，换上他的名字，编排起他来。于是父子仨就哈哈大笑。

父亲念过高小，在村里也算个文化人。从我记事的那天起，他就一直担任生产队的记分员（负责登记社员们每天的出工情况），闲暇时喜欢抄写采茶戏的戏本。他讲的不少故事都是从戏里或书中看来的。

遇到雨天，队里没法干活时，大伙儿便聚到一家被戏称为"扑克娱乐室"的人家打"争上游"（又名"跑得快"，江浙一带叫"关牌"，是一种类似于"斗地主"的纸牌玩法）。父亲对打牌不感兴趣，就把哥哥姐姐的语文课本翻出来教我认字。我在上学前就把小学一、二年级语文课本里的字全部认完了，并喜欢上了语文。

人生识字糊涂始。认识了字，我就不再满足于看那些课本，而是到镇上买俗称小人书的连环画看。六岁时，我买了平生第一本书《爱民模范连》，是本连环画，广西人民出版社 1973 年 11 月出版，定价 0.10 元。这本书，我至今仍珍藏着，翻开它，就好像翻开清风明月一般纯真的童年。至于购书费用，我自有办法。那时镇上常年收购蓖麻籽，我就在猪圈旁种了几棵蓖麻。卖蓖麻籽所得都被我用来买连环画。我特别喜欢战争题材的连环画，有一次赶圩，祖母拿出两角钱叫我去吃碗米粉，我却跑到书店买了本《地雷战》，之后饿着肚子回来了。

几年下来，我就拥有了一百多本连环画，每本都讲了一个曲折离奇或催人泪下的故事。图文并茂的连环画增长了我的知识，拓宽了我的视野，丰富了我的想象，让我知道，在山坳外面还有一个更加多彩的世界！

十一年后，我考上大学，走出了故乡的丘陵，桑梓的传奇却一直在我脑海里萦绕，就像一只只永不熄灭的萤火虫。

大学毕业后，我被分配到中国火药之乡、哪吒文化发源地、诗仙李白和著名武术家海灯法师的故里——四川省江油市从事新闻工作。参加工作后我依然喜欢故事。

2004 年我开始创作故事，写的第一个作品是中篇故事《夜半惊艳》，发表在《三月三》2004 年第 1 期上半月，并先后被《通俗小说报》2004 年第 2 期、《传奇·传记文学选刊》2004 年第 9 期转载。从此，我便一直在新故事创作的道路上努力，并加入了中国民间文艺家协会。

一晃二十年过去了，我也创作了近千篇故事。白天采访写真实的新闻，晚上加班撰虚构的故事，两者我都追求严谨，新闻自不必说，故事也一样。故事如果不严谨，那就成了胡编乱造。虚构是艺术，胡编乱造不是艺术。虚构是另一个宇宙，在这个宇宙里没能穷尽故事，所有雷同都因懒惰而生。因为喜欢故事，每到一地，我都喜欢打听当地的传说。我发表的很多故事都是这样创作出来的，这其实也是一种传承。

人类反贫困史上的伟大实践——中国全面消除绝对贫困的脱贫攻坚战打响后，2016 年 8 月，根据四川省委、省政府统一安排部署，江油市对口帮扶八百公里以外的凉山彝族自治州布拖县。至今，江油派出了四批援彝干部奔赴布拖（每批工作两年多），与当地干群一起脱贫攻坚、振兴乡村。我有幸成为第二批援彝干部（2019.5—2021.6）。援彝期间，我在工作之余创作并发表了不少援彝故事。轮换回江油后，我又主动到江油最偏僻、最落后的枫顺乡小院村当驻村工作队员（2021.6—2023.10），创作并发表了不少驻村故事。其中《宣笔世家》(《民间文学》2020 年第 2 期) 被评为"2020 年度中国好故事"，《值钱的文物》(《故事会》2020 年冬季增刊) 获第十九届中国微型小说年度奖二等奖，入围第十六届中国民间文艺山花奖。

值得一提的是，不管是援彝还是驻村期间，我都注意搜集当地民间故事与传说。本书收录的就是我在援彝和驻村的四年半时间里创作的故事，以及我搜集的当地民间故事与传说。书中我创作的新故事均已发表过或得过奖。

让我欣慰的是，在我的影响下，我的家人尤其是后代也喜欢故事，不少朋友也喜欢故事。

后记

虽然现在故事发表的阵地已缩得很小，但故事永远不会消亡。只要有人在，就会有故事。

生活不尽，故事不止！

在本书编辑过程中，我得到了不少朋友的指点与帮助，尤其是民间文学创作研究者、全国著名故事作家、中国故事委员会副主任、《民间文学》杂志社副主编郁林兴热情地为本书作序，在此向他们表示衷心感谢！

成书仓促，错误难免，还请读者指正。

梁柱生

2024 年 3 月 18 日

于李白故里四川江油